W0183233

Für meine Familie nah und fern

Silke Brügel
Nimrodstraße 11
85521 Ottobrunn

www.silkebruegel.de
mail@silkebruegel.de

Buchsatz und Umschlaggestaltung: Franziska Junghans, Ka & Jott
Bild auf dem Umschlag: Adobe Stock/Gun1215

Herstellung: Amazon KDP

SILKE
BRÜGEL

MISSION
Helene

ROMAN

Teil I

Kapitel 1

Protokoll eines Abstiegs

Die Hauptstraße der Kleinstadt lag schnurgerade in der gleißenden Sonne. Die Blumen, die die Gärtner im Frühjahr in akkuraten Streifen entlang der Asphaltbahn gepflanzt hatten, ließen ihre verdorrten Köpfe hängen. Nichts regte und bewegte sich an diesem besonders heißen Augusttag. Die wenigen Fahrzeuge standen wie einbetoniert in ihren Parkbuchten. Hätte mir jemand vorausgesagt, dass sich an diesem verschlafenen Ort mein Leben umdrehen und mich in eine neue Welt katapultieren würde, ich hätte diese Person lauthals ausgelacht. Aber genauso geschah es.

Meine Arbeit als unabhängige Finanzexpertin hatte mich im Frühjahr nach Oberbayern geführt. Die ursprünglich vertraglich vereinbarte Projektzeit verschob sich Woche für Woche. Nach knapp vier Monaten war ich immer noch für das stark wachsende mittelständische Unternehmen tätig, das schwerpunktmäßig Bewegungsmelder und WLAN-Außenkameras entwickelte und produzierte. Die Nachfrage nach elektronischer Sicherheitstechnik stieg seit Jahren und ein Ende war nicht absehbar.

»Wir bieten auch für Ihr Haus den optimalen Schutz vor ungebetenen Besuchern jeder Art, von den Schwiegereltern bis zu Ihrem Exverlobten«, hatte ein Mitarbeiter in der üblichen Vorstellungsrunde im Scherz zu mir gesagt.

Er konnte nicht wissen, dass sein flotter Spruch ins Schwarze traf. Mein letzter Freund hatte mir kurz vor Weihnachten einen Heiratsantrag gemacht, geknüpft an die Bedingung, meinen Vertrag mit der Agentur umgehend zu kündigen und eine Festanstellung vor Ort zu suchen. Die Entscheidung war einfach. Ja, ich war erleichtert, dass er mir mit seinem Ultimatum einen Anlass gegeben hatte, die Beziehung umgehend zu beenden. Im Anschluss setzte ich mein berufliches Nomadenleben fort, verdiente mehr als genug Geld für mich allein und bekam als Externe spannende Einblicke in unterschiedliche Firmen, ohne mich für längere Zeit an sie binden zu müssen.

Die Gegend, in der ich diesmal gelandet war, stand ziemlich weit oben auf meiner Liste mit Landschaften und Sehenswürdigkeiten, die ich unbedingt kennenlernen wollte. Die Wochenenden waren wie im Flug vergangen mit Besichtigungen der Schlösser und Parks des Märchenkönigs Ludwig II. von Bayern, Schifffahrten mit dem Raddampfer über blaugrüne Gebirgsseen, Wanderungen über blühende Almwiesen hinauf zu Berggipfeln mit atemberaubender Aussicht.

Völlig unerwartet verstärkte all diese Pracht im Außen meine Melancholie, die mich seit Jahrzehnten verfolgte und die ich so gut wie nur möglich versteckte; vor mir selbst und den wenigen Menschen, die mir nahestanden. Bis jetzt waren neue Entdeckungen, erträumte Ausflüge und Reisen in exotische Länder und schöne Regionen stets das beste Heilmittel dagegen gewesen. Diesmal war alles anders: Egal, ob ich allein unterwegs war oder mich einer geführten Tour im größeren Kreis anschloss: Ich fühlte mich mehr und mehr von meiner Umwelt getrennt. Es war, als würde ich in einer Membrane feststecken. So sehr ich auch strampelte, um mich zu befreien, bewegte ich mich doch keinen Millimeter vor oder zurück. Ich flehte meine Mitmenschen stumm an, mich herauszuziehen, aber sie taten es nicht. Stattdessen winkten sie mir freundlich lächelnd zu oder gingen unbeteiligt an mir vorbei.

Als einziger Ausweg blieb mir die Flucht in die Arbeit. Entsprechend stimmte ich zu, bei Extrahonorar meinem Auftraggeber auch an Samstagen zur Verfügung zu stehen. Den wolkenlosen weiß-blauen Himmel, der jeden Tag neu erstrahlte und wundersame Dinge versprach, die er nie hielt, sperrte ich weitestgehend aus meinem Leben aus.

Die meiste Zeit der Woche verbrachte ich in den gekühlten Firmenräumen mit Jalousien, die von Sonnensensoren gesteuert automatisch auf- und abrollten und die warme pulsierende Welt draußen fernhielten. Sobald die Computer heruntergefahren waren und meine neuen Kolleginnen und Kollegen ihre Arbeitsplätze verließen, um nach Hause zu ihren Familien zu gehen, begann der Kampf gegen meine Ohnmacht und Isolation. In der Regel machte ich Überstunden. Ein paar Mal besuchte ich ein Museum oder eine Galerie. Wenn die Einsamkeit unerträglich wurde, begleitete ich Mitglieder der Taskforce, die der Chef für diese wichtige Expansionsphase seiner Firma gebildet hatte, auf einen Absacker in die Bar. Einmal besuchten wir zur Teambildung eine Kletteranlage in einer ehemaligen Fabrikhalle. Angeseilt in der Wand genoss ich die körperliche Nähe meiner Kletterpartnerinnen, das gegenseitige Absichern, die Umarmung, als wir die Herausforderung gemeistert hatten und wieder sicher auf dem Boden standen. Im Einzelunterricht mit dem teuer bezahlten Trainer machte es keinen Spaß mehr.

An den Samstagen arbeitete ich bis mittags in der Firma und ging anschließend in eine der spärlich besuchten Nachmittagsvorstellungen ins Kino. Die Sonntage waren für Ausschlafen, Wäschewaschen und Schwimmen im Seebad reserviert.

So plätscherte die Zeit in diesem Sommer in Bayern dahin. Ich begann bereits, den nächsten Job zu planen; in einem neuen Team, in einer neuen Stadt und insbesondere mit neuer Hoffnung, endlich den Ort zu finden, an dem mein wahres Leben auf mich wartete.

Dann kam Mariä Himmelfahrt. Ein Mitglied der Taskforce, eine sympathische Frau mittleren Alters, zuständig für das Personalwesen, erzählte mir auf meine Frage hin mehr über diesen Feiertag. Sie ging jedes Jahr mit der gesamten Familie und selbst gebundenen Sträußen aus Getreideähren, Kräutern und Heilpflanzen in den Gottesdienst, um Marias Aufnahme ins Himmelreich gebührend zu feiern.

»Mit Mariä Himmelfahrt verbindet sich auch die Hoffnung auf ein Leben im Paradies, das gefällt mir besonders gut. Es ist ein wunderbares, kirchliches Fest, gerade für uns Frauen. Es geschehen wundersame Dinge an diesem Tag, etwa die Heilung von Kranken jeder Art. Alles ist möglich. Warten Sie nur ab, was bei Ihnen passieren wird. Ich bin gespannt auf Ihren Bericht«, verkündete sie mit einem geheimnisvollen Lächeln.

Ich selbst ignorierte kirchliche Feiertage. Der Grund waren miserable Erfahrungen seit frühen Kindheitstagen. Sie standen für endlose Mittagessen in unansehnlichen Gaststätten im Kreis der erweiterten Familie mit Onkeln, Tanten, Cousins und Cousinen, die wir in der Regel zwei- oder dreimal im Jahr sahen und mit denen uns nichts verband. Sie standen für Sauerbraten, dicke Tortenstücke und Eisbecher mit Sahne, die wir Kinder bestellt bekamen, damit wir nicht quengelten, wenn wir von einem der tristen Spielplätze zu den Tischen der Erwachsenen zurückkehrten. Das Schönste an diesen Treffen war das Gefühl der Erleichterung, wenn alle Verwandten am späten Nachmittag sternförmig in ihre jeweilige Heimat aufbrachen, um rechtzeitig zu den Nachrichten im Fernsehprogramm und dem anschließenden Krimi zu Hause zu sein. Zum Glück einigten sich alle Beteiligten irgendwann darauf, diese Zusammenkünfte der Großfamilie komplett zu streichen.

Ich beschloss, die nicht einkalkulierte freie Zeit für das Verfassen des abschließenden Finanzplans zu nutzen und in meiner Mietwohnung zu arbeiten. Den Vormittag verbrachte ich einigermaßen konzentriert in meinem provisorischen Arbeitszimmer im ersten Stock, in dem ich Stunde für Stunde fester am Kunstledersitz des Stuhls kleben blieb. Gegen Mittag gab ich auf. Da alle Einkaufsläden geschlossen hatten, radelte ich wieder einmal zur Tankstelle. Das Thermometer vor der Haustür zeigte über dreißig Grad Celsius. Draußen war weit und breit kein Mensch zu sehen. Die Nachbarn ringsherum waren verreist, vergnügten sich an einem der umliegenden Badeseen oder saßen zum Mittagessen in schattigen Biergärten. Entsprechend schien niemand außer mir die Ankunft des hellblauen Reisebusses zu bemerken, der mit quietschenden Rädern in die Tankstelleneinfahrt abbog und abrupt neben den Zapfsäulen zum Stehen kam. Das riesige Fahrzeug wirkte wie ein Fremdkörper in der verschlafenen Kleinstadt. Von der Straßenecke aus beobachtete ich, wie rund zwei Dutzend Reisende herauskletterten. Sie trugen langärmelige Hemden in grellen Farben, Pink, Grün, Blau, Lila und Gelb, dazu dunkle

Hosen und weiße Strohhüte. Die Reisegruppe stürmte in den Verkaufsladen, als wäre sie in einem Outletstore mit Designerkleidung gelandet. Nur wenig später verließen sie den Shop wieder, bepackt mit Keksschachteln, Coladosen und Limonadenflaschen, in Zellophan gewickelten Wurstsemmeln, Schokoladentafeln, Tüten mit Gummibärchen und Chips, Eiscreme und Zeitschriften. Dann kletterten sie schweigend zurück in den Bus. Der Fahrer, groß und hager mit einer altmodischen Chauffeursmütze auf dem Kopf, war durch das dunkle Fensterglas nur schwer erkennbar. Er steuerte den Bus mit einer Geschwindigkeit, die das Tempolimit innerhalb der Ortschaften bei weitem überschritt, in Richtung Autobahn, wo er hergekommen war, und verschwand am Horizont.

Ich sperrte mein Fahrrad ab und betrat den Shop. Der junge Mann, der hier jobbte und mir schon öfter Kekse, Milch oder Bier verkauft hatte, lehnte am Kühlregal und trank eine Limonade. Seine verwuschelten Haare standen lustig in die Luft.

»Hallo, haben Sie diese Leute eben gesehen? Wow, das war wirklich abgefahren. Erst dachte ich, ich hätte gestern Nacht zu lange gefeiert. Die haben den halben Laden leergekauft bis auf die letzte Scheibe Leberkäse.«

Er freute sich sichtlich, Publikum zu haben.

»Ja, eine skurrile Truppe. Wie sahen sie denn von Nahem aus?«

»Das kann ich gar nicht so genau sagen. Sie trugen alle Sonnenbrillen. Ihre Haut war hell, fast wie Porzellan. Sie haben sich die Sachen aus den Regalen geholt und auf der Theke aufgestapelt. Dann hat einer von ihnen alles zusammen mit einer goldenen Kreditkarte bezahlt. Das gibt eine satte Provision, wenn der Chef den Umsatz sieht.«

»Welche Sprache haben sie gesprochen?«

»Sie haben kein einziges Wort gesagt, auch nicht der Mann mit der Kreditkarte. Er hat nur mit dem Kopf genickt. Echt strange.«

»Ist der Fahrer die ganze Zeit im Bus geblieben?«

»Ja. Schade, dass er nicht getankt hat. So ein großes Fahrzeug verbraucht jede Menge Sprit. Meine Kumpel werden Augen machen, wenn ich ihnen das erzähle. Endlich ist einmal etwas passiert in diesem öden Job.«

Er unterbrach seinen Redeschwall und biss in einen Müsliriegel, als müsste er sich für einen erneuten Ansturm kaufwütiger Busreisender stärken.

»Ich hatte alle Hände voll zu tun mit dem Abkassieren.«

»Sie haben das unglaublich schnell hingekriegt, alle Achtung.«

Ich warf einen Blick in das Kühlregal, fischte eine übriggebliebene Flasche Kakao und ein Bier heraus, packte meine Lieblingsschokolade dazu und bezahlte.

»Merci für Ihren Einkauf. Sie haben einen guten Zeitpunkt gewählt, würde ich sagen. Ich bin gespannt, ob diese Aliens wieder auftauchen werden. Und nochmals ein so gutes Geschäft zu machen, schadet auch nichts«, sagte der junge Mann, hob zum Abschied wie immer lässig den Arm und verschwand im Lager, um die Vorräte zu überprüfen.

Ich speicherte den Vorfall als Kuriosum ab, als witzige Anekdote an diesem Feiertag, die ich, angereichert mit weiteren Ausschmückungen und Spekulationen, zu Wochenbeginn meiner Arbeitskollegin in der Firma erzählen konnte. Hatten sich die Reisenden nicht seltsam mechanisch bewegt wie aufgezogene Puppen? Und waren am Bus nicht rechts und links einfahrbare Flügel angebracht gewesen, mit deren Hilfe der Fahrer nach dem Verkehrskreisel an der Hauptstraße abgehoben war wie ein Flugzeug?

Vor der Haustür traf ich meine Vermieterin, Helga Stetter. Ich war überrascht, dass sie im Land war, da sie die meiste Zeit auf Reisen verbrachte. Ihre weitverzweigte Familie lebte über halb Europa verteilt. Auch Monate nach meinem Einzug war ich ihr dankbar, dass sie mir die Einliegerwohnung ohne feste Kündigungsfrist zu einem moderaten Mietpreis überlassen hatte.

Heute wirkte sie aufgeregt.

»Annabelle, gut, dass wir uns sehen, bevor mich meine Schwester abholt. Wir wollen für ein paar Tage nach Triest, Meeresluft einatmen. Heute Nacht habe ich etwas Merkwürdiges erlebt. Es war gegen zwei Uhr morgens. Da ich nicht schlafen konnte vor Hitze, habe ich mir in der Küche eine Tasse Kräutertee gebrüht und sie auf der Dachterrasse getrunken. Plötzlich leuchtete der Nachthimmel für Sekunden in goldgelben Strahlen, die direkt über mein Haus fielen. Es sah aus wie ein Feuerwerk, nur dass es viel weiter oben, quasi zwischen den Sternen, lautlos explodierte. Hätte ich die Polizei oder die Feuerwehr anrufen sollen?«

»Ich hätte es nicht getan«, antwortete ich lahm.

»Nachdem eine halbe Stunde alles ruhig geblieben war, bin ich wieder ins Bett gegangen. Ich schwöre Ihnen, ich sage die Wahrheit. Sie halten mich doch nicht für verrückt?«

Ich schüttelte entschieden den Kopf. Nein, Frau Stetter war alles andere als verrückt. Ihr Verstand arbeitete messerscharf.

»Machen Sie sich nicht so viele Gedanken darüber. Gerade eben ist gleich hier um die Ecke auch etwas nicht Alltägliches passiert«, antwortete ich stattdessen. »Ein derartiges Himmelsspektakel ist eher ein gutes Zeichen, meinen Sie nicht? Ich wollte, ich hätte es nicht verpasst.«

»Danke für diese Perspektive, Annabelle. So kann man das natürlich auch sehen. Sie sind immer so positiv.«

Ich freute mich über ihr Kompliment, obwohl es mit meiner eigenen Wahrnehmung in keiner Weise übereinstimmte.

»Ich muss dringend packen. Aber zuvor möchte ich Ihnen noch eine Sache ans Herz legen, die mir während der schlaflosen Stunden gestern Nacht eingefallen ist. Bitte nutzen Sie die Dachterrasse während meines Urlaubs. Sie haben es bisher noch nie getan. Diesmal bestehe ich darauf. Die warmen Nächte dauern nicht ewig an. Dort oben speist es sich vorzüglich bei Sonnenuntergang. Im Schrank unter der Markise an der Wand befindet sich eine Truhe mit Getränken und Knabberzeug. Bitte bedienen Sie sich. Vielleicht sehen Sie heute Abend von dort oben etwas Spektakuläres. Ich erwarte bei meiner Rückkehr eine schöne Geschichte.«

Seltsam. Nach der sympathischen Kollegin war es das zweite Mal, dass mich jemand um einen Bericht über wundersame Ereignisse an diesem Feiertag bat.

»Das mit der Geschichte kann etwas dauern, aber vor meinem Auszug nächste Woche werde ich Ihr Angebot in jedem Fall annehmen. Mein Job hier ist so gut wie beendet. Liebe Frau Stetter, ich weiß nicht, wie ich Ihnen danken soll. Wie es aussieht, müssen wir uns hier und jetzt verabschieden.«

»Oh, das ist sehr schade. Aber tun Sie, was Sie tun müssen. Sie haben hier anstrengende Monate durchlebt, nicht wahr? Aber keine Sorge. Manchmal sieht es so aus, als würde im Außen nichts passieren, dabei ist im Innern alles in Aufruhr, strebt nach Entwicklung und Neubeginn.«

Ich spürte, wie sich meine Wangen rot färbten. Woher wusste sie, wie es in mir aussah? Und wer sonst hatte meinen Zustand bemerkt?

»Annabelle, schauen Sie nicht so ernst. Behalten Sie die Schlüssel noch eine Weile. Sie können jederzeit zurückkommen, wenn Sie einen Rückzugsort brauchen. Ich werde die Einliegerwohnung nicht so schnell wieder vermieten. Auf Wiedersehen. Ich mag keine Abschiede.«

Mit diesen Worten umarmte mich Frau Stetter spontan und herzlich. Ihre Haut roch nach Veilchen und Jasmin, ein Duft, den ich lange nicht mehr gerochen hatte und der mich an behütete Zeiten meiner Kindheit erinnerte. Dann verschwand sie Richtung Garten. Ich mochte die Art, wie sie in ihren hohen Schuhen und dem eleganten Rock, der ihre schlank gebliebenen Beine betonte, grazil einen Fuß vor den anderen setzte.

In meinem Arbeitszimmer war es vor Hitze nicht mehr auszuhalten. Nachdem ich eine Weile Aktenordner hin und her geschoben hatte, floh ich auf die Terrasse hinter der Küche, um bei einer Tasse Kaffee nachzudenken, wie ich unter diesen extremen Wetterbedingungen den Rest des Tages so effizient wie möglich gestalten konnte. Eingeschlossen vom Holzzaun vor dem handtuchgroßen Rasenstück vor mir, der meterhohen Thujenhecke der Nachbarn rechts von mir und der Betonwand links von mir, versank ich rasch in einen Zustand kompletter Lähmung. Irgendwann gelang es mir, den Liegestuhl in den Schatten des kleinen Sonnenschirms zu rücken, und ich schlief ein mit Träumen von knallbunten Eiskugeln, die auf die Hausdächer klatschten und die Kleinstadt wie eine matschige Glacétorte aussehen ließen.

Gegen drei Uhr nachmittags weckte mich ein unbekanntes Geräusch. Ich erhob mich, um ins Bad zu gehen, als ich es im Keller rumpeln hörte. Ich ging die steile Treppe hinunter, um nachzusehen. Zuerst dachte ich, dass ich vergessen hätte, die Waschmaschine oder den Trockner abzustellen, aber das war nicht der Fall. Auch im Vorratskeller war kein Mäuserascheln, kein Zischen schlecht verkorkter Flaschen oder gärender Einmachgläser zu hören. Zuletzt öffnete ich die Tür zu einer Abstellkammer, die ich noch nie zuvor betreten hatte, und stieß beinahe mit einem rostigen Hometrainer zusammen, dessen hinteres Rad langsam im Kreis auslief.

»Mach das Licht aus!«, sagte eine Stimme.

Vor Schreck hörte ich auf zu atmen.

»Mach das Licht aus!«, wiederholte die Stimme, diesmal eine Spur ungeduldiger.

Ich konnte keinen Finger rühren. Erst bei der dritten Aufforderung tastete ich nach dem Schalter. Seltsamerweise fiel es mir im Dunkeln leichter, mit der Situation fertig zu werden.

»Wer sind Sie? Und wo sind Sie? Kommen Sie sofort heraus! Ich rufe die Polizei. Ich wohne nicht allein in diesem Haus. Sie können mir nichts tun«, schrie ich die schwarze Wand vor mir an.

Eine Welle lang aufgestauter Wut erfasste mich und ich war nahe daran, mit meinen Fäusten auf das modrig riechende Mauerwerk einzuschlagen.

»Beruhige dich, Annabelle! Was um Himmels willen ist nur mit dir los? Du bist ja ganz aufgelöst. Ich bin es. Deine verstorbene Großtante Helene. Die Schwester deines Großvaters väterlicherseits. Und ich kann nicht herauskommen, weil ich eingeklemmt bin. Das war alles so nicht geplant, die ganze Landung meine ich. Ich habe mir meine Rückkehr auch anders vorgestellt. Das kannst du mir glauben.«

»Woher kennen Sie meinen Namen und was wollen Sie von mir? Ich habe nichts mit Ihnen zu tun«, blaffte ich zurück.

Diese Unsichtbare zu duzen, würde nur ein falsches Gefühl von Vertrautheit wecken. Jede Verrückte konnte behaupten, eine Verwandte zu sein. Und gehörte die leicht knarzende Stimme aus der Wand überhaupt einer lebendigen Frau? Vielleicht hatte irgendein Wahnsinniger einen Computer mit bedrohlichen Sprachnachrichten installiert, um Menschen zu erschrecken und zu quälen. Frau Stetter ließ tagsüber öfter einmal die Gartentür auf, was ich ihr erfolglos auszureden versucht hatte. Noch während mir dieser Gedanke durch den Kopf schoss, erkannte ich seine Abwegigkeit.

»Du irrst dich gewaltig und das in vielerlei Hinsicht. Du hast sehr viel mit mir zu tun. Es beginnt damit, dass es unsere Aufgabe ist, die Ahnen zu ehren, sonst wenden sie sich gegen uns. Das wussten schon die alten Chinesen.«

»Ach ja? Warum kommen Sie ausgerechnet zu mir und nicht zu einer anderen Verwandten? Ich glaube nicht, dass Sie die Person sind, für die Sie sich ausgeben. Und was interessieren mich vermeintliche chinesische Weisheiten? Kommen Sie sofort aus Ihrem Versteck.«

»Erstens, frag niemals nach den anderen, und zweitens hör endlich auf, mich zu siezen. Das ist absolut lächerlich. Sobald du wieder klar denken kannst, wirst du dich schon an mich erinnern. Das Verhältnis zu meiner Familie war wohl wirklich so schlecht, wie ich es in Erinnerung habe. Nun ja. In jedem Fall ist es höchste Zeit, dass du einmal etwas für andere tust in deinem Leben, Annabelle. Ich biete dir die Chance dafür. Deine Aufgabe ist es, mir zu helfen.«

»Das werde ich in keinem Fall tun, selbst wenn Sie die Königin von Saba wären. Warum sollte ich?«

»Du hast keine Wahl«, kam die prompte Antwort.

Die letzten vier Worte trafen mich mit einer Wucht, dass ich für Sekunden Sternchen sah. ›Du hast keine Wahl‹. Genau das hatte mir jemand vor nicht allzu langer Zeit bereits einmal gesagt, bloß wer, wann und wo? Bunte Bildfetzen, die ich nicht zusammensetzen konnte, leuchteten auf den Wänden auf. Ein penetranter Geruch, den ich nicht zuordnen konnte, verklebte meine Nase. Schrille Kommandos, die ich nicht verstand, dröhnten in meinen Ohren. Eine Zeitlang befand ich mich an zwei Orten gleichzeitig; in diesem kühlen Keller und in einem stickigen Kabuff in einem fremden Land. Dann verschwand alles wieder in der Dunkelheit. Es war soweit: Ich verlor den Verstand.

»Annabelle, bist du noch da? Ich kann nicht mehr bleiben, sonst stecke ich hier für immer fest. Antworte mir oder hat es dir die Sprache verschlagen? Uns verbindet so viel und gerade stecken wir in einem ähnlichen Dilemma fest und sollten zusammenhalten. Wir sind beide nicht frei und können uns gegenseitig retten.«

Diese unerhörte Behauptung brachte mich auf den harten Boden der Realität zurück.

»Um das ein für alle Mal klar zu stellen. Wir zwei haben null Gemeinsamkeiten. Du bist ein Gespenst; ein Hirngespinst, eine Wahnvorstellung, wahrscheinlich ausgelöst von einem Sonnenstich. Ja, das ist es. Warum bin ich nicht früher darauf gekommen?«

»Ein Gespenst sagst du? Das bist du schon selbst. Schau einmal in den Spiegel, wenn du mir nicht glaubst. Du läufst seit Wochen wie eine lebende Tote herum. Oder soll ich sagen seit Monaten? So geht es nicht mehr weiter und das weißt du selbst am besten. Soll dein Leben so enden?«

Die vorangegangene Wut schlug in schiere Angst um. War es möglich, dass diese Stimme tatsächlich einer verstorbenen

Verwandten gehörte? Mein Großvater hatte mehrere Geschwister, deren Namen ich nicht kannte. Gut möglich, das eine davon Helene geheißen hatte. Hatte mein Vater nicht einmal genau diesen Namen erwähnt? Und falls es so war, und sie auf die Erde zu mir zurückgekommen war, was wusste sie über meine nahe Zukunft?

»Hast du etwas gehört, von ganz oben meine ich? Du weißt schon von wem. Werde ich bald sterben? Steht es wirklich von Geburt an in den Sternen geschrieben, wie lange unser Leben auf der Erde dauern wird? Ich kenne jemand, der fest davon überzeugt ist. Bitte sei ehrlich zu mir.«

»Ah, jetzt nimmst du unser Gespräch auf einmal ernst, nicht wahr? Reichlich spät. Eben war ich noch ein Hirngespinst.«

»Aber es ist doch nicht zu spät, oder?« fragte ich mit weinerlichem Klang, den ich so verabscheute.

»Hörst du, wie die Zeit abläuft? Tick Tack, Tick Tack, Tick Tack. Die nächsten Sekunden deines Lebens sind vorbei und kommen nie wieder zurück. Das ist ein Geräusch, das ich wirklich nicht vermisse.«

»Sag mir, was du weißt, und was ich tun kann, bitte Großtante Helene!«

»Zum ersten Mal nennst du mich bei meinem Namen. Das ist schon einmal ein Fortschritt. Also wirst du mir helfen? Ich muss es wissen und zwar jetzt.«

»Ja, ich werde dir helfen, Ehrenwort.«

»Gut, ich muss los. Wir sehen uns wieder.«

»Du kannst mich doch nicht alleine lassen ohne eine Antwort, ohne mir zu sagen, wie es weitergeht. Wann läuft meine Frist ab?«

»Es ist alles ziemlich undurchsichtig. Aber keine Panik, heute wird nichts Schlimmes mehr passieren. Da bin ich mir ziemlich sicher.«

Mit diesen, alles andere als tröstenden Worten verschwand meine unsichtbare Verwandte und kam trotz allem Bitten und Betteln nicht mehr zurück. Im Licht der altersschwachen Glühbirne durchsuchte ich jeden Winkel der Abstellkammer nach einem Loch oder tiefen Spalt in den Wänden, einem versteckten Fenster, einer verborgenen Tür hinter dem Schrank, einer Bodenluke. Ich konnte nichts entdecken. Ein Pack alter Zeitschriften fiel von einem morschen Regal, knapp an meinem Kopf vorbei. Ich sank erschöpft auf einem Fußschemel nieder, den Rücken an die Heizungsrohre gelehnt, und starrte die verstummte Wand an, die feindselig zurückstarrte. Irgendwo im Keller musste es eine leckende Leitung oder einen undichten Wasserhahn geben. Erst fiel ein Tropfen, dann zwei, dann drei. Dann hörte es auf, um nach ein paar Sekunden wieder zu beginnen. Jeder einzelne Tropfen schien direkt auf meine Schädeldecke zu fallen.

Irgendwann stand ich auf und ging langsam die Treppen hoch. Ich spürte jede Muskelfaser in meinem Körper. Das Tageslicht blendete meine müden Augen. Nachdem ich wieder richtig sehen konnte, ließ ich im Bad kaltes Wasser über mein Gesicht laufen, nahm ein paar Schlucke aus dem Hahn und ging die Treppe hoch zum großen Wandspiegel im Schlafzimmer. Die Haut an Händen, Armen und Beinen war leicht gerötet von der Sonne, mein Gesicht kreideweiß mit dunklen Schatten unten den Augen. In den Mundwinkeln zuckte es leicht, aber hartnäckig. Meine schulterlangen Haare hingen strähnig und matt herunter. Ich sah wirklich aus wie ein Gespenst.

Nachdem ich mir unter der Dusche den Staub und den Schmutz aus dem Keller abgewaschen hatte, ging ich in die Küche, wo das Radio seit den frühen Morgenstunden lief.

Der kleine Zeiger der Wanduhr stand auf der Sechs. Über drei Stunden waren seit dem Gespräch mit meiner Großtante Helene vergangen. Tick Tack. Tick Tack. Ich stieg auf den Stuhl, holte die Uhr hinunter und legte sie kopfüber in die unterste Schrankschublade. Dann begann ich, das Geschirr von einer Woche zu spülen, das sich im Spülbecken angesammelt hatte. Irgendwo in Südamerika war ein Politiker wegen Korruption abgewählt worden. In Afrika verhungerten Kinder wegen der anhaltenden Kriege. In einer nahe gelegenen Kreisstadt hatte ein Brand ein Drittel des Waldes vernichtet. Die Wasservorräte sanken, die Temperaturen stiegen. Hier oben tobte, für jeden sichtbar, der Irrsinn der angeblich normalen Welt weiter.

Nach den Nachrichten folgte eine Sendung mit Rock-Oldies. Zur Ablenkung sang ich ein, zwei Songs lautstark mit, während sich neben mir das Abtropfgestell mit sauberen Tellern, Tassen, Gläsern, Messern und Gabeln füllte. Bei all dem Durcheinander in meinem Kopf war es ein befriedigendes Gefühl, mit meinen Händen etwas Sinnvolles zu tun.

Arbeiten. Das war wie immer die einzige Möglichkeit, um mit dem Grübeln aufzuhören und die Angst zu bändigen. Die folgenden Stunden vergingen störungsfrei in dem mir bestvertrauten Reich der Zahlen, Exceltabellen, Kurven, Listen und PowerPoint-Präsentationen.

Spät in der Nacht schaltete ich den Computer aus und setzte mich mit der Tafel Schokolade und dem Bier von der Tankstelle vor den Fernseher, bis ich erschöpft auf dem Sofa einschlief, während die Giraffen im Zoo, die Cops in Amerika, die Models in der Late-Night-Show bis in den Morgen hinein stumm und geschäftig über den Bildschirm liefen.

Kapitel 2

Alte Wunden

Am nächsten Morgen meldete ich mich zum ersten Mal krank, seitdem ich bei der Sicherheitsfirma arbeitete. Der stellvertretende Geschäftsführer war persönlich am Telefon. Ich kündigte ihm an, meine Präsentation sei so gut wie fertig, einem abschließenden Treffen der Taskforce zu Beginn der neuen Woche stehe nichts im Wege. Nachdem er, freudig überrascht von meinem Arbeitstempo, mit einem Schwall von Genesungswünschen aufgelegt hatte, lief ich in den Keller. In der Abstellkammer herrschte völlige Stille. Die Pedale des Hometrainers standen in der gleichen Position wie gestern, kein Tropfen Wasser tropfte auf den schmutzigen Boden.

Übernacht war Großtante Helene zur Realität geworden. Alle Zweifel wer die Person war, mit der ich mich gestern unterhalten hatte, waren verschwunden. Ich drehte ein paar Runden auf dem Hometrainer und versuchte, Erinnerungen wachzurufen, Bilder heraufzubeschwören. Es gelang mir nicht. Ich konnte mich an keinen Besuch von ihr in meinem Elternhaus erinnern. An den zwanghaften Familientreffen hatte sie nie teilgenommen. Da war ich mir sicher. Nach Fotos musste ich gar nicht erst suchen. Ich wusste nicht einmal, wo sich das Album mit meinen Kindheitsbildern befand. Eine Weile durchstöberte ich das Archiv meines Smartphones. Unter Hunderten von Bildern mit Landschaften sowie mehr oder weniger wichtigen Personen war nur ein einziges Familienfoto abgespeichert; ein unscharfes Selfie mit meinem Vater in seiner Wohnung.

Die Liste der Personen, die ich nach Großtante Helene fragen konnte, fiel beängstigend kurz aus. Als Erstes rief ich meine Mutter an.

»Dein Timing ist schlecht, Annabelle. Ich bin auf dem Sprung zum Mittagessen mit Harald bei unseren neuen Nachbarn.«

Harald war ihr Lebensgefährte, ein Beamter mit einem Faible für Gartenarbeit und Zierfische. Er war ein netter Kerl, aber vollkommen hilflos gegenüber ihrer dominanten Persönlichkeit.

»Du bist stets auf dem Sprung, wenn ich dich anrufe. Ich habe nur eine Frage. Was weißt du über meine Großtante Helene?«

Eine Weile herrschte ungewohntes Schweigen. Dann: »Sag mal, Annabelle, ich mache mir ernsthaft Sorgen um dich. Wieso kommst du plötzlich mit Helene an? Ich habe ja schon immer gesagt, dass dir das viele Herumreisen und die harte Arbeit nicht guttun. Versuch es doch einmal ...«

Ich hielt den Telefonhörer vom Ohr und zählte stumm bis zwanzig. So lange dauerte es in der Regel, bis ihr lauwarmer Schwall an gutgemeinten Ratschlägen und Lebensweisheiten ein Ende nahm. Im Anschluss konnten wir meistens ganz vernünftig miteinander reden.

»... Deine Großtante ist schon seit Ewigkeiten tot, meine Güte. Als hätten wir alle nicht genug Ärger am Hals mit den

Lebenden«, fuhr meine Mutter mit vorwurfsvoller Stimme fort. »Helene hat sich nie um uns gekümmert. Sie kannte wahrscheinlich nicht einmal unsere Vornamen und hat uns keinen Cent von ihrem Vermögen vererbt, obwohl sie, kinderlos wie sie war, jede Menge Geld gehortet hatte. Da bin ich mir sicher. So, ich muss los. Wir sprechen uns ein andermal, aber bitte erst, wenn du wieder zur Vernunft gekommen bist.«

Mit diesen Worten legte sie auf. Ich seufzte tief und tigerte zwei-, dreimal um den Küchentisch herum, um mich neu zu sortieren. Das Gespräch mit meiner Mutter war wie immer verlaufen. Dabei hatte ich mir fest vorgenommen, das ewig gleiche Schema zu brechen und mehr Gefühl, mehr gegenseitiges Verständnis und Lockerheit in die Kommunikation zu bringen.

Erwartungsgemäß war mein Vater um diese Uhrzeit in seinem Architekturbüro in Hamburg.

»Frohe Weihnachten, frohes Neujahr, frohe Ostern und frohe Pfingsten. Habe ich einen wichtigen Feiertag vergessen?«

»Sehr witzig«, antwortete ich.

»Das ist dein erster Anruf in diesem Jahr.«

»Es tut mir leid. Es läuft nicht so, wie ich mir das gewünscht hätte.« Das war eine maßlose Untertreibung.

»Kopf hoch, es kommen bald bessere Zeiten. Aber hör mal, Annabelle, ich will nicht noch einmal eine Ewigkeit warten, bis wir uns sprechen oder wiedersehen. Hast Du verstanden? Ich meine es ernst. Es gibt Grenzen und die hast du überschritten mit deinem monatelangen Schweigen.«

»Versprochen. Lass mich zum Grund meines Anrufs heute kommen. Kannst du mir bitte etwas über meine Großtante Helene erzählen? Ich weiß, die Frage kommt sehr überraschend, aber es ist sehr wichtig für mich. Warum, erkläre ich dir ein anderes Mal. War sie deine Patentante?«

»Tante Helene. Großer Gott, ich habe ewig nicht mehr an sie gedacht. Du bist immer wieder für eine Überraschung gut, Annabelle, weißt du das? Ich halte das für eine besondere Gabe, die du in deinem beruflichen und privaten Leben zu wenig nutzt, soweit ich das aus der Ferne beurteilen kann. Okay, gib mir etwas Zeit, um einen dringenden Geschäftsanruf zu erledigen und nachzudenken. Ich melde mich wieder bei dir, versprochen.«

Eine Dreiviertelstunde später rief er mich zurück.

»Entschuldige, dass es etwas länger gedauert hat. Ich habe mir ein paar Notizen gemacht. Immerhin bist du der erste Mensch, der in rund neunundzwanzig Jahren nach Tante Helene fragt. Als Erstes musst du wissen, dass ich eine besondere Beziehung zu ihr hatte, obwohl wir uns zu ihren Lebzeiten nur selten gesehen haben. Sie war nicht meine Patentante, was ich immer bedauert habe. Großvater hatte sich bei meiner Geburt für seinen älteren Bruder entschieden, mit dem mich leider so gut wie nichts verbunden hat.«

An dieser Stelle klingelte ein Telefon im Hintergrund und wir warteten beide, bis es wieder aufhörte.

»Ich habe zwei Geschichten, die dir sehr gefallen werden«, fuhr mein Vater fort. Ich spürte, dass er den Platz gewechselt hatte, und sah ihn vor mir auf dem Ledersessel in seiner »Denknische« im Büro auf die Schiffe im Hafen blicken.

»Die Erste spielt an meinem Hochzeitstag. Ich war sehr glücklich und überrascht, dass Tante Helene sofort zugesagt hatte. Wir hatten uns viele Jahre nicht mehr gesehen. Sie kam zu spät in die Kirche zur Trauung; genauer gesagt, kurz bevor deine Mutter und ich uns das Jawort gaben. Nachdem die Kirchentür hinter ihr mit einem Knall zugeschlagen war, lief sie den Gang vor in die erste Reihe und setzte sich neben deinen Großvater Theo. Die Absätze ihrer Schuhe klackerten derart laut auf dem Steinboden, dass sich mehrere Gäste kopfschüttelnd umdrehten. Deine Mutter und ich vorne am Altar lächelten uns an. Wir waren beide blutjung und sehr verliebt. Weißt du, früher hatte deine Mutter viel Humor, bis ...«

»Vater«, unterbrach ich ihn sanft.

Auch Jahrzehnte nach der Scheidung hatte er die Trennung nicht ganz überwunden. Er neigte dazu, ausschließlich die positiven Seiten meiner Mutter zu sehen. Es war ein sympathischer Charakterzug, der ihm leider schadete. Keine seiner Freundinnen hielt es länger als vier, fünf Jahre mit ihm aus.

»Entschuldige mein Abschweifen, Annabelle. Zurück zu Tante Helene, der es übrigens vollkommen egal war, ob ihr Auftritt peinlich wirkte. Sie war eine selbstbewusste Person mit glänzenden kastanienbraunen Haaren und einem unwiderstehlichen Lachen. Ich bin mir sicher, dass sie vielen Männern den Kopf verdreht hat. Vielleicht ist sie unverheiratet geblieben, weil sie sich nicht entscheiden konnte? Wir wissen alle so wenig über sie. Helene war schlank bis auf einen kleinen Kugelbauch, den sie mit ihrer Kleidung geschickt kaschierte. Ich weiß das, weil wir zusammen Walzer getanzt haben.«

»Du hast mit ihr getanzt?«, platzte ich in seine Erzählung. Für mich war meine Großtante im Moment eine körperlose Stimme in einer schmutzigen Abstellkammer.

»Ich verstehe nicht, was daran so ungewöhnlich sein soll, Annabelle«, erwiderte er verwundert. »Auf jeden Fall habe ich nach dem Eröffnungstanz mit deiner Mutter so gut wie alle weiblichen Hochzeitsgäste aufgefordert. Tante Helene und ich amüsierten uns prächtig. Trotz ihrer kleinen Statur übernahm sie umgehend die Führung und drehte die Hälfte des Walzers linksherum. Sie ist mir ein halbes Dutzend Mal auf die Füße gestiegen. Ihre Talente lagen woanders, um es diplomatisch auszudrücken.«

Mein Vater lachte, und ich stimmte ein, um ihn zu ermuntern, weiter zu erzählen.

»Wann hast du sie das nächste Mal wiedergesehen?«, fragte ich.

»Bei deiner Taufe. Diesmal erschien sie pünktlich mit einem riesigen Korb gelber Rosen. Es müssen weit über hundert gewesen sein. Sie drückte allen Anwesenden, auch den Kindern, eine in die Hand und verteilte den Rest auf dem Taufbecken, auf den Treppen, Fensterbänken und Stühlen in der Kirche. Ich bin sicher, dass sie den gesamten Altarraum damit geschmückt hätte, wenn der Pfarrer sie gelassen hätte. Ich erinnere mich, dass er nicht gerade begeistert von Helenes Aktion war. Es störte die Dramaturgie seiner Tauffeier. Es muss eine ganz besondere Rosensorte gewesen sein. Ihr betörender Duft, der dich umgab, als wir dich über das Taufbecken hielten, war ihr ganz spezielles Geschenk. Ich fand die Idee grandios; eine Geruchsexplosion, ein Kunstwerk des Augenblicks, so vergänglich und doch von unzerstörbarem Wert. Wer weiß, was Sie damit bei dir ausgelöst hat. Denn gerochen hast Du die Rosen bestimmt und du hast während der ganzen Taufe gelächelt. Leider verschwand Helene nach dem Gottesdienst viel zu schnell auf irgendeine Veranstaltung und nahm an dem Familienessen nicht teil.«

»Wow, das ist eine wunderschöne Geschichte. Warum hast du sie mir nicht schon längst erzählt? Das ist nicht in Ordnung. Sie gehört mir, nicht dir.«

»Ich weiß es nicht, Annabelle. Du hast recht. Es tut mir leid. Ich war viel zu häufig und viel zu lange beruflich unterwegs, als du ein kleines Kind warst. Und später, na ja, da wurde es eben schwierig mit deiner Mutter. Sie interessierte sich übrigens nie für Helene. Deshalb hat sie es vermutlich nicht erwähnt. Es wäre ihr lieber gewesen, wenn deine Großtante dir einen Silberbecher, vergoldetes Besteck oder ein Sparbuch geschenkt hätte. Meine Tante war ihr zutiefst suspekt mit ihrer unkonventionellen Lebensweise: unverheiratet, fixiert auf ihren Beruf als Anwältin und allem voran unberechenbar.«

»War sie gut in ihrem Job?«, fragte ich.

»Das war kein Job für sie, sondern eine Berufung. Ihr Fachgebiet war Arbeitsrecht, und sie reiste ständig auf Kongresse und andere Veranstaltungen durch ganz Deutschland. Ich muss leider bald auflegen. Wir haben eine Konferenz.«

»Nur noch eine Frage zu Helene, bitte. Wann und wie ist sie gestorben?«

»Sie war erst Anfang sechzig, als ihre Bauchschlagader riss. Wenigstens kam der Tod schnell. Sie ist in Frankreich gestorben, in Paris genau gesagt. Deine Mutter fand diesen Umstand genauso exzentrisch wie Helenes ganze Persönlichkeit. Es ist schwierig, im Büro darüber zu sprechen.«

»Klar, danke. Sag mal, ich würde gern mehr über Helene erfahren. Hast du eine Idee, an wen ich mich wenden kann? Mit deiner Exfrau habe ich bereits gesprochen. Das Ergebnis kannst du dir vorstellen.«

»Hm, das ist schwierig. Helene hat irgendwann den Kontakt zur gesamten Familie abgebrochen. Lass mich nachdenken. Ruf deine Cousine Carola an. Sie hat Weihnachten eine E-Mail verschickt, die du auch bekommen haben musst.«

»Ich kann mich nicht erinnern. Um was ging es?«

»Sie ist dabei, ein Familienarchiv aufzubauen, und sammelt Unterlagen dafür. Soviel ich weiß, hat sie schon einiges an Material zusammengetragen. Mir gefällt der Gedanke. Unsere Familie – wenn man den Haufen desinteressierter Verwandter, zu dem wir in den vergangenen Jahren mutiert sind, überhaupt noch so bezeichnen darf – befindet sich im fortgeschrittenen Zustand der Auflösung. Vielleicht kommen wir in diesen Zeiten alle besser klar, wenn wir die Lücken aus unserer eigenen Vergangenheit füllen, anstatt immer so weiterzumachen wie bisher, was meinst du? Wobei ich mehr als überrascht bin, dass ausgerechnet du hier Initiative zeigst. Das habe ich dir, ehrlich gesagt, nicht zugetraut.«

»Ich wundere mich über mich selbst, Vater. Bitte gib mir die Telefonnummer von Carola.«

»Ich schreibe dir gleich eine SMS. Es war schön, mit dir zu reden.«

»Ich halte dich auf dem Laufenden über meine Recherchen, versprochen. Und wir werden uns sehen, sobald ich klarer sehe. Das kann allerdings noch eine Weile dauern.«

»Ja, ja, daran bin ich gewöhnt. Pass auf dich auf«, antwortete er und legte auf.

Vor dem dritten Anruf trank ich ein Glas Kakao und aß eine Handvoll Cornflakes aus der Schachtel. Mehr bekam ich vor Aufregung nicht hinunter. Carola war die Tochter meines Onkels väterlicherseits. Sie hatte zwei ältere Brüder. Unser Verhältnis war seit früher Kindheit gestört, wobei die gemeinsam verbrachten Familientreffen ihren Teil dazu beigetragen hatten. Unser Telefongespräch dauerte exakt eine Minute und sechsunddreißig Sekunden.

»Hallo, Carola. Ich bin es, deine Cousine Annabelle. Entschuldige bitte die Störung. Wie geht es dir?«

Schon beim Formulieren meiner Begrüßungsworte wurde ich mir ihrer Dummheit bewusst. Rund zwanzig Jahre, wenn das reichte, meldete ich mich gar nicht, und dann fiel mir nichts besseres ein als eine, nicht einmal ehrlich gemeinte Frage nach ihrem Wohlbefinden.

»Bist du noch in der Leitung? Ich muss dich etwas Wichtiges fragen. Mein Vater hat mir gerade erzählt, dass du ein Familienarchiv aufbaust. Weißt du etwas über Großtante Helene, die Schwester von Großvater Theo?«

Carola ließ sich Zeit mit ihrer Antwort. »Ja, zu ihr müsste ich auch etwas da haben.« Ihre Stimme klang genervt.

»Das ist wunderbar. Kann ich dich besuchen und es mir ansehen? Jeder Hinweis ist wertvoll für mich. Es wird nicht lange dauern. Das verspreche ich dir.«

Es folgte ein erneutes längeres Schweigen. Ich riss mich zusammen und sagte kein Wort. Hauptsache, sie legte den Hörer nicht auf.

»Wann willst du kommen?«

»So schnell es geht. Ich kann heute kommen, wenn du es ermöglichen kannst. Natürlich geht es auch später«, fügte ich hastig hinzu und biss mir vor Ärger auf die Zunge. Auch wenn ich ausnahmsweise einen Grund für meine Ungeduld hatte, blieb dieses Vorpreschen plump und unhöflich.

Ich hörte Carola durch die Leitung laut durchatmen.

»Also gut. Dann haben wir es hinter uns. So ist es schon immer gelaufen. Dir schießt irgendeine Idee durch den Kopf, die du umgehend in die Tat umsetzen willst, und alle anderen sollen springen. Ruf kurz vor deiner Ankunft an. Ich bin ab dem frühen Nachmittag zu Hause. Auf Wiedersehen.«

Trotz ihrer Unfreundlichkeit jubelte ich innerlich. Ich hatte dieses schwierige Telefongespräch gemeistert, ein schnelles Treffen vereinbart und bekam mit etwas Glück wichtige Informationen über meine Großtante.

Ich startete um die Mittagszeit. Es war ein seltsamer Zufall, dass meine Cousine keine zweihundert Kilometer von meiner momentanen Wohnung entfernt lebte. Dazu kam, dass die Stimme meines Navis, die mich auf dem schnellsten Weg zu ihr lenkte, heute wie Großtante Helene in der Kellerwand klang. Mit jedem gefahrenen Kilometer verschwanden die vergangen Tage, Wochen und Monate in der Arbeit. Es war, als würde mein Wagen von einem starken Magneten angezogen werden. Mein ganzes Leben lang hatte ich mich von meiner Familie entfernt, die größtmögliche Distanz aufgebaut und jetzt steuerte es automatisch in die andere Richtung.

Kurz vor dem Ziel legte ich eine Pause ein. Die Raststätte mit Erlebnisbuffet und integriertem Geschäft war voll mit Reisenden. Ich ergatterte den letzten Platz an einem Tisch auf der Terrasse und umklammerte nervös das Glas mit Apfelschorle vor mir. Würde mich Carola nach meinem Privatleben ausfragen, und falls ja, was sollte ich ihr antworten? So sehr ich mein Gehirn nach schönen gemeinsamen Erinnerungen durchforstete, ich konnte keine finden.

Unterhalb der Terrasse lag eine Hüpfburg aus braunem Plastik, erschlafft vom Ansturm der Kinder. Sie erinnerte mich an ein besonders tristes Familientreffen. War es Ostern oder Pfingsten gewesen? In jedem Fall regnete es an diesem Feiertag, und nach dem Mittagessen klebten wir Kinder mit den Nasen so lange an den Fensterscheiben des muffigen Gastraums, bis unsere Eltern nachgaben und uns trotz des Matschwetters hinaus ins Freie ließen. Auf dem Spielplatz standen ein verrostetes Gestell mit zwei Schaukeln, eine kurze Rutsche und ein blaues pyramidenförmiges Klettergerüst lieblos im Sand verteilt. Es gab keine Zelte, keine Pferde, keinen Marterpfahl und auch kein Schiff aus Holz für Abenteuerspiele. Wir waren alle enttäuscht. Dabei konnten wir uns nie einigen, wer welche Rolle spielen durfte. Räuber oder Polizist? Zauberer oder Clown? Soldat oder Pirat? Immer stritten wir uns und vergruben die gemeinsam ausgedachten

Geschichten schnell im Sandkasten. Carola und mir blieb nichts übrig außer dem Klettergerüst, das keine große Herausforderung darstellte. Wie auf ein stilles Kommando kletterten wir gleichzeitig nach oben bis zu der schmutzigen Plastikplane, die eng gespannt an der Spitze angebracht war. Dort hockten wir und behaupteten jeden Zentimeter unseres eroberten Platzes. Irgendwann, als die jüngeren Kinder schon lange beim Kuchenessen waren und der Dauerregen stärker wurde, brach Carola unser hartnäckiges Schweigen.

»Komm, lass uns von der Mitte aus hinunterspringen, das ist nicht hoch. Oder bist du zu feige?«

Ich hasste es, wenn sie so etwas sagte, vielleicht weil es bis zu einem gewissen Grad stimmte. Als Kind hatte ich vor vielen Dingen Angst, natürlich auch vor Sprüngen ab einer gewissen Höhe. An jenem weit zurückliegenden Nachmittag sprang ich trotzdem, um vor meiner älteren Cousine keine Schwäche zu zeigen. Das Ergebnis waren ein Tränenmeer, ein verstauchter Fuß, Schelte von meiner Mutter und, was am meisten schmerzte, verächtliche Blicke von Carola.

Eine halbe Stunde später erreichte ich die Stadt, in die sie mit ihrem Mann gezogen war. Wie hieß er noch? Bodo? Burkhard? Benedikt? Die Einladung zu ihrer Hochzeit hatte ich unter irgendeinem Vorwand abgesagt.

Während ich die verkehrsberuhigte Straße langsam hochfuhr, überlegte ich, welches der Häuser mit gepflasterten Auffahrten, Doppelgaragen und akkurat geschnittenen Hecken Carolas Heim war. »Sie haben Ihr Ziel erreicht«, verkündete die bereits vertraute Stimme aus dem Navi, als die Straße nach einer scharfen Kurve überraschend am Feldrand endete.

Ich blickte hoch zu einem Haus mit spitzem roten Dach, das wirkte, als hätte es ein anarchistisch gesinnter Architekt in die Vorstadtsiedlung hineingebastelt, um ein Zeichen gegen Konformismus aller Art zu setzen. Kein Zaun umgab den wilden Garten voll knorriger Apfelbäume in Hanglage. Im ungemähten Gras lag ein Mountainbike. Auf der Terrasse schaukelte eine Hängematte. Beim Aussteigen stieß ich beinahe mit einem Mischlingshund zusammen, der mich schwanzwedelnd begrüßte, als wäre ich ein häufiger und von ihm geschätzter Gast.

Kapitel 3

Carolas geheimes Leben

Der Anblick meiner Cousine war eindeutig die größte Überraschung. Sie trug einen ausgewaschenen Jeansoverall, darunter ein hellgelbes kurzärmliges T-Shirt und weiße Turnschuhe. Ein Outfit, das lässigen Glamour verströmte und wunderbar zu ihrer schmalen hochgewachsenen Figur passte. Ihre Arme waren sonnengebräunt und durchtrainiert. In meiner Erinnerung war sie zwanzig Zentimeter kleiner, mollig und verstockt. Fest stand, dass die Frau mit den lockigen dunklen Haaren und dem eigensinnigen Blick vor mir nichts mit dem Bild zu tun hatte, das ich seit meiner Kindheit in mir trug.

»Du bist pünktlich, immerhin«, sagte sie zur Begrüßung und nahm mir den Blumenstrauß ab, den ich an der Raststätte gekauft hatte.

Die übertriebene Menge an Zellophan, die grellen Farben der Zwerggladiolen, das angeklebte Plastiktütchen mit Pflanzendünger wirkten angesichts des Gartens und des weiten Felds davor so fehl am Platz, dass ihr Anblick in den Augen schmerzte. Eine schlechtere Wahl für ein Geschenk hätte ich kaum treffen können. An Süßigkeiten für ihre Kinder hatte ich nicht einmal gedacht. Wir durchquerten eine mit Jacken,

Turnschuhen und Sporttaschen vollgestopfte Diele und gingen durch ein ziemlich unaufgeräumtes Wohnzimmer auf die Terrasse, wo sich ein Junge, nur mit einer ausgeleierten Khakihose bekleidet, aus der Hängematte schälte. Er war dünn und sehnig mit schulterlangen blonden Haaren. Er murmelte ein kaum hörbares »Hallo« und verschwand im Hausinnern.

»Das hat nichts mit dir zu tun. Christopher redet im Moment mit niemandem, nicht einmal mit seinem Bruder«, erklärte Carola und stellte die Blumen in eine Vase. Auf der sonnengebleichten Tischdecke standen Schalen mit Obst, Nüssen, Honig und weißem Joghurt, ein Teller mit Eiersandwiches und Gurkensalat. Carola bemerkte die Vorfreude in meinem Blick.

»Mit welchem Imbiss hast du gerechnet? Mit Sahnetorte oder Eisbomben? Oder gar mit Sauerbraten? Bei unserem letzten Familientreffen in einem besonders hässlichen Gasthof gab es Bratensülze. Ich erinnere mich deshalb so genau, weil ich den Teller erfolgreich in der Restaurantküche entsorgt habe.«

Ich lächelte verkrampft und griff zu einem Eiersandwich. Es schmeckte köstlich.

»Wir haben uns eine Ewigkeit nicht mehr gesehen. Du bist nach wie vor zwei Jahre jünger als ich, also siebenunddreißig Jahre, richtig? Das ist ein bisschen früh für eine Midlife-Crisis. Und falls du größere Probleme hast, warum besprichst du sie nicht mit deinen Freundinnen? Ich verstehe einfach nicht, was du hier willst. Der Anlass deines Besuchs kommt mir vorgeschoben vor. Die Familie war dir bisher doch immer egal.«

Als würde Carola sich selbst über ihren harschen Ton ärgern, attackierte sie die Gurke auf ihrem Teller mit Gabelstichen. Ich setzte meine Kaffeetasse ab und atmete tief durch. Würden die Hakeleien zwischen uns niemals enden? Wir waren erwachsene Frauen, und doch hätte ich am liebsten losgeheult wie ein Kleinkind. Ich spürte, wie die Spitze des Eisbergs in meiner Brust abschmolz, die Kehle hochstieg und die Tränendrüsen füllte. Es gelang mir gerade noch, die Flut aufzuhalten.

»Carola, ich weiß, dass ich dich überfalle, aber mein Interesse an Großtante Helene ist nicht vorgeschoben. Mehr kann ich dir im Moment nicht sagen. Und die Eile ist leider angebracht dieses Mal. Trotzdem sind alle deine Vorwürfe berechtigt. Ich habe mich nie für dich und deine Familie interessiert, was ich seit der ersten Sekunde unseres Wiedersehens bereue. Das ist die Wahrheit. Ob Du es glaubst oder nicht.«

Carola legte den Löffel neben die unberührte Schüssel mit Joghurt und Johannisbeeren und gab dem Hund ein Stück Brezel.

»Entschuldige bitte, Annabelle. Das war nicht fair. Wenigstens bist du ehrlich. Das schätze ich. Ich lass mich nicht gerne zu etwas drängen. Da reagiere ich empfindlich. Und bei dir muss alles, was dir durch den Kopf schießt, immer gleich sofort passieren. Das war schon früher bei unseren Treffen in der Kindheit so.«

Ich nickte und blickte in das Blumenbeet herunter, wo ein Regenwurm sich in die feuchte Erde bohrte. Das hätte ich in diesem Moment auch gerne getan; einfach verschwinden, denn ich wusste nicht, was ich antworten sollte. Sie hatte Recht.

»So, jetzt genug mit Vorwürfen und Erklärungen. Lass uns die wenige Zeit nutzen. Ich muss später zu einem wichtigen Fußballspiel. Mein älterer Sohn Lukas steht heute zum ersten Mal im Tor. Davon träumt er seit Jahren.«

»Kommt dein Mann auch?«

»Mein Mann hat einen Namen. Er heißt Bernhard. Und nein, wir wechseln uns ab mit den Terminen unserer Söhne am Sportplatz und in der Schule. Bernhard ist in der Arbeit. Ich soll dich unbekannterweise grüßen. Er freut sich darauf, dich kennenzulernen. Er ist ein besserer Mensch als ich und bei weitem nicht so nachtragend.«

Ich ließ diese Selbstkritik unkommentiert und folgte Carola zurück ins Haus, die Treppe hinauf in den ersten Stock und dann eine steile Holzleiter hoch in den Dachboden. In meiner Fantasie hatte ich mir ausgemalt, wie wir in einer Abstellkammer mit Taschenlampen in staubigen Kisten zwischen Spinnennetzen und Mäusefallen nach einem Bündel mit Briefen und Fotos suchen würden. Stattdessen öffnete sich ein heller Raum mit blank geputztem Holzboden. Auf einem chinesischen Lacktisch stand eine Stereoanlage, dahinter ein CD-Regal. Sonnenlicht fiel durch das schräge Fenster auf eine frei stehende Ballettstange. Auf der Sportmatte am Boden lagen ein Paar Spitzenschuhe, denen man die langen Jahre im Einsatz deutlich ansah. Gegenüber war eine Spiegelwand angebracht und daneben ein Poster des weltberühmten Tänzers Rudolf Nurejew, die Arme und Beine weit im Sprung ausgestreckt. Die Namen und Gesichter der Ballerinas auf den kleineren gerahmten Fotos kannte ich nicht.

»Du tanzt? Das wusste ich nicht.«

»Woher auch? Du weißt so gut wie gar nichts von mir.« Carola bückte sich, nahm die Spitzenschuhe in die Hände, strich zärtlich über die Bänder und räumte sie in einen Bastkorb. »Ich wollte schon als kleines Kind Tänzerin werden, aber ich hatte nicht die richtigen Voraussetzungen: zu schwache Muskulatur, mangelnde Dehnbarkeit und Auswärtsdrehung, zu wenig Gefühl für Musik und Rhythmus, so die Aussagen meiner ersten Lehrerin. Sie war eine Schlange, aber ein Lob von ihr bedeutete mir damals die Welt. Später war ich froh, dass sie derart brutal mit mir umgegangen ist. Das hat meinen Ehrgeiz nur noch mehr beflügelt. Dank des harten Trainings bei ihr und weiteren Professionellen bin ich zu einer ganz passablen Tänzerin geworden; zumindest gut genug für gelegentliche Auftritte als Solistin. Ich hatte nie ein festes Engagement an einem Theater, war immer freiberuflich tätig. Irgendwann habe ich akzeptiert, dass meine Chancen, eine berühmte Ballerina zu werden, gegen null tendieren. Immerhin war ich ein paar Mal zu Besuch in meinem persönlichen Paradiesgarten; nicht mehr, aber auch nicht weniger. Enttäuschend, die Karriere deiner Cousine, nicht wahr?« Sie sah mich herausfordernd an.

»Ganz im Gegenteil. Ich bin beeindruckt. Ich wusste nicht, dass wir eine Künstlerin in der Familie haben.«

»Zu viel der Ehre. Eine Künstlerin gibt ihre Berufung nicht auf«, winkte Carola ab, ohne ihre Freude über meine Worte ganz verbergen zu können. »Dann kamen Bernhard und die Kinder, und ich musste pausieren. Seit einiger Zeit tanze ich wieder in einer Modern-Dance-Gruppe. Wir treten ein paar Mal im Jahr bei Stadtfesten, kleineren Festivals und anderen Events auf. Die Ballettübungen absolviere ich täglich.«

Ich sah meine Cousine in einer schwarzen Trainingshose und ärmellosem Sweatshirt an der Holzstange auf den Zehenspitzen stehen, sich mit Spagat und Dehnübungen aufwärmen, während unten ihre Familie schlief und draußen die Sonne aufging. Ihr rechtes Bein war hoch in die Luft gestreckt, das andere fest im Boden verankert, ihr Nacken lang gestreckt, der Kopf erhoben, der Blick weit hinaus in die Ferne gerichtet. Diese Übungsstunden gehörten ihr und dem imaginären Publikum, das sie nach dem Aufwärmen mit einem kleinen Solo erfreuen würde. Ich sah sie nachts beim Üben eines ›Pas de Bourrée‹, bis sie mit dem Spiegelbild ihrer Performance einigermaßen zufrieden war. Ballett passte perfekt zu ihr. Nach einem kurzanhaltenden Gefühl von Eifersucht, dass Sie eine Vision hatte (und seit ihrer Kindheit verfolgte), überkam mich zu meiner eigenen Überraschung ein Gefühl des Stolzes, ihre Cousine zu sein.

Carola ging auf die andere Seite des Speichers, öffnete eine Kommode und zog ein dickes Fotoalbum und eine Ledermappe heraus. Wir setzten uns im Schneidersitz auf die Sportmatte und blätterten das Album Seite für Seite durch. Sie deutete auf ein Bild von uns beiden. Wir waren zehn und acht Jahre alt. Wir standen Rücken an Rücken auf dem Heck eines großen Holzschiffs und blickten konzentriert in entgegengesetzte Richtungen: Carola in einen Wald, ich auf ein Feld, beide mit vor dem Bauch verschränkten Armen. Es war eine wunderbare Aufnahme voller Trotz und überströmender Energie. Würde man Außenstehende fragen, in welcher Beziehung die zwei Mädchen zueinander standen, dann wäre wohl die meistgehörte Antwort: Vielleicht haben sie gerade gestritten, aber sie sind zweifellos eng befreundet. Es war, als würden wir die Weite der Welt vermessen, um die Möglichkeiten für die jeweils andere zu sondieren; als wären wir schon als Kinder fest überzeugt davon gewesen, uns gegenseitig vor allen Gefahren, die da draußen lauerten, beschützen zu können.

Carola schälte die Ränder sorgsam aus den aufgeklebten Fotoecken und reichte mir das Foto. »Bitte mach Abzüge für uns und schick sie mir zurück.«

Ich versuchte gar nicht erst, meine Freude darüber zu verbergen. Ihr Geschenk war Lichtjahre von meiner eigenen düsteren Erinnerung an unser gemeinsames Klettern auf ein altes Gerüst an einem unansehnlichen Spielplatz entfernt.

Auf den letzten Seiten des Albums waren entferntere Verwandte abgebildet, die wir beide nicht persönlich kannten. Bei einem mit Blumen umrahmten Bild hörte Carola auf zu blättern. In Tinte stand darunter: *Helene im Kreis von Freundinnen, vierte von rechts, Frankfurt 1951.*

Das Gesicht meiner Großtante war halb unter einem großen Strohhut verborgen. Sie war die kleinste der Frauen, die alle Trachtenkleider trugen; Helene einen knielangen schwarzen Rock mit einer hellgrünen Schürze. Mir gefielen ihre geschnürten Stiefeletten, die modern wirkten für die Zeit und die Trägerin leicht verwegen aussehen ließen.

»Ist dieses Foto alles, was du von ihr hast?«

»Was für eine Frage, natürlich nicht. Dafür hätte ich dich nicht kommen lassen.«

Carola reichte mir eine Mappe aus braun genopptem Leder mit einem Messingschloss, das nicht mehr einschnappte. Darin lagen Umschläge mit Briefen und ein paar Zeitungsausschnitte.

»Viel ist es nicht, ich weiß. Ich baue das Familienarchiv gerade erst auf. Diese Unterlagen kommen aus der Wohnungsauflösung der Großeltern. Meine Mutter hat sie zufällig auf dem Dachboden gefunden. Sie können Großtante Helene nicht so wichtig gewesen sein. Warum sonst waren sie ausgerechnet im Haus ihres Bruders, mit dem sie sich nie verstanden hatte? Das wusste jeder in der Familie, sagt meine Mutter. Ich habe noch nichts davon gelesen, die Briefumschläge nicht einmal geöffnet. Falls es hier Fotos und weitere Überraschungen gibt, erfährst du es jetzt als Erste. Ich hoffe, du bist dir der Ehre bewusst und findest, was du suchst, was auch immer das sein mag.« Sie schaute mich ernst an.

»Bitte mach Kopien und bring mir die Mappe zurück. Es ist besser, wenn alles an einem Ort aufbewahrt wird, findest du nicht? Besonders die Briefe sind mir wichtig. Vielleicht bergen sie unbekannte, geheimnisvolle Welten in sich, die sonst für immer verloren gehen.«

Meine Cousine hörte nicht auf, mich zu überraschen. Ich konnte mich nicht erinnern etwas anderes als Geschäftsbriefe verfasst zu haben. Ich schrieb nicht einmal Postkarten. Meine gesamte Kommunikation lief ausschließlich über Telefon und Kurznachrichten. Carola erhob sich, verstaute die Alben wieder in der Kommode und kletterte zu meiner Enttäuschung die Holztreppe wieder hinunter. Ich hätte noch Stunden mit ihr hier oben verbringen können. In der Küche packte sie die restlichen Eiersandwiches und eine Flasche Wasser für mich ein und begleitete mich zum Wagen. Schon halb um die Kurve bremste ich ab, drehte mich um und rief durch die offene Fensterscheibe.

»Carola, warum hast du mir die Briefe und Zeitungsartikel nicht einfach per Post geschickt?«

»Weil ich nun einmal ein neugieriger Mensch bin und dich wiedersehen wollte«, rief sie zurück und verschwand im Haus.

Bei der Rückfahrt lief unser Wiedersehen in Dauerschleife vorwärts und rückwärts vor meinem inneren Auge ab; im normalen Tempo, in Zeitlupe, im Zeitraffer. Der Fokus lag eine Unendlichkeit lang auf Carolas ebenmäßig geschnittenem Gesicht mit dem störrischen Ausdruck, schwenkte über die Terrasse auf das weite Feld davor, hinauf in den Dachboden mit Zoom auf die Ballettstange und Rudolf Nurejews schwarz geschminkte Augen, die ihr tägliches Training überwachten, und wieder nach draußen zum letzten Bild unseres Abschieds auf der Straße.

Ihre Signale mir gegenüber waren überdeutlich gewesen: ›Bleib auf Abstand, komm mir keinen Zentimeter zu nah, noch nicht, wenn es überhaupt passieren wird. Du bestimmst nicht, wie es mit uns weitergeht. Das Tempo gebe ich vor. Das musst du mir zugestehen nach den vielen Jahren des Schweigens.‹ Trotz allen anfänglichen Unmuts über mein Aufkreuzen hatte sie ebenso wenig wie mein Vater nachgebohrt, warum ich mich ausgerechnet für Großtante Helene interessierte. Beide verstanden instinktiv, dass ihr Insistieren etwas Geheimnisvolles und Kostbares zerstören könnte, das gerade langsam zu wachsen begann.

Während der nächsten hundert Kilometer Autobahn mischten sich die Eindrücke meines Besuchs mit den alten Aufnahmen aus dem Fotoalbum. Großvater und Großmutter blitzten schemenhaft am Waldrand auf und winkten mir zu. Mein Vater überholte mich lautstark hupend mit seinem Motorrad aus Studentenzeiten. Meine Mutter flog im Hochzeitskleid kurze Zeit über mir, ohne mich zu beachten, den Blick auf die Fahrer im Wagen vor mir gerichtet. Einer meiner jüngeren Cousins in Lederhose, kariertem Hemd und mit von Schokolade verschmiertem Gesicht klopfte an die Autoscheibe und streckte mir die Zunge heraus. Carolas Sohn Christopher landete nach einem Salto mit dem Mountainbike auf meinem Autodach. Die langen Haare mit einem Lederband zurückgebunden, sprang er auf die Ladefläche des Lieferwagens vor mir. Weitere Familienmitglieder grinsten mich von den Straßenschildern an, zwinkerten mit den Augen oder runzelten die Stirn. Nur Großtante Helene ließ sich weder hören noch blicken, als hätte sie an diesem schönen Sommerabend etwas Besseres zu tun, als sich mit uns zu beschäftigen.

Kapitel 4

Johannes' Liebesbriefe

Nach dem Besuch im Hexenhäuschen am Hügel, wie ich Carolas und Bernhards Heim im Stillen nannte, wirkte meine Wohnung nüchtern, ja beinahe steril. Bis auf Kleidung, Schuhe, Schmuck, Kosmetikartikel, eine Handvoll Bücher und natürlich den Laptop, den transportablen Drucker und mein Smartphone gehörte mir hier nichts. In all den Monaten hatte ich keine einzige Pflanze gekauft. Bis vor Kurzem wäre ich stolz auf diesen Minimalismus gewesen. Jetzt störten mich die kahlen Wände ohne Gemälde, die Regale und Tische ohne Deko. Die Souvenirs, wie die japanischen Masken oder der afrikanische Holzelefant, die ich von meinen Reisen mitgebracht hatte, lagerten zusammen mit Kunstpostern und Ausstellungsplakaten in meinem ehemaligen Kinderzimmer im Haus meiner Mutter. Es war der einzige Ort, der auf meinen ausdrücklichen Wunsch von Ihrem Ordnungswahn verschont blieb und nur von ihrer Putzfrau ab und zu von Staub befreit wurde.

Ich holte das Foto von Carola und mir aus der Tasche und klebte es mit Tesafilm an den Kühlschrank. Ich würde die Abzüge in unterschiedlichen Größen so schnell wie möglich machen lassen und Bilderrahmen kaufen. Mein Vater hatte versprochen, Fotos von meiner Taufe zu suchen und mir zu schicken, ebenso wie eine Aufnahme von ihm und Großtante Helene auf seiner Hochzeit.

Nach dem köstlichen Imbiss bei meiner Cousine hatte ich keine Lust auf Fastfood und beschloss, auf der Stelle einkaufen zu gehen und mir abends zur Feier des Wiedersehens mit Carola ein Festmahl zuzubereiten mit Vorspeise, Hauptspeise und Nachtisch.

Als ich den Inhalt der braunen Ledermappe auf dem Holztisch im Wohnzimmer ausbreitete, griff ich zuerst zu der Klarsichtfolie mit Kopien von Zeitungsausschnitten. Das war neutrales Terrain. Schließlich hatte ich erst gestern mit Helene gesprochen. Ich brauchte etwas Zeit, um mir wieder bewusst zu machen, dass sie seit neunundzwanzig Jahren tot war.

Ihr diesmal von keinem Trachtenhut verdecktes Gesicht kam mir so vertraut vor, als hätte sie mich seit Kindergartenzeiten begleitet. Es war rund, mit einem energischen Kinn, vollen Lippen und einem genießerischen Ausdruck. Die schlechte Qualität der Bilder konnte Helenes Charisma nicht mindern. Sie stand überall im Mittelpunkt, als würde sie die Linse der Kamera automatisch finden. Auf einer Aufnahme hielt sie strahlend ein Bäumchen hoch, während ein jüngerer Mann im Hintergrund mit einem Spaten ein Loch in den Boden grub. In einem Artikel über einen Seniorenverein saß sie im Kreis betagter Männer und Frauen in einem Rollstuhl und sah aus, als würde sie jeden Moment auf den Startknopf drücken für einen gemeinsamen Ausflug auf Rädern ins Grüne. Ein dritter Beitrag zeigte sie am Pult vor dem Mikrofon während eines Vortrags bei der örtlichen Volkshochschule.

Helene hatte es in ihrer Heimatstadt zu einer gewissen Bekanntheit gebracht. Ein Nachruf erwähnte ihre Leistungen als Anwältin für Arbeitsrecht. Unter anderem referierte sie auf internationalen Fachkongressen, gab Schulungen in Firmen und hielt Vorträge zu Spezialthemen. Bei einer von der Stadt finanzierten Trauerfeier mit Auftritten des Musikvereins und des Seniorenchors, Abschiedsreden von Lokalpolitikern und Danksagungen der unterstützten Vereine war die Kapelle bis auf den letzten Platz besetzt.

Für den Augenblick genügte mir das an Informationen über ihr öffentliches Leben. Morgen würde ich im Internet nach weiteren Details suchen. Mit zitternden Händen faltete ich den ersten der Briefe auseinander. Wie hatte es Carola formuliert? Jeder einzelne von ihnen barg eine unbekannte, geheimnisvolle Welt in sich.

Köln, den 4. April 1980

Liebe Helene,

zurück in meiner Heimatstadt kann ich mein Glück, Sie kennengelernt zu haben, noch immer nicht fassen. Ein spätes Glück muss ich wohl hinzufügen. Ich habe länger auf diese Begegnung gewartet, als es den Anschein hat. Und dann treffe ich mit Mitte vierzig einem Menschen wie Ihnen. Das ist wie ein Geschenk des Himmels.

Was wir im Außen tun und an wen wir uns binden, entspricht nicht immer unseren inneren Wünschen, unserer tieferen Sehnsucht. Aber wem sage ich das? Sie sind eine kluge Frau. Es hat mich viel Mut gekostet, Sie nach dem Vortrag anzusprechen. Und noch mehr, Sie zu fragen, ob Sie noch etwas mit mir trinken gehen wollen in der Hotelbar. Und Sie? Sie haben so selbstverständlich mit einem charmanten Lächeln zugesagt!

Ich sehe ihr Gesicht immer noch vor mir. Dass Sie mich zusätzlich gleich am nächsten Abend in ein Konzert begleitet haben, stellt die Krönung unserer Begegnung dar. Wie wunderbar, dass Sie meine Liebe zur klassischen Musik teilen, ja sogar dieselben Werke und Komponisten schätzen.

Vielleicht können wir uns einmal wiedersehen? Ich beende meinen Brief in der Hoffnung auf eine baldige Antwort.

Mit besten Grüßen

Ihr Johannes

Köln, den 6. Mai 1980

Liebe Helene,

vor drei Tagen habe ich Ihren ersten Brief erhalten. Ich bin ehrlich, dass ich auf eine schnellere Antwort gehofft habe. Aber ich verstehe und respektiere natürlich, dass Sie viel Arbeit haben. Wie sollte es auch anders sein bei Ihrem Sachverstand und Ihrer Erfahrung?

Wir kennen uns kaum, haben uns nur zweimal getroffen. Das ist zu selten, würden die meisten Menschen sagen. Bei mir sieht es anders aus. Heute wage ich, Ihnen das zu schreiben. Sie haben mich in Ihren Bann gezogen, bevor wir das erste Wort miteinander gewechselt haben. Ehrlich gesagt, in dem Moment, als Sie die Bühne betraten und zum Rednerpult gingen, war ich fasziniert von Ihrem Auftreten, Ihrer Ausstrahlung. Ich hoffe, dass Ihre Zurückhaltung nicht damit zu erklären ist, dass ich zu sehr »vorgestürmt« bin.

Das ist normaler Weise ganz und gar nicht meine Art. Sollte das der Fall gewesen sein, bitte ich Sie um Entschuldigung. Zurück zum Positiven. Sie berichten, dass Sie in weniger als zwei

Wochen zu einem Kongress nach Köln reisen werden und Ihnen laut Ablaufplan genug Freizeit bleibt für ein weiteres Treffen.

Ich erwarte Sie voll Vorfreude in meiner geliebten Heimatstadt.

Ihr Johannes

Köln, den 21. Mai 1980

Liebe Helene,

das Wiedersehen mit Dir war wunderschön. Dass wir so viel Zeit miteinander verbringen konnten, damit habe ich nach Deiner ersten, doch eher reservierten Antwort auf meinen Brief nicht gerechnet. Ich denke die ganze Zeit an unsere Bootsfahrt am Rhein, den Besuch im Dom, die unterhaltsamen Gespräche beim Abendessen in meinem Lieblingsgasthof Zur Goldenen Gans.

Danke für Dein Kompliment bezüglich meiner Fähigkeiten als „Reiseführer" (Was ich nicht bin und auch in keinem Fall sein möchte). Ich habe vielleicht einen gewissen Blick für das Schöne entwickelt in unzählbaren Museumsbesuchen, die ich meist allein absolviere. Es gibt nichts Besseres, als in einer Ausstellung oder Gemäldesammlung kreuz und quer durch die Säle zu laufen, weitab von jeder geführten Tour, und immer wieder zu den Werken zurückzukehren, die einen innerlich berühren. Der Kunst auf diese Weise gegenüberzutreten ist ein Abenteuer, aber auch anstrengend.

Du hast mich begleitet, und die Intensität ist dadurch überraschenderweise noch größer geworden. (Und nicht kleiner, wie es mir mit anderen Begleiterinnen, ja selbst guten Freunden schon passiert ist.) Der Kunstgenuss ist wohl etwas, das ich egoistischer Weise meist für mich selbst behalten will. Aber nicht in Deinem Fall. Du inspirierst mich und wir haben so viel gemeinsam!

Der abschließende Besuch im Musiktheater war ein weiterer Höhepunkt. Tristan und Isolde *ist meine Lieblingsoper von Richard Wagner. Während des zweiten Akts, als meine Hand auf deiner Hand ruhte, habe ich den Mut aufgebaut für unseren ersten Kuss am Rheinufer.*

Helene, darf ich hoffen, dass Du meine Gefühle erwiderst?

Dein Johannes

Köln, den 7. Juni 1980

Liebe Helene,

heute ist Deine Postkarte aus Sevilla angekommen. Vielen Dank dafür. Ich freue mich, dass Du einen interessanten Menschen kennengelernt hast, mit dem Du die Schönheit dieser Stadt und der weiteren Reise teilen kannst. Ich habe mir vor Kurzem in der Bücherei ein Buch über Kunst und Geschichte von Andalusien ausgeliehen, um mir ein genaueres Bild von den Orten machen zu können, die Du gerade bereist. Ich hoffe, dass ich bald eine weitere Postkarte von Dir erhalten werde. Ob wir irgendwann zusammen nach Spanien reisen? Wer weiß?

Aber vergiss nicht, dass ich seit langem die Schlösser von König Ludwig II. von Bayern besichtigen möchte – und mit Dir zusammen kann ich mir das wunderbar vorstellen. Davon zu träumen tut mir gut. Meine aktuelle Welt ist derzeit recht klein und bewegt sich zwischen Büro, Wohnung und Spaziergängen am Rheinufer. Ich nutze die Zeit, um Liegengebliebenes in der Wohnung und in der Arbeit zu erledigen. Im Haus stehen Renovierungen und lästige Eigentümertreffen an.

Bald brechen meine Freunde und ich auf zu unserer traditionellen Wanderreise in die Schweiz. Ich habe Dir erzählt, wie großartig sie sind. Natürlich habe ich sie informiert, dass Du voraussichtlich für vier oder fünf Tage dazukommen wirst, und sie freuen sich darauf, Dich kennenzulernen. Ein Einzelzimmer ist im Gasthof für Dich vorreserviert.

Wenn ich auf den Fluss blicke, der heute leicht getrübt ist vom Hochwasser, denke ich an den blaugrünen Bergsee, den man dort von der Frühstücksterrasse aus sehen kann. Der Anblick ist mit dem Atlantik, vor dem Du vielleicht gerade stehst, nicht zu vergleichen, aber auf seine eigene Art spektakulär. Mehr verrate ich Dir (noch) nicht.

In Erwartung eines Anrufs nach Deiner Rückkehr verbleibe ich

Mit besten Grüßen und Wünschen für eine gesunde Rückkehr aus Deinem Urlaub

Dein Johannes

Köln, den 21. Juni 1980

Liebe Helene,

endlich habe ich Nachricht von Dir erhalten! Das Telefongespräch hat mich mehr als beunruhigt. Es ist so wichtig, dass wir uns möglichst bald sehen und Du mir in Ruhe erklärst, was passiert ist.

Denn noch verstehe ich es nicht. Vielleicht geht Dir alles zu schnell? In diesem Fall bin ich selbstverständlich bereit, Dir so viel Zeit, wie Du nur brauchst, für weitere Entscheidungen zu lassen. Für mich war alles klar nach unserem Zusammensein in Köln. Dein Vorschlag, uns auf halber Distanz zwischen unseren Wohnorten zu treffen, ergibt Sinn, zumal Du anschließend einen beruflichen Termin in der Nähe hast. Die Zugfahrt wird keine drei Stunden dauern.

Es ist das erste Mal, dass ich mich im alljährlichen Wanderurlaub nicht richtig erholt habe. Die Bergtouren waren großartig, die Abende lustig, das Essen und der Wein im Gasthof exzellent. Aber auch die Ausgelassenheit im Kreis meiner alten Freunde konnte meine Enttäuschung darüber nicht aufheben, dass Du nicht zu uns gekommen bist. Es hat keinen Sinn, Dir das zu verheimlichen. Und es ist mehr als das: Die Angst, Dich zu verlieren, wächst Stunde für Stunde. Womit habe ich Dich verärgert?

So, alles, was mich in meinem Innersten bewegt und traurig stimmt, steht schwarz auf weiß auf dem Papier. Ich versuche, den Blick nach vorn zu richten. Bitte teile mir Deine Ankunftszeit mit. Ich hole Dich vom Bahnhof ab.

Dein Johannes

PS: Ich lege ein Foto von mir bei, damit Du mich wiedererkennst. (Ein Scherz.) Peter hat es gemacht, als wir am Gipfel ankamen, und beim Anstoßen mit Kräuterschnaps aus dem Flachmann habe ich Dir im Geist zugeprostet.

Die fünf Briefe auf schwerem, cremefarbenem Papier mit Wasserzeichen, mit dunkelrotem Lack auf dem Umschlag, in kurzem Abstand nach ihrer ersten Begegnung verfasst, kamen mir unendlich kostbar vor. Die klare Schrift mit den langen Unterstrichen, die Gedanken über Kunst und die Schönheit der Welt – all das passte zu dem kultiviert aussehenden Mann, der auf einem Felsen unter dem Gipfelkreuz saß und in die Kamera lachte. Die weit geschnittenen Shorts betonten seine schlanken, braungebrannten Beine. Er war der Typ Mensch, dem ich sofort, ohne zu zögern, im Zug mein Gepäck zum Überwachen anvertrauen würde.

Auf einer Ansichtspostkarte vom 17. Juni mit touristischen Aufnahmen aus dem Engadin standen nur zwei Sätze:

Er.Jo.Pe. GmbH Die Vereinigten Bergkameraden senden Dir einen Alphorn-Gruß über die Gipfel. Jo siehe Vorderseite links unten, Er.Pe. siehe Vorderseite rechts oben.

Ich drehte die Karte um. Johannes E. Preis hatte mit Kugelschreiber sein Kürzel über einem mit Blumenkränzen geschmückten Stier eingezeichnet und die Kürzel seiner Freunde über zwei Alphornbläsern mit Trachtenhüten und Gamsbart. Einer der Bergkameraden hatte Peter geheißen. Dann lautete der Name des dritten im Bund vielleicht Ernst, Erich Erwin oder Ekhard.

Die letzte Nachricht von Johannes E. Preis an Helene, in einer Seitentasche der Ledermappe versteckt, war in grobes Papier gewickelt und so fest mit Bindfaden umwickelt, dass ich das kleine unbeschriftete Päckchen mit einem Küchenmesser aufschneiden musste. Heraus kullerte ein rotgoldener Ring mit drei funkelnden Diamanten. »Für H. von J. Juni 1980« lautete die Gravur auf der Innenseite. Kein Brief, keine Karte, keine Nachricht auf dem Papiereinband. Ich zweifelte keine Sekunde an der Symbolik dieses Funds. Johannes E. Preis hatte in seiner Verzweiflung Helene einen Verlobungsantrag gemacht. Sie hatte abgelehnt und er hatte ihr den Ring kommentarlos geschickt, weil er seinen Anblick nicht länger ertragen konnte.

Auf dem Tisch vor mir lag der Beginn einer einseitig erzählten Romanze ohne Happy End, die mich gleichzeitig berührte und beunruhigte. Johannes E. Preis hatte sich offensichtlich in Helene verliebt. Seine Gefühle waren unerwidert geblieben. Vielleicht hatte meine Großtante ihn als Freund

und Seelenverwandten geschätzt und war ihrerseits enttäuscht, dass er viel mehr von ihr wollte? Oder hatte sie sich eine lockere Beziehung für das eine und andere Wochenende mit Sex und Spaß gewünscht? Das wäre ganz schön gewagt gewesen für diese Zeit, aber passte zu der selbstbewussten Frau auf den Zeitungsfotos.

Wenn ich Antworten auf diese und alle weiteren Fragen über Helenes Leben haben wollte, musste ich ihre Antworten auf diese Briefe finden. Johannes E. Preis hatte ihr fast immer aus Köln geschrieben. Sein Name und seine Adresse standen auf dem Briefumschlag. Das war ein Anfang.

Ich lauschte in die Stille. Das bedrohliche ›Tick Tack, Tick Tack, Tick Tack‹ erklang und mein Magen knurrte bald genauso laut. Seit dem Eiersandwich von meiner Cousine hatte ich nichts mehr zu mir genommen. Ich beschloss das Angebot meiner Vermieterin anzunehmen und zum ersten Mal auf der Dachterrasse des Haupthauses zu essen, in dem sie nach dem frühen Tod ihres Mannes allein residierte. Vielleicht erlöste mich die neue Umgebung mit ungewohnter Aussicht von dem Hamsterrad meiner Gedanken.

Kapitel 5

Rosenduft, Sherry und Honigmelone

Es war ein ruhiger Abend ohne Sommerpartys in der Nachbarschaft, ohne den Geruch nach Holzkohle und Grillwürstchen in der Luft, ohne die übliche Rockmusik aus dem Haus gegenüber. Ich würde das Wetterleuchten vor dem angekündigten nächtlichen Gewitter alleine genießen können. Ich nahm den Korb mit gebratenen Auberginen, Oliven und Tomaten, frisch gekochter Pasta, Honigmelone, einer Flasche Rotwein, Besteck und Geschirr und einer Tischdecke und kletterte die steile Außentreppe zur Dachterrasse hinauf. Oben angekommen stellte ich alles ab und lief zur weiß gekalkten Balustrade. Der Garten mit der runden Holzbank unter einer Birke und den wild wachsenden Büschen hatte eine romantische Ausstrahlung. Die Baumaschine mit eingefahrenen Schaufeln an der Kreuzung zur Hauptstraße sah von hier wie ein schlafendes, dickes Fabeltier aus. All das passte hervorragend zum dramatischen Himmel, an dem erste weiß und orangefarbene Blitze weit in der Ferne geräuschlos aufflackerten.

Die Terrasse selbst war geschmackvoll gestaltet mit Oleanderbüschen, Yucca-Palmen und Kakteen in schweren

Tontöpfen und einer Hollywoodschaukel. Ich legte ein Stoffkissen auf einen der Bambus-Stühle, deckte den Bistrotisch und dinierte im Kerzenschein.

»Auf deine weitere Tanzkarriere, Carola«, prostete ich in die Leere. Ich hatte ihr eine SMS geschrieben, dass ich sicher in meiner Wohnung angekommen war, aber keine Antwort erhalten. Zu müde und aufgewühlt von den Ereignissen des Tages, um auch nur ein Drittel der Teller zu leeren, zog ich mich rasch auf die Hollywoodschaukel zurück und schlief ein.

Als ich wieder aufwachte, duftete die ganze Terrasse nach Rosenblüten. Es dauerte eine Weile, bis ich die Frau, die in einem der Bambussessel saß, erblickte. Sie stand auf, tippelte zum Bistrotisch und schenkte sich Rotwein in mein Glas. Sie trank es mit wenigen genießerischen Zügen aus und machte sich über die Antipasti her. Es war Großtante Helene. Es gab keinen Zweifel. Sie trug ein eng geschnittenes Kostüm, das im Licht der Außenlampen goldgelb glänzte. Mit geschlossenen Augen, ein verzücktes Lächeln im Gesicht, verspeiste sie jede Olive, jede Cocktailtomate und Auberginenscheibe, als wären sie belgische Pralinen.

»Zur Honigmelone hätte ich gern ein Glas Sherry getrunken. Das passt wunderbar zusammen. Würdest du bitte nachsehen? Wie schön, dass du von selbst aufgewacht bist. Ich wollte dich nicht wecken, sondern einfach nur ansehen. Du bist zu einer schönen Frau gereift, Annabelle. Du warst schon ein bezauberndes Kleinkind, das in meiner Erinnerung immer gelächelt hat. Was für ein Glück ich doch habe, dass wir heute Nacht zusammen gekommen sind nach all den Jahren. Entschuldige bitte mein schlechtes Verhalten im Keller, auch wenn das schon einige Zeit her ist. Du bist doch sicher nicht nachtragend, oder?«

»Das war gestern Nachmittag«, stotterte ich.

»Ach wirklich? Ich habe keinerlei Zeitgefühl, musst du wissen. Stunden, Tage, Wochen, Monate, Jahre, all das gibt es nicht in meiner neuen Welt. Die Zeitlosigkeit im Himmel ist ein wahres Geschenk. Zurück zu uns. Ich bin eigentlich sehr nett, aber diese Landung war schrecklich. Stell dir vor, du fliegst durch das grenzenlose Universum und steckst dann vollkommen unvorbereitet in einer Mauer fest und kommst erst einmal nicht mehr heraus.«

Mit diesen Worten setzte sie sich wieder hin, schlug die Beine übereinander, schob sich eine Olive in den Mund und fischte mit der Gabel die letzte Nudel aus dem Teller.

»Da gehört nach meinem Geschmack mehr Tomatensauce und Parmesan dran. Ach herrje, entschuldige bitte meine Nörgelei. Ich bin eben ein unverbesserlicher Gourmet«, sagte sie und begann die Honigmelone in fingergroße Streifen zu schneiden.

»Besorgst du uns jetzt noch etwas zu trinken? Vielleicht findest du auch eine Packung Nüsse oder Ähnliches. Das wäre ein passender Snack für unsere Wiedersehensfeier. Die sollte ja früher stattfinden, aber besser spät als nie, oder?«

Ich erhob mich und ging mit weichen Knien zur Truhe unter der Markise, die meine Vermieterin erwähnt hatte. Sie enthielt neben weiteren Spirituosen tatsächlich eine ungeöffnete Flasche Sherry sowie geröstete Mandeln und Chips. Im Regal darüber fand ich passende Gläser und Schüsseln. Helenes braune Augen leuchteten vor Freude. An ihren Ohrringen baumelten goldene Mondsicheln.

»Gefällt dir mein Schmuck?«, fragte sie, als sie meinen Blick bemerkte. »Es ist ein Geschenk einer Kollegin, der ich die Grundkenntnisse der spanischen Sprache beigebracht habe. 100 Prozent Gold wohlgemerkt. Es wäre schön, sich mit allen

Menschen auf Reisen durch fremde Länder unterhalten zu können. Später im Himmel schadet es auch nicht polyglott zu sein. Lass uns anstoßen, cin cin. Das sagt man doch so, oder?«

»Der Trinkspruch ist etwas veraltet«, antwortete ich.

Es war unfassbar. Hier saß ich mit meiner verstorbenen Großtante, trank Sherry und machte Small Talk. Helene öffnete die Tüte mit Mandeln und schob sich abwechselnd eine Nuss und ein Stück Honigmelone in den Mund.

»Mmh, nicht schlecht. Jetzt fehlen nur noch spanische Anisplätzchen, aber man kann nicht alles haben.«

Sie war zugleich anders und genau so, wie ich sie mir vorgestellt hatte. In der Abstellkammer hatte sie mir im knarzigen Befehlston, der keinen Widerspruch duldete, mitgeteilt, dass es meine Aufgabe sei, mich um ihre Angelegenheiten auf der Erde zu kümmern. Heute Abend war sie entspannt und zufrieden im Hier und Jetzt, kindlich in ihrer Freude. Sie wirkte lebendiger als die meisten Menschen, denen ich während der letzten Jahre begegnet war. Ihr Strahlen umhüllte sie wie ein unsichtbarer Umhang aus Samt.

»Ich verstehe das alles nicht. Ich bin so verwirrt, dass ich nicht weiß, was ich sagen soll«, entgegnete ich in einigermaßen gefestigtem Ton.

»Das macht nichts. Ich genieße gerade den Klang meiner eigenen Stimme.«

Trotz meines inneren Aufruhrs musste ich lächeln.

»Ich brauche dringend Antworten. Und das weißt du, Großtante Helene.«

»Ist ja gut. Immer diese Eile auf der Erde. Dann stell mir bitte die richtigen Fragen, sonst kann ich dir das Wesentliche nicht erzählen. Die Gesetze im Himmel sind kompliziert. Es ist ein Wunder, dass es mit diesem Treffen überhaupt geklappt hat«, sagte sie und nippte genüsslich an ihrem Glas.

»Mmh, wie sehr habe ich diesen Geschmack vermisst. Eiskalt schmeckt es noch besser, aber so kann man ihn auch trinken. Ich bin schon ein kleines bisschen beschwipst. Ich habe lange keinen Alkohol mehr getrunken. Der ist da oben nicht so leicht zu bekommen und das Essen ist mehr als gewöhnungsbedürftig. Das heißt im Klartext, dass ich mich wohl nie daran gewöhnen werde.«

»Wie bist du aus der Mauer der Abstellkammer herausgekommen?«

Großtante Helene starrte für ein paar Sekunden missmutig auf ihr frisch gefülltes Glas, als hätte sie darin gerade eine unangenehme Erinnerung versenkt.

»Es hat eine Weile gedauert, bis ich meinen Körper, insbesondere meinen Bauch, so flach gekriegt habe, dass ich nach draußen fliegen konnte. Schau mich nicht so entsetzt an. Du bist nicht verrückt; zumindest nicht verrückter als die meisten Menschen auf dieser Welt. Ich weiß, wovon ich spreche. Ich bin bereits zu Lebzeiten einmal um die Erdkugel gereist. Besser ist es nicht geworden, wie es aussieht. Die Menschheit hat wenig dazugelernt. Zuviel Hass, Krieg, Elend und Einsamkeit. Die nächste Frage, bitte.«

»Was für eine Art Wesen bist du?«

»Ich bin ein Familiengeist. Die Menschen haben sich diesbezüglich in ihrer Evolution zurückentwickelt, im Gegensatz zu den Tieren. Wer sagt denn, dass beispielsweise Katzen, wenn sie stundenlang am Fenster sitzen, keine Familiengeister sehen? Und für Elefanten, Vögel oder Fische gilt das Gleiche. Ich bin überzeugt, dass sie ihre Ahnen in den Weiten der Steppe, über den Gipfeln der Berge oder im Spiegel des Wassers erblicken. So, es reicht mit dem Philosophieren. Die nächste Frage, bitte.«

»Warum bist du zurückgekommen?«

Großtante Helene seufzte erleichtert.

»Ich bin hier, weil ich noch etwas erledigen muss.«

»Bedeutet das, dass du mit deiner Rückkehr eine zweite Chance bekommen hast?«

»Ja, es sieht ganz so aus und glaube mir, dass ich selbst am meisten überrascht davon bin. Ich bin hier, um ein Versäumnis nachzuholen, und dafür brauche ich deine Unterstützung.«

»Was für ein Versäumnis?«

»Ich hatte viel Spaß hier unten, und das auf vielfältige Art und Weise. O ja, Annabelle, ich habe das Leben mit all meinen Sinnen genossen, bis diese heimtückische Krankheit viel zu früh allem abrupt ein Ende gesetzt hat. Und dann war es zu spät.«

»Zu spät für was? Bitte erzähle mir die volle Wahrheit. Denn durch dich weiß ich jetzt, dass mir das gleiche passieren kann. Frühzeitig zu sterben, meine ich.«

Großtante Helene schaute mich erstaunt an.

»Natürlich kann dir das Gleiche passieren wie jedem anderen Menschen auch. Deshalb ist es so wichtig, vor dem Tod die wichtigsten Dinge zu klären, Ordnung zu schaffen. Wir alle brauchen Ordnung, einen Lebenszweck und Kameradinnen und Kameraden, die einen auf dem Lebensweg begleiten. Sonst wird es schwierig, ja unerträglich. Ich bereue so einiges; zum Beispiel, dass es beim letzten Treffen mit meinem Bruder in unserem Geburtshaus keine Versöhnung gegeben hat. Noch schlimmer ist es für den Seelenfrieden, heiß geliebten Menschen nicht mitzuteilen, wie wichtig sie sind.«

»Reden wir hier von Johannes E. Preis?«

»Ach, Johannes. Wie schön, dass du ihn erwähnst, Annabelle. Er war ein so guter Mensch und so kultiviert und großherzig. Der Mann hatte einen Kunstverstand, unglaublich. So etwas ist selten. Ich hätte ihn gerne als Freund behalten. So jemand wie ihn habe ich nie mehr kennengelernt. Aber da war nichts zu machen. Woher kennst du Johannes?«

»Ich habe seine Briefe an dich gelesen.«

»O je, sie sind etwas pathetisch für meinen Geschmack, was es mir jedes Mal schwer gemacht hat, darauf zu antworten. Bei all seinen positiven Eigenschaften konnte er nicht zwischen den Zeilen lesen. Dabei ist das in vielerlei Hinsicht wichtig. Merke dir das gut, Annabelle! Es wird dir helfen. Ich hatte einmal einen Rechtsstreit, da ging es um einen jungen Mann an seinem ersten Arbeitsplatz, der auch nicht zwischen den Zeilen lesen konnte. Er hatte einen Vertrag unterschrieben ohne …«

»Großtante Helene, ich will keine Geschichten von uralten Streitereien vor Gericht hören über Menschen, die ich nicht kenne.«

Ich spürte, wie sich die Ungeduld wie ein Berg in meiner Brust aufbaute. Ich trank mein unberührtes Glas Sherry in einem Zug leer und atmete mehrmals tief durch. Das half.

»Entschuldige bitte meinen Tonfall. Was das Geschichtenerzählen betrifft, ähnelst du meinem Vater. Ich meine, versetze dich doch einmal in meine Lage. Erst dein Auftritt im Keller, wo du mir unter Drohungen und düsteren Voraussagen über meine Zukunft das Versprechen abgerungen hast, dir in einer wichtigen Angelegenheit zu helfen und unmittelbar danach verschwindest du. Und jetzt plauderst du wie auf einem wöchentlichen Café-Kränzchen über dies und das, anstatt mir zu sagen, was ich für dich tun soll. Das ist pure Zeitverschwendung.«

»Zeitverschwendung sagst du? Habe ich dir nicht schon gesagt, dass ich aus einer Region der Zeitlosigkeit komme?

Nein, Annabelle. Wir tun genau das Richtige. Wir unterhalten uns zwanglos, lernen uns besser kennen, essen und trinken zusammen. Das sind Erinnerungen, die bleiben werden. Das kannst du mir glauben. Du wirst an meine Worte denken, wenn du wieder alleine unterwegs bist.«

Ich widerstand ihrem charmanten Lächeln und richtete mich auf.

»Das ist ja alles schön und gut. Ich genieße deine Gesellschaft ebenfalls sehr. Aber du hast mir immer noch nicht gesagt, warum du ausgerechnet zu mir gekommen bist.«

»Meine ehrliche Antwort lautet: Ich weiß es nicht. Wie es aussieht, war es der einzig mögliche Weg. Nur du kannst mich sehen. Nur zu dir kann ich sprechen. So ist es eben. Ich bin hier gelandet …«

»… und bringst mein Leben durcheinander«, warf ich ein. »Vielen Dank dafür.«

»Ich bringe dein Leben nicht durcheinander, Annabelle. Das weißt du selbst am besten. Das Gegenteil ist der Fall. Ich bringe dein Leben wieder in Ordnung. Ja, das könnte die Antwort auf deine Frage sein. Vielleicht war das Fenster offen für meine Ankunft, weil es dir im Moment alles andere als gut geht und du nicht mehr weiter weißt. Es gibt diese Augenblicke, wo das Unmögliche plötzlich möglich wird. Schau nicht so traurig. Sie bergen immer eine Riesenchance.«

Ich widersprach Großtante Helene nicht. Sie hatte Recht. Ich war alles andere als glücklich und das schon viel zu lange.

»Warum hast du mich während meiner Kindheit nie besucht?«

»Ich hatte ein sehr schwieriges Verhältnis zu meiner Familie, wie ich im Keller bereits angedeutet habe. Warum zwingst du mich, es nochmals auszusprechen? Es tut immer noch so weh. Ab einem gewissen Punkt konnte ich mein Leben nur außerhalb der Familie weiterführen. Sonst wäre ich innerlich zerbrochen. Das bedeutete auch, dich nicht mehr zu sehen. Ich kann dir gar nicht sagen, wie leid mir das tut. Ich hätte dir schreiben sollen, als du älter warst. Ich hätte dich zu mir einladen sollen, dich alleine treffen, mit dir verreisen. Wir zwei hätten uns so gut amüsiert, viele schöne Dinge zusammen unternehmen sollen. All das ist jetzt nicht mehr möglich. Ich habe so viele Fehler gemacht in meinem Leben.«

Bei den letzten Worten kippte sie mit dem Oberkörper nach hinten und der Baststuhl wackelte bedenklich. Sie tat mir plötzlich leid und ich überlegte, wie ich sie wieder aufbauen konnte.

»Du hast aber auch viel richtig gemacht in deinem Leben. Das hat mir mein Vater erzählt. Er hat dich bewundert. Deine Lebensfreude. Deinen Humor. Deine Ausstrahlung.«

»Dein Vater ist ein anständiger, liebenswürdiger Mensch. Er ist zu meiner Trauerfeier gekommen. Das hat mich getröstet. Die Seebestattung hatte keine Bedeutung für mich. Ich wollte nur nicht, dass sich mein Bruder verpflichtet fühlt, für mein Grab zu bezahlen. Bitte sage das allen, die sich danach erkundigen. Und noch ein Tipp: Gehe auf Trauerfeiern, wenn Familienmitglieder, Freunde oder Bekannte dich einladen. Ich habe Menschen wiederholt sagen gehört, dass es für die Verstorbenen keinen Unterschied macht. Das stimmt nicht.«

»Warum war ich nicht dabei?«

»Woher soll ich das wissen? Das musst du deine Eltern fragen. Ich hätte mich über dein Kommen gefreut. Ich habe dich von der ersten Sekunde an geliebt, auch wenn ich bisher so gut wie nicht präsent war in deinem Leben. Das darfst du niemals vergessen.«

Ich schluckte vor Rührung und wischte eine Träne aus dem Gesicht. Erst jetzt bemerkte ich, dass ihre Haut transparenter, die Farbe ihrer Haare und Kleidung blasser geworden waren. Vor Schreck sprang ich auf.

»Was ist los mit dir? Geht es dir nicht gut?«

»Ich weiß nicht genau. Ich fühle mich seltsam.«

Großtante Helene griff nach der Flasche, füllte den Rest der goldgeben Flüssigkeit in ihr Glas und trank es zügig aus. Danach erhob sie sich von ihrem Stuhl und schwankte mit der Nuss-Tüte in der Hand Richtung Balustrade.

»Komm schnell, Annabelle! Dieser Blitz am Himmel leuchtet speziell für uns. Oje, ist das bereits das angekündigte Zeichen, dass mein Aufenthalt zu Ende geht? Ich ertrage die Geschwindigkeit, mit der hier alles passiert, nicht mehr.«

Ich lief zu ihr. Erste Regentropfen klatschten schwer auf den Terrassenboden. Wir waren derart in unser Gespräch vertieft gewesen, dass wir das nahende Gewitter nicht bemerkt hatten.

»Es ist bald Zeit für den Abschied.«

»Du kannst mich nicht noch einmal allein zurücklassen. Bitte bleib bei mir. Es gibt noch so vieles, was ich nicht verstehe. Begleite mich auf meinen Weg. Ich schaffe es nicht alleine und fühle mich schon einsam genug.«

Ich nahm sie in die Arme und ein wundersam tröstender Duft nach Rosen, Melone und Sherry umhüllte mich wie ein schützendes Gewand. Ich spürte ihren kleinen Bauch auf meiner Haut und mein Herz machte einen Sprung. Am liebsten würde ich sie bis zum Morgen nicht mehr loslassen und anschließend mit ihr verreisen. Egal wohin. Der warme Wind blies meine Zweifel und Ängste fort. Es gab nur uns beide und als meine Tante zwei, drei Tanzschritte machte, schunkelte ich den Wiener Walzer summend mit.

»Ach wie herrlich, ich liebe die Musik und das Tanzen. Ich bleibe gerne noch bei dir, solange es geht.«

Nach drei, vier weiteren Schwüngen blieb sie abrupt stehen. »Habe ich nicht vor lauter Freude etwas Wichtiges vergessen? Ich weiß bloß nicht mehr was.«

»Du hast mir noch nicht gesagt, was ich für dich erledigen soll.«

»Der Auftrag an dich, natürlich. Ich vertrage wirklich keinen Alkohol mehr. Hör gut zu.«

Helenes melodische Stimme, die wie ein vergessenes Kinderlied in meinen Ohren klang, ging in Flüstern über.

»Ich habe versäumt, dem wichtigsten Menschen in meinem vergangenen Leben meine Liebe mitzuteilen. Du musst die Nachricht überbringen, bevor es zu spät ist. Nur du kannst das. Der größte Schatz meines Herzens heißt ...«

In dieser Sekunde ertönte ein extremer Knall, ein Donnerschlag, wie ich ihn noch nie zuvor gehört hatte und der sicher mit einem Rumms die ganze Stadt aufgeweckt hatte.

»Sei vorsichtig, Großtante Helene«, rief ich und versuchte, sie mit mir die Treppe hinunter zu ziehen. Aber meine Hände griffen ins Leere. Über mir stieg eine goldgelbe Wolke in den Nachthimmel und verschwand hinter der Hauptstraße im Park.

Ich starrte fassungslos nach oben. »Du musst die Nachricht überbringen, bevor es zu spät ist«, hatte sie gesagt. Zu spät für wen? Für mich oder die Person, die ich finden sollte? Lang zurückgehaltene Tränen mischten sich mit dem Regen. Bald ging mein Weinen in kurzes, hysterisches Lachen über. Was für einen theatralischen Abgang hatte meine Großtante da gerade hingelegt! Die Szene würde perfekt in eine Slapstick-Komödie passen. Und ich blieb allein auf der Bühne stehen, wortwörtlich wie ein begossener Pudel, und empfing den schadenfrohen Applaus des Publikums. Ich machte eine spöttische Verbeugung vor dem Oleanderbusch, stieg die glitschige Leiter herunter und fiel kurz darauf in meinem Bett in einen tiefen traumlosen Schlaf.

Kapitel 6

On the Road

Als ich am nächsten Tag erwachte, stand die Sonne bereits hoch am Himmel. Ich hatte den Wecker nicht läuten gehört. Ich sprang aus dem Bett, rannte in die Küche, holte die Wanduhr aus dem Schrank und hing sie wieder auf. Ja, die Zeit lief erbarmungslos weiter, aber jetzt hatte ich eine neue Aufgabe, eine Vision, die nichts mit meinem Berufsleben zu tun hatte. Ich fühlte mich leicht, beinahe beschwingt. Während der Kaffee durch die Maschine gurgelte, schrieben sich die Entscheidungen, was ich während der nächsten Tage wann, wie und wo zu erledigen hatte, von alleine auf die To Do-Liste.

Es gab so viel zu tun, dass ich die Gedanken an die Nacht mit meiner Großtante Helene aus meinen Kopf verbannte. Erst spätabends auf der Dachterrasse füllte ich Seite für Seite meines Notizbuchs, um kein Detail unserer Begegnung zu vergessen, und der Duft nach Oleander und Fichtennadeln vermischte sich mit dem von Rosen. Der Bambussessel, auf dem sie gesessen hatte, blieb unverändert an der Balustrade stehen, reserviert für ihre mögliche Rückkehr. Das Sherryglas, das sie mit ihren Fingern und Lippen berührt hatte, stand noch immer ungespült auf dem Bistrotisch.

Die Abschlusspräsentation am Mittwochmorgen vor dreißig Mitarbeitern und der Geschäftsleitung fand in einem neu eingerichteten überdimensionalen Konferenzraum statt. In der kühlen Luft des Airconditioners hing ein Geruch nach Plastikfolie und Klebstoff. Die aufwendig gerahmten Druckgrafiken mit abstrakten geometrischen Figuren übertrafen sich selbst an Einfallslosigkeit. Warum nur hingen Menschen so etwas an die Wände, wenn es so ein riesiges Angebot an Bildern begabter Künstler zum Ausleihen oder Kaufen gab? Der Projektor summte zu laut.

All das störte mich und spielte gleichzeitig keine Rolle. Die Geschäftsleitung zeigte sich zufrieden mit meinem Vortrag und meiner Leistung und versprach Referenzen. Viel mehr bedeutete mir, dass sich die Kolleginnen und Kollegen aus der Task Force herzlich von mir verabschiedeten. Wir hatten echten Teamgeist entwickelt und zusammen viel erreicht. Das war ein gutes Gefühl.

Mit einem Klick auf den Archivbutton meines Laptops verschwanden die zahllosen Stunden, die ich in diesem Gebäude verbracht hatte, aus meinem Gehirn. Das blieb ein starker Pluspunkt meines beruflichen Nomadendaseins; Zahlen und Fakten waren klar und emotionslos. Solange am Ende die Bilanz unter dem Doppelstrich stimmte, gab es keine Komplikationen. Ich hatte meinen Job erledigt und fertig. Ich war frei.

Keine Stunde später saß ich wieder auf der Dachterrasse und bewunderte die Wolkenberge, die wie an Schnüren aufgezogen in langen Reihen am hellblauen Himmel hingen. Wohnte auf jeder Wolke eine unglückliche Verstorbene und trauerte versäumten Gedanken und Taten nach? Würde ich Großtante Helene bald wiedersehen oder war sie schon in ihr Heim zurückgekehrt? Ich spürte ihre Präsenz. Musste ich etwas Bestimmtes tun, um wieder mit ihr kommunizieren zu können? Und was war das? Und würde mir meine Schnelligkeit bei meiner neuen Aufgabe helfen oder war sie ein Hindernis? Vielleicht bestand die Herausforderung gerade darin, hierzubleiben und zu warten, bis sie ein drittes Mal auftauchte und mir die fehlenden Informationen für meine Suche übermittelte. Was, wenn ich sie verpasste, weil ich vor Ungeduld unterwegs war? Plötzlich hing der weißblaue Himmel voller Fragezeichen.

Das Grübeln brachte mich nicht weiter. Ich wickelte das angebissene Käsesandwich wieder ein, packte die Wasserflasche und Kaffeetasse und ging zurück an die Arbeit. Wie erwartet fand ich keinen Hinweis im Internet auf den Namen Johannes E. Preis. Damals gab es noch keine Online-Adressverzeichnisse, sondern dicke, gelbe Telefonbücher. ›Recherchen sind deine Stärke, Annabelle!‹ wiederholte ich immer wieder. Ich googelte und telefonierte so lange, bis ich herausgefunden hatte, welche Hausverwaltung heute für die Wohnung von Helenes ehemaligem Verehrer zuständig war. Dann folgte das entscheidende Gespräch, um dort so schnell wie möglich einen Termin vor Ort zu bekommen. Ich feierte meinen kleinen Triumph mit einem Glas alkoholfreien Bier und rief anschließend meinen Vater an. Er ging so schnell ran, als hätte er auf meinen Anruf gewartet.

»Hallo Vater, erinnerst du dich an unser Gespräch über Helene?«, fragte ich ohne weitere Einleitung.

»Als könnte ich das vergessen. So alt bin ich auch noch nicht«, erwiderte er und knurrte wie ein Hund. Das hatte er in meiner Kindheit öfters gemacht, um mir Angst einzujagen. Das Ergebnis war, dass ich jedes Mal über seine schlechte Performance lachen musste.

»Es gibt da etwas, was mich beschäftigt.«

»Schieß los«, antwortete er. »Du hast fünf Minuten.«

»Frage eins. Warum hast du mich nicht zu Helenes Trauerfeierlichkeiten mitgenommen? Ich finde das nicht in Ordnung.«

»Woher weißt du, dass es zwei davon gab?«

Mit dieser Reaktion hätte ich rechnen müssen. Es war immer ein Fehler, meinen Vater zu unterschätzen und ich wollte ihm auf keinen Fall von Großtante Helenes Erscheinen erzählen.

»In den Zeitungsartikeln, die mir Carola gegeben hat, habe ich einen Hinweis darauf gelesen«, improvisierte ich. Ich wollte ihm auf keinen Fall von der Begegnung mit Helene auf der Dachterrasse erzählen; erst recht nicht am Telefon. Die Erklärung schien ihn zu überzeugen.

»Gut, dass du einmal auf mich gehört und deine Cousine getroffen hast. Sie ist mehr als in Ordnung. Über diesen Besuch will ich gerne ein anderes Mal mehr hören. Zurück zum Thema. Ja, es gab eine offizielle Trauerfeier in ihrer Wahlheimat und anschließend eine Seebestattung im engsten Kreis. Deiner Mutter waren die langen Fahrten zu anstrengend, und sie bestand darauf, dass du bei ihr zu Hause bleibst. Ich hätte dich gerne mitgenommen, aber wie meistens hat sie ihren Kopf durchgesetzt.«

»Wie immer würde ich sagen.«

Mein Vater schwieg eine Weile, dann seufzte er tief.

»Die Atmosphäre bei der offiziellen Trauerfeier war seltsam; zum Teil berührend und emotional, zum Teil unpersönlich. Ich erinnere mich dunkel an Reden und pompöse Danksagungen von Menschen, mit denen sie sicher nicht enger befreundet gewesen war. Und dann weinte ein gestandener Mann bei seinen persönlichen Abschiedsworten.«

»Ist dir ein Fremder aufgefallen? Ein großer, schlanker Mann mit dunkelblonden Haaren und feinen Gesichtszügen?«

»Nein, wieso fragst du das?«

»Deine Tante pflegte eine Brieffreundschaft mit einem gewissen Johannes. E. Preis, der in Köln lebte. Mir liegen seine Briefe vor.«

»In der Kapelle war jeder einzelne Stuhl besetzt und viele weitere standen an den Seitenwänden. Auf dem Schiff waren bis auf Helenes Brüder mit Ehefrauen sowie den Kapitän und die Mannschaft niemand anwesend. Ich war der Jüngste und der einzige, der über ihren Tod trauerte. So empfand ich es zumindest. Beim Versenken der Urne im Meer kamen mir die Tränen. Du weißt, wie selten das passiert.«

Wieder seufzte mein Vater. So traurig konnte das Gespräch nicht enden.

»Hey, du hast mir sehr geholfen, weißt du das?«

»Nein.«

»Es ist aber so. Schluss mit den Sentimentalitäten. Dein nächster Termin wartet sicher schon. Danke für das Gespräch.«

Die nächsten eineinhalb Tage verbrachte ich mit Aufräumen, Einpacken und Putzen, auch das Auto war fällig. Bei der Waschanlage traf ich den jungen Mann mit den abstehenden Haaren aus dem Tankstellenshop. Auf meine Frage, ob er den großen Reisebus noch einmal gesehen hatte, schüttelte er grinsend den Kopf.

»Leider nicht. Ich muss immer wieder daran denken.«

»Das verstehe ich gut. So etwas passiert nicht jeden Tag. Wir zwei sind Verbündete in dieser Angelegenheit und bleiben in Kontakt.«

»Klar.« Wie immer hob er zum Abschied lässig den Arm.

Am Nachmittag meiner Abreise schrieb ich meiner Vermieterin einen Brief und stellte ihn zusammen mit einer neuen

Flasche Sherry, Chips- und Nusstüten in den Vorratsschrank auf der Dachterrasse. Das Glas, aus dem Großtante Helene getrunken hatte, wickelte ich vorsichtig in ein Tuch und legte es in das Handschuhfach meines Autos. Dann brach ich zum bisher größten Abenteuer meines Lebens auf; verglichen damit hatte ich bisher nichts Entscheidendes riskiert.

Diesmal war mein Wagen über die Autobahn geflogen, so eilig hatte ich es, zu Carola zurückzukehren. Es dauerte, bis sie die Haustür öffnete.

»Ein unangekündigter Besuch diesmal … sehr unhöflich. Ist dein Telefon kaputt, oder was?«

»Hallo Carola, bevor du weiterschimpfst, lass mich bitte etwas sagen: Ich habe mich in den letzten Jahren, ach, was sage ich, Jahrzehnten, wie eine Idiotin dir gegenüber benommen. Damit ist endgültig Schluss.«

Ich machte eine Pause, um Luft zu holen. Am liebsten hätte ich ununterbrochen auf sie eingeredet. Ich atmete nochmals tief durch und blickte ihr direkt in die Augen, bis sie kaum merkbar mit dem Kopf nickte.

»Ich mache mich auf die Suche, um mehr über Großtante Helene zu erfahren und bin hier um dich zu fragen, ob du mich begleiten willst.«

Auf der Fahrt hatte ich den Gesprächsaufbau immer wieder laut geübt und dann überfiel ich meine Cousine mit diesem Vorschlag das zweite Mal innerhalb weniger Tage. Dreißig, sechzig, neunzig Sekunden verstrichen, während die Schweißperlen auf meiner Stirn langsam die Schläfen herunterliefen.

»Warum ist dir Großtante Helene so wichtig? Bitte sei ehrlich zu mir«, unterbrach Carola das Schweigen.

»Das werde ich. Sie ist eine Art Hebamme für mich, glaube ich. Sie hilft mir, in ein neues, anderes Leben zu kommen;

mein bisheriges halte ich nicht mehr aus. Um ehrlich zu sein, halte ich mich selbst kaum noch aus. Gleichzeitig hat sie mir einen dringlichen Auftrag hinterlassen, den ich unbedingt erfüllen möchte. Es gibt keine Alternative. Ich erzähle dir noch heute alle Details dazu. Bis vor Kurzem steckte ich in einer Art Zeitschleife fest. ›Und täglich grüßt das Murmeltier‹, du weißt, was ich meine. Dahin will ich nie mehr zurück.«

»Und du glaubst, dass ausgerechnet ich dir helfen kann?«

»Ja. Du lässt dich nicht von meiner vorgespielten Stärke täuschen. Das war schon immer so. Groß daherreden, darin bin ich eine Expertin. Aber sobald es mühsam oder schmerzvoll wird, kneife ich. Du kannst mich wieder auf Kurs bringen, falls es notwendig wird. Und diesmal geht es um richtig viel und nicht nur um eitle Spielchen. Ich brauche dich. Das weiß ich einfach.«

Wieder sagte Carola lange nichts, und dann brach ein lautes Lachen aus ihr heraus, als hätte sie es mit aller Kraft in ihrem Bauch zurückgehalten.

»Du bist noch genauso verrückt wie früher als Kind. Weißt du das, Annabelle? Schon damals hattest du jede Menge Flausen im Kopf. Deine Mutter verzweifelte bei ihren Versuchen, ein braves Mädchen aus dir zu machen. Wie es der Zufall will, fährt Bernhard mit den Jungs' zum Zelten. Ich werde wie jedes Jahr später nachkommen.«

»Heißt das, dass du mitkommst?«

»Ich habe nur ein paar Tage Zeit, aber ja. Wir werden sehen wie es läuft und ich behalte mir vor, jederzeit vorzeitig zurückzufahren, wenn es stressig wird mit uns, einverstanden?«

»Einverstanden,« antwortete ich.

»Wo geht es hin? Nach Paris? Da ist sie gestorben, hat mir meine Mutter erzählt. Da wollte ich schon lange einmal hin.«

»Leider falsch. Wir fahren nach Köln.«

»Das bedeutet, du hast die Briefe gelesen.«

»Richtig.«

»Morgen können wir los.«

»Carola, ich bin dir so …«

»Ich will keine weiteren Komplimente, Danksagungen oder Entschuldigungen von dir hören. Sag einfach nichts mehr.«

Ich drehte mich um und lief die Treppen zur Straße hinunter, vorbei an dem großem Apfelbaum im Garten, der seine Zweige weit über das wacklige Holzgeländer legte.

»Hey, wo willst du denn hin?«, rief mir Carola hinterher, als die Autolichter aufblinkten.

»In ein Hotel. Aus meiner Mietwohnung habe ich ausgecheckt.«

»Komm sofort zurück und leg dich in die Hängematte. Das ist ein Befehl. Du siehst müde aus. Und schau nicht so betroffen. Hast du ernsthaft geglaubt, ich wollte dich wegschicken? Ich bin ein nachtragender Typ, aber kein Unmensch, der dich in einem anonymen Gastzimmer schmoren lässt an so einem strahlenden Nachmittag. Ich muss dringend noch einiges erledigen. Deine Sachen holen wir später zusammen aus dem Auto.«

Die Hängematte war noch bequemer als sie aussah. Über dem Erdboden pendelnd, schlief ich schnell ein. Irgendwann kam meine Cousine mit einer Flasche Wasser, Kaffee, Obst und Keksen auf die Terrasse. »So, alles erledigt. Bernhard ist einverstanden. Er hat mich geschimpft für meine garstigen Worte bei der Begrüßung. Ich sage ja immer wieder, er ist der bessere Mensch.«

Mit diesen Worten biss sie in einen Apfel und ließ sich auf die Gartenliege fallen. Ich trank ein großes Glas Wasser mit wenigen Zügen aus. Dann sprudelten die Ereignisse der letzten Tage aus mir heraus.

Carola war eine gute Zuhörerin. Die Anwesenheit von Geistern unter uns schien sie wenig zu überraschen. Erst als ich vom Donnerschlag, der Großtante Helene in den Nachthimmel geschossen hatte, erzählte, unterbrach sie mich mit schallendem Gelächter.

»Das ist eine super Geschichte, Annabelle. Ich sehe es deutlich vor mir. Knallbums und weg war sie. Das würde Christopher gefallen. In seinen Comics passiert so etwas ständig. Schade, dass du kein Foto machen konntest. Kann man Familiengeister fotografieren oder bleibt das Bild schwarz? Oder in diesem Fall goldgelb wie Großtante Helenes Kostüm«, ergänzte sie und giggelte wieder los.

»Amüsiere dich nur auf meine Kosten«, grummelte ich mit gespielter Empörung. »Wer den Schaden hat, muss für den Spott nicht sorgen, schon klar. Aber da ich bei ihren beiden Auftritten nicht erfahren habe, wen ich suchen muss, macht das die Aufgabe um ein Vielfaches schwieriger, wenn nicht unmöglich.«

»Ach was, Kopf hoch! Aller guten Dinge sind drei. Bestimmt wird sie dir irgendwann noch einmal erscheinen, in welcher Gestalt auch immer. Oder dir Zeichen senden, die dich weiterbringen. Auch wenn das noch dauern kann, bin ich fest davon überzeugt.«

Ich blickte meine Cousine dankbar an. Botschaften hinterlassen – Das funktionierte in beide Richtungen. Ich war nicht dazu verdammt abzuwarten, dass von ihr etwas kam, sondern konnte selbst aktiv werden.

»Und außerdem passt das alles irgendwie zu dir«, fuhr Carola fort. »Sehe es doch einmal anders. Mir ist sie nicht erschienen und bisher auch kein anderer Familiengeist. Dabei ist das Familienarchiv meine Idee gewesen. Hey, vielleicht sehe ich dafür bald meinen Urgroßvater oder einen anderen Ahnen? Das wäre toll. Zurück zu unserer Großtante Helene: Du bist ziemlich intelligent und hartnäckig. Du schaffst das schon. Was dir am meisten fehlt ist Humor. Lach doch einmal über dich selbst, Annabelle. Das wirkt befreiend, glaube mir.«

»Das habe ich auf der Dachterrasse nach ihrem Abflug schon getan«, warf ich ohne Überzeugung ein.

»Hand auf das Herz: War das wahre Selbstironie? Das ist nämlich eine echte Kunst.«

Ich schüttelte den Kopf. »Eher Hysterie.«

Carola strich kurz über meinen Arm. Es war die erste intimere Berührung seit Ewigkeiten.

»Du startest deine Reise mit einer Panne, für die du nicht verantwortlich bist. Eigentlich sind es zwei, wenn wir Großtante Helenes misslungene Landung im Keller dazuzählen. Es kann nur besser werden. Also, was sollte ich sonst noch wissen?«

Ich fasste den Inhalt der Briefe von Johannes E. Preis sowie vom letzten Telefongespräch mit meinem Vater zusammen.

»Interessant. Meine Mutter wollte auch nicht, dass wir Kinder mit zur Trauerfeier kommen. Sie hat uns damals bei einer Freundin gelassen über das Wochenende und wir waren glücklich, mit deren Kindern zu spielen und in einer Bettenburg vor dem Einschlafen zu toben.«

Mehr sagte sie nicht. Wieder hatte sich Carola mit Wertungen jeder Art zurückgehalten und ich fühlte mich noch stärker zu ihr hingezogen.

Nachdem die Reisetasche gepackt und das Schlafsofa im Wohnzimmer bereitet war, aßen wir gemeinsam mit ihrer Familie zu Abend. Bernhard war wirklich ein netter Kerl, und ich schämte mich, dass ich mir nicht einmal seinen Namen gemerkt hatte.

Anschließend saßen wir wieder zu zweit auf der Terrasse. Das Feld vor uns sah aus wie ein Bühnenbild, umrahmt von einem Wäldchen mit dunklen Fichten auf der linken Seite und einem bunt leuchtenden Gladiolenfeld auf der rechten Seite. Ich stellte mir vor, wie eine Gruppe Jäger mit drei, vier Spagatsprüngen über die braune Erde tanzte in Richtung der Gladiolen, die sich als Blumenmädchen entpuppten, sich mit ihren schlanken Figuren zu voller Größe erhoben und in Erwartung ihrer Verehrer Pirouetten drehten. Als Carola fragte, an was ich dachte, schilderte ich ihr das Bild in allen Farben und sie lächelte.

»Vielleicht solltest du ans Theater gehen oder für ein Varieté oder einen Zirkus arbeiten. Dort sind Mitarbeiter mit Fantasie und deinen finanziellen Kenntnissen bestimmt willkommen.«

Bald verschwand die Sonne vollends hinter den Fichten und nahm die Pracht vor uns mit in die Dunkelheit.

»Der Vorhang ist gefallen. Der erste Akt ist zu Ende. Die Jäger und die Blumenmädchen ziehen gemeinsam zum Dorffest.«

»Kurze Pause, und dann will ich wissen, was im zweiten Akt passiert. Wir können auf keinen Fall schon ins Bett gehen. Wie wäre es mit einem weiteren Glas Wein? Warum sollten wir die geöffnete Flasche im Kühlschrank stehen lassen, wenn wir morgen ohnehin aufbrechen?«, fragte Carola.

Ich freute mich über ihre Ausgelassenheit und überlegte fieberhaft, wie die Story weitergehen könnte. Ich wollte ihr eine spektakuläre Fortsetzung bieten, aber es erschien ein einziges wohlbekanntes Bild in meinem Kopf.

»Und, wie geht es weiter?«

»Das Bühnenbild ist eine schwarze Wand. Eins, zwei Minuten lang geschieht gar nichts. Erstes Hüsteln und Räuspern erklingt. In den hinteren Reihen verlassen Zuschauerinnen und Zuschauer bereits den Raum. Dann beginnt sich die schwarze Wand Zentimeter für Zentimeter nach vorne zu schieben. Bald steht sie über dem Bühnenrand, verdeckt die ersten Musiker, die Posaunen und die Pauke, die laut zu spielen beginnen. Das übriggebliebene Publikum wartet wie erstarrt darauf, dass die Wand in den Orchestergraben fällt. Als sie zu kippen beginn, senkt sich der Vorhang.«

Ich prostete meiner Cousine im Kerzenschein zu, die nachdenklich ein Streichholz anzündete.

»Dieser Akt gefällt mir gar nicht.«

»Mir auch nicht.«

»Die schwarze Wand ist ein Symbol für die Angst, deine eigene Angst, wie es aussieht.«

»Das stimmt. Also, wie machen wir jetzt weiter?«, fragte ich.

»Im Moment gar nicht. Unsere Reise hat noch nicht einmal begonnen und ich will keine negativen, düsteren Dinge oder Gedanken mehr hören. Wir verschieben das Ballett auf einen späteren Zeitpunkt, einverstanden? Dafür erzähle ich dir etwas anderes, wenn wir schon beim Thema sind. Du erinnerst dich an das Plakat mit dem weltberühmten Tänzer Rudolf Nurejew oben im Dachboden?«

Ich nickte.

»Ich weiß, auch das klingt verrückt, aber er hat mir einmal persönlich geholfen. Es liegt viele Jahre zurück. Ich war elf Jahre alt und nahm zum ersten Mal an einem regionalen Tanzwettbewerb teil. Im Gang vor dem Ballettsaal der Schule, wo er ausgetragen wurde, wartete ich mit einem Dutzend weiterer Mädchen in Tutu und Spitzenschuhen auf meinen Auftritt. Ich war schrecklich nervös und hatte Angst, vor meinen Eltern und dem Publikum zu versagen. Ich starrte stumm auf die Wand gegenüber, an der das Poster mit Rudolf Nurejew hing. Kurz vor dem Auftritt, als der Applaus für meine Vorgängerin erscholl, zwinkerte er mir zu, hob ermunternd den Daumen seiner rechten Hand und sagte drei Worte: ›Du schaffst das.‹ Ich nickte ihm ernst zu, sprang vom Stuhl auf und schritt mit hoch erhobenem Kopf durch die Tür auf die Bühne. Es war der einzige Tanzwettbewerb, den ich je gewonnen habe. Damals habe ich mein Sparschwein zerschlagen und mir das Poster gekauft, über mein Bett gehängt und täglich gebetet, dass er wieder zu mir spricht.«

»Und hat er es getan?«

»Leider nein, aber ich träume manchmal von ihm. Gestern Nacht war es wieder soweit. Das ist irgendwie ein seltsamer Zufall vor deiner Ankunft hier und dem Erscheinen von Helene, findest du nicht? Es war kurz, aber sehr beeindruckend. Er machte einen einzigen seiner gewaltigen, unnachahmlichen Sprünge hoch über meinem Bett und rief ›Das Wichtigste ist der unbändige Wille zum Tanzen selbst. Vergiss das nie.‹ Den genauen Wortlaut weiß ich nicht mehr, aber das war die Aussage. Sie passt zu ihm.«

Carola nahm einen großen Schluck Wein, spießte mit dem Holzstäbchen die letzte Olive auf und schob sie sich genießerisch in den Mund.

»Siehst du? Mir erscheinen auch Verstorbene«, fuhr sie nach einer Weile fort. »Ich habe es so interpretiert, dass ich weitertanzen muss, unabhängig davon, wo und wie oft ich noch auftreten kann in meinem Leben. Das spielt keine Rolle. Es geht im Moment darum, meine Übungen zu machen und wieder besser zu werden. Der Tanz ist eine Baustelle in meinem Leben, um die ich mich jahrelang nicht gekümmert habe. Ich bin neununddreißig Jahre alt, und es wird Zeit, die Wände höher zu ziehen und ein Dach zu bauen. Du hast bestimmt auch deine Baustellen.«

›O ja, Carola‹, dachte ich. ›Viel mehr und viel größere Baustellen, als du dir vorstellen kannst. Ich weiß nicht einmal, wo und wie ich mit dem Aufbau beginnen soll. Du würdest jedes Interesse an mir verlieren, wenn du all den Schutt um mich herum sehen könntest.‹ Der Rest vom Eisberg klirrte in meiner Brust. Ich zog die Strickjacke fester um mich und blickte in Carolas Gesicht, das im Licht der Kerze geheimnisvoll leuchtete.

»Meine Vergangenheit spielt im Moment keine Rolle.«

»Klar, die Mission Helene beginnt, ich bin dabei«, antwortete meine Cousine.

»Ready?«

Carola drückte auf die Hupe, die wie eine fette Kröte losquakte, und fuhr den Kombiwagen mit so viel Schwung um die Kurve, dass die Reifen quietschten. Sie sah jung aus in der kurz abgeschnittenen Jeans, den Sandalen und dem verwaschenen T-Shirt. Sie hatte ihre lockigen Haare mit einem roten Tuch zurückgebunden und eine altmodische Sonnenbrille mit runden grünbraunen Gläsern aufgesetzt. Ich hatte vergebens vorgeschlagen, mit meinem Wagen zu fahren, mit dem wir schneller und definitiv sicherer unterwegs sein würden.

»Dieses Auto hat viel mehr Stauraum, als du dir vorstellen kannst. Du weißt nicht, was ich alles eingepackt habe, als du noch wie ein Baby geschlafen hast. Gib Ruhe und lass dich überraschen.«

Ich lehnte mich im Beifahrersitz zurück und schaute zum Fenster hinaus und überließ ihr die Planung der heutigen

Route. Carola wählte die Landstraße. Wir mussten erst morgen Mittag in Köln sein und hatten alle Zeit der Welt.

Während der ersten Stunde Fahrt erzählte ich Carola den Inhalt der Briefkorrespondenz von Johannes E. Preis mit Helene noch einmal mit allen Details sowie die Ergebnisse meiner bisherigen Recherchen. Carola beglückwünschte mich, dass ich einen Termin mit dem Verwalter seiner ehemaligen Wohnung vereinbaren konnte. Je länger wir in dem froschgrünen Kombi unterwegs waren, desto mehr kam es mir vor, dass ich diese Reise nach Köln, und wohin auch immer sie uns im Anschluss führen sollte, aus Eigeninteresse unternahm. War es mir wirklich ein Anliegen, Helenes Geheimnis zu lüften, oder ging es mir in erster Linie um einen Ausweg aus meiner emotionalen Dauerkrise und um die Wiederversöhnung mit meiner Cousine? Ich nahm all meinen Mut zusammen und erzählte Carola von meinen Selbstzweifeln. Ihre Antwort überraschte mich.

»Du beschäftigst dich mit den falschen Dingen, Annabelle. Die Sache ist ganz einfach: Falls wir wegen Großtante dicke Freundinnen werden sollten, wäre das ein Grund zur Freude. Ein verstorbenes Mitglied der Großfamilie sorgt dafür, dass sich in der übernächsten Generation alte Streitereien und Missverständnisse auflösen. Hat Helene nicht selbst gesagt, dass die Ahnen einen Einfluss auf unser Leben haben? Hör auf zu grübeln und genieße die Fahrt.«

Sie schob eine CD von David Bowie in den alten Player. Es war Black Star, die erst nach seinem Tod auf den Markt gekommen war. Sphärische Klänge mischten sich wundersam mit den vorbeiziehenden Kirchtürmen, Hügeln, Wiesen und Wäldern, den Feldern mit Kühen, Schafen und Pferden. Eingehüllt in den wundersamen Sound der Unsterblichkeit und matt von der Sommersonne schlief ich ein.

Als ich erwachte, stand der Kombi auf einem Parkplatz vor einer Raststätte.

»Musst du tanken?«, fragte ich träge.

»Nein, das ist die erste Station unserer Reise. Steig schon aus.«

Wir gingen auf ein altmodisches Gasthaus mit dunklem Holzdach zu, das mir vage bekannt vorkam. Kurz vor dem Eingang bogen wir auf einen steilen Weg nach unten zu einem einsam gelegenen Spielplatz ab. Carola sprintete über ein Basketballfeld mit Hartgummiboden und blickte begeistert auf das massiv gebaute Holzschiff gegenüber.

»Hurra, es ist noch da. Den Sandkasten und die Schaukeln haben sie abgerissen, aber unser Schiff nicht. Es ist neu gestrichen. Früher war es rot-blau. Die Grüntöne gefallen mir besser. Wow, ich bin ganz aufgeregt. Erinnerst du dich, Annabelle? Hier standen wir schon einmal vor vielen Jahren als Kinder. Du warst der Kapitän auf diesem Schiff und hast wie immer keinen anderen Befehlshaber neben dir geduldet. ›Sei ruhig, Steuermann, und fahr weiter in die Richtung, die ich dir gesagt habe. Ich weiß, dass der Schatz auf der Palmeninsel vergraben liegt.‹ So ungefähr lauteten deine damaligen Worte.«

Ich sah Carola verwundert an. »Bist du sicher? In meiner Erinnerung ist es immer andersherum gewesen. Ich war der Steuermann oder eher das Schiffsmädchen oder die Köchin und du immer der Kapitän.«

»Und was sagt uns das? Unsere Erinnerungen sind subjektiv, Annabelle. Sie geben uns kein genaues Abbild der Situation, wie sie tatsächlich stattgefunden hat.«

Wir kletterten die Strickleiter hinauf auf den Bug des Schiffs bis an die vorderste Front, wo wir Rücken an Rücken stehen blieben. Carolas breite, muskulöse Schultern berührten meinen Nacken.

»Was siehst du?«, fragte sie.
»Ein verdorrtes Getreidefeld, und du?«
»Eine Blechlawine auf der Autobahn. Gut, dass wir die Landstraße genommen haben«, antwortete sie.
»Ich sehe etwas, was du nicht siehst, und das beginnt mit einem kleinen d und einem großen K.«
»Eine dünne Kuh?«
»Falsch.«
»Ein dickes Kaninchen?«
»Auch falsch. Ich sehe mich selbst, ein dummes Kind, das seine Cousins und Cousinen tyrannisiert, anstatt sich über Spielkameraden zu freuen, so einsam wie es die meiste Zeit war. Ich hätte so gern Geschwister gehabt.«
»Du schaust wieder in die falsche Richtung, Annabelle. Was ist da vorne?«
»Ein dichter grüner Wald mit hohen Bäumen.«
»Genau, und da gehen wir zusammen hin.«
»Warum hast du eben versucht, meine Stimme nachzuahmen? Ich mag es nicht, wenn man sich über mich lustig macht«, maulte ich weiter.
»Sorry, ich wollte dich aufheitern. Ehrlich gesagt habe ich dich damals beneidet. Du konntest als Kind machen, was du wolltest, ganz im Gegensatz zu mir.«
Als wir wieder auf der Wiese gelandet waren, kickten drei Jugendliche vor dem Fußballtor.
»Ich habe Bernhard in einer Mehrzwecksporthalle kennengelernt. Klingt nicht sehr romantisch, war es aber. Er spielte im Basketballteam, und ich hatte im hinteren Teil Ballettunterricht, weil sich unsere Schule im Umbau befand. Als ich ihn einmal wieder heimlich beim Training beobachtete, erzielte er einen perfekten Treffer und hängte sich im Anschluss für ein paar Sekunden an den Korb. Beim

Herunterspringen fielen ihm seine Haare ins Gesicht, und er schob sie mit einer lässigen Geste zurück. Das war der Augenblick, in dem ich mich in ihn verliebte. Er war damals siebzehn Jahre alt und ich sechzehn. Seitdem sind wir zusammen, sprich eine Ewigkeit. Irgendwann haben wir geheiratet, und dann kamen unsere Söhne auf die Welt. Ende der Ausführungen.«

»Ich habe weder einen festen Freund, noch einen Ehemann, noch Kinder. Nicht einmal einen Lover zurzeit. Das ist eine traurige Bilanz, nicht wahr?«

»Dafür hast du viel Zeit für dich selbst, die du gerade dringend brauchst. Höre auf zu jammern. Dazu haben wir beide keinen Grund.«

Das rätselhafte Universum maß unserer langsam erwachenden Freundschaft einen hohen Stellenwert bei und verschob die Zeit. Die Sekunden dehnten sich zu Minuten, die Minuten verwandelten sich in Stunden. Am Waldeingang hinter dem Spielplatz entdeckten wir einen Fitnesspfad, dem wir nach Lust und Laune folgten. Wir drehten uns an eisernen Ringen, stemmten Baumstämme, sprangen über Hindernisse und liefen ein Wettrennen bis zur nächsten Station, das Carola gewann. »Zehnmal in die Stütze springen, Kinder fünfmal«, lautete die Anweisung auf der Tafel. Als ich ankam, stand sie unbeweglich an der Eisenstange in der ersten Ballettposition, die Füße in einer geraden Linie nebeneinander, die Zehen nach außen gerichtet, den Blick nach innen gekehrt. Ich setzte mich auf eine Baumwurzel gegenüber und bewunderte ihre Anmut.

Zurück am Gasthof studierten wir die Speisekarte. Es gab immer noch Sahnetorte, Eisbomben und Sauerbraten. Auch die gelbgestreiften, ausgewaschenen Tischdecken und die unsäglich geschmacklosen, silbernen Serviettenhalter mit Hirschköpfen kamen uns bekannt vor. Wir bestellten Salat und Obst vom Buffet und zahlten sofort nach dem Essen.

»Wo fahren wir als nächstes hin? Zu einem weiteren Ort der Vergangenheit?«

Carola schüttelte den Kopf.

»Es gibt einen Campingplatz ganz in der Nähe und er liegt direkt an einem See. Besser geht es nicht. Schon morgen kommt der Ernst des Lebens zurück. Das sagt mir das Kribbeln in meinem linken Fuß. Bitte lass uns diesen Abend nicht in einem muffigen Pensionszimmer verschwenden.«

Entgegen meinen Befürchtungen war die Anlage am Dorfrand modern eingerichtet mit sauberen Sanitäranlagen und einem Restaurant, in dem wir nach dem Schwimmen Pizza aßen und beobachteten, wie die Sonne zusammen mit meinen Vorurteilen im Wasser versank. Irgendwo spielte jemand Gitarre und sang mit rauchiger Stimme Songs von Bob Dylan.

Später zog Carola ein ultramodernes Wurfzelt aus einem Plastiksack, das sich beinahe von selbst aufstellte. Wir legten die Isomatten davor, tranken Rotwein aus der Flasche und tauften den funkelnden Stern über uns auf den Namen Helene. Ich schickte ihr eine erste Botschaft von unterwegs zu, die mehr einem Gebet als einem Gutenachtgruß glich, und ignorierte den erstaunten Blick meiner Cousine. Es gab viele Möglichkeiten, mit meiner Großtante in Kontakt zu bleiben. Um Mitternacht, als Carola längst in ihrem Schlafsack träumte, hörte ich die Glocken des Kirchturms im Dorf, die diesen unvergesslichen Tag mit zwölf hellen Schlägen verabschiedeten.

Kapitel 7

Im Schatten des Doms

»Heute übernimmst du das Steuer«, hatte Carola beim Frühstück gesagt, und auch diese Entscheidung von ihr erwies sich als richtig. Das Autofahren lenkte mich ein wenig von dem bevorstehenden Treffen ab. Der See, in dem wir am Morgen geschwommen waren, löste sich im Rückspiegel zu einem blassblauen Fleck auf. Vor uns lag die graue Autobahn. Wir hatten keine Zeit für eine gemütliche Fahrt auf der Landstraße. Ich überlegte, den Nachrichtensender im Radio einzuschalten und mich mit Fakten berieseln zu lassen. Als könnte Carola meine Gedanken lesen, begann sie, Anekdoten aus ihrer Schulzeit zu erzählen. Obwohl ich immer wieder schmunzeln musste, verdunkelte eine einzelne graue Wolke, die nur ich zu sehen schien, den strahlend blauen Himmel, je näher wir unserem Ziel kamen. Die Erinnerungen an meinen letzten Besuch in Köln reduzierten sich auf eine Gruppenbesichtigung des Doms im Eilschritt am Ende eines nasskalten Tags mit anstrengenden Kundengesprächen und einem Glas Gin Tonic in der leeren Hotelbar. Genervt vom stockenden Stadtverkehr verfuhr ich mich ein paar Mal, bis ich den Eingang zum Parkhaus in der Altstadt fand und den Kombi auf einem der wenigen freien Plätze abstellte.

Die Uferpromenade quoll über vor Touristen, die auf den Bänken und Wiesen picknickten, im Schatten der Bäume dösten oder mit Eiscremetüten vor den Kassen der Ausflugsdampfer warteten. Ein Tanker folgte unbeeindruckt von dem Menschengewusel seiner Route, tief im Wasser des Flusses liegend, das in der Mittagssonne goldgelb funkelte. Ich beneidete den Kapitän um die frische Brise, die Weite vor sich, um das feste Ziel, das er ansteuerte. Unser heutiger Job lag noch vor uns, und ich war mir nicht sicher, ob es uns gelingen würde, das Gespräch in die richtige Richtung zu lenken.

Wir stiegen die Treppen hinauf zum Café des Kunstmuseums; Carola in einem gelben Sommerkleid, ich in einem beigen Hosenanzug mit roter Bluse. Wir sahen aus wie zwei Geschäftsfrauen in Erwartung einer zufriedenstellenden Transaktion. Oben angekommen erhob sich ein Mann mit Sonnenbrille und winkte uns zu sich heran. Er trug einen schwarzen Designeranzug und unter dem Jackett ein weißes Hemd aus edlem Stoff. Er wartete höflich, bis wir auf den Bistrostühlen im Schatten des Sonnenschirms Platz genommen hatten. Heiko Kindler war der Chef eines Hausverwaltungsunternehmens mit zahlreichen Objekten in der Stadt und im Umland. Zur Begrüßung überreichte er uns seine Visitenkarte und bestellte beim Kellner Kaffee, Eiswasser, Antipasti und Fruchtschalen.

»Das sind die Spezialitäten hier, vertrauen Sie mir. Sie beide sind natürlich meine Gäste. Wenn Sie Hunderte von Kilometern fahren für dieses Gespräch, ist das wohl das Mindeste, was ich tun kann«, sagte er galant und strich sich mit seiner rechten, gepflegten Hand über die dunklen, etwas zu stark gegelten Haare.

Ich hätte gern den Ausdruck und die Farbe seiner Augen gesehen, aber er nahm die verspiegelte Sonnenbrille während unseres Gesprächs nicht ein einziges Mal ab. Carola bemerkte, dass ich ihn anstarrte, und gab mir unter dem Bistrotisch einen leichten Tritt.

»Danke, dass Sie sich Zeit genommen haben für ein Treffen mit uns. Wie ich Ihnen am Telefon erklärt habe, sind wir auf der Suche nach Informationen über einen gewissen Johannes E. Preis, der bis zu seinem Tod in einer von Ihnen verwalteten Wohnung gelebt hat. Eine verstorbene Verwandte, eine Großtante von uns beiden, war eine gute Freundin von ihm. Sie haben sich gegenseitig Briefe geschrieben, und wir hoffen, dass wir den fehlenden Teil der Korrespondenz bei Verwandten von Herrn Preis finden können. Es ist von großer Bedeutung für uns.«

»Handelt es sich um eine Geldangelegenheit?«, fragte Heiko Kindler und musterte mich, als würde er abwägen, ob er mit mir eine gute Partie machen könnte.

»Nein, es geht um eine Familienchronik, die meine Cousine und ich gerade verfassen als Geschenk zum runden Geburtstag meines Vaters. Er wird sechzig Jahre alt in wenigen Monaten und hat seine Tante sehr verehrt. Deshalb recherchieren wir ihr Kapitel besonders ausführlich«, erklärte ich. »Und jedes Detail über ihr Leben und erst recht eine Brieffreundschaft wird ihn sehr interessieren«, fügte ich hinzu.

Wenigstens dieser Punkt entsprach der Wahrheit. Die ganze Idee stammte von Carola und überzeugte Heiko Kindler sofort.

»Ich verstehe. Sie haben unglaubliches Glück bei Ihren Nachforschungen gehabt, wobei ich zugeben muss, dass Sie ganz schön hartnäckig gewesen sein müssen, um zu mir persönlich durchgestellt zu werden. Meine Sekretärinnen sind geschult, mich von Anfragen jeder Art abzuschirmen. Ich schätze akribisch arbeitende Mitarbeiter und bin gerade auf der Suche nach einer weiteren Führungskraft. Sie hätten gute Karten für diesen abwechslungsreichen Job, wenn ich das so sagen darf.«

Er schaute mich durch die verspiegelten Brillengläser an, als würde er die Windungen meines Hirns und die Kurven meines Körpers gleichzeitig scannen. Carola grinste belustigt, während ich unbeeindruckt meine Fruchtschale löffelte.

Es dauerte nicht lange, bis Heiko Kindler das nachfolgende Schweigen am Tisch beendete.

»Entschuldigen Sie bitte diesen Exkurs. Normalerweise bin ich nicht derart aufdringlich. Sie verwirren mich, ehrlich gesagt. Das ist natürlich als Kompliment gemeint. Kommen wir zu Ihrem Anliegen zurück. Erst einmal müssen Sie wissen, dass dieses Wohnhaus unter Denkmalschutz steht. Sonst wäre es bei den steigenden Immobilienpreisen ziemlich sicher längst abgerissen und durch eine Shoppingmall oder Ähnliches ersetzt worden. Stattdessen ist es, immer wieder renoviert natürlich, was uns eine Stange Geld kostet, mehr oder weniger in seinem ursprünglichen Zustand erhalten geblieben. Ein Teil der zwanzig Wohnungen wird gewerblich für Anwaltskanzleien, Notariate oder Arztpraxen genutzt. Der Rest befindet sich in Privatbesitz oder ist vermietet.«

Er unterbrach seine Erklärungen und grinste voller Vorfreude in sich hinein. In diesem Moment sah er aus wie ein frecher Junge, was ihm wesentlich besser stand als der übertrieben coole Auftritt.

»Und, aufgepasst die Damen, es kommt das Sahnehäubchen auf Ihrem Dessert: In der ehemaligen Wohnung von diesem Johannes E. Preis wohnt heute sein Sohn, Leonhard Preis.« Er blickte uns Beifall heischend an.

›Helene hat ein Kind von ihm bekommen‹, schoss mir als erster Gedanke durch den Kopf, den ich gleich wieder verwarf. Ein Blick zu Carola sagte mir, dass es ihr genauso ging. Wir hatten einen intimeren Kontakt zwischen den beiden für unwahrscheinlich gehalten, ja komplett ausgeschlossen. Die Briefe gaben darauf nicht den geringsten Hinweis. Ich nahm einen großen Schluck Eiswasser und atmete tief durch. Spekulationen brachten uns nicht weiter.

»Das ist einfach fantastisch! Meinen Sie, dass Ihr Mieter einem Besuch von uns zustimmen würde? Es würde nicht lange dauern, und Sie … entschuldigen Sie bitte, ich meine natürlich ein Mitarbeiter Ihrer Hausverwaltung könnte dabei sein, wenn das notwendig sein sollte.«

Es war das erste Mal, dass Carola die Gesprächsführung übernahm. Wir agierten wie ein eingespieltes Team.

»Also langsam werde ich etwas eifersüchtig. Es ist lange her, dass gleich zwei gutaussehende Frauen sich derart für meine Wenigkeit interessiert haben. Dieser Johannes E. Preis muss ein toller Mann gewesen sein.«

»Ja, er war äußerst kultiviert mit edler Gesinnung, einem großem Herzen und viel Mut«, antwortete ich, als müsste ich ihn verteidigen.

Heiko Kindler blickte mich amüsiert an. »Meine Damen, ich schlage vor, dass meine Assistentin den Sohn dieses Heiligen anruft. Soviel ich weiß, stehen in dem Gebäude bald Renovierungsarbeiten an. Wir haben damit einen offiziellen Anlass, uns zu melden. Auf diese Weise ist die Datenschutzfrage am saubersten gelöst. Falls er ein Gespräch mit Ihnen ablehnt, sehen wir weiter, einverstanden?«

Wir hatten beide nicht mit derartiger Hilfsbereitschaft gerechnet und dankten ihm überschwänglich. Zehn Minuten später kam der Rückruf, und ein Hauch von Selbstzufriedenheit legte sich über Heiko Kindlers gut geschnittenes Gesicht, was seine Attraktivität wieder schmälerte.

»Meine Assistentin hat Leonhard Preis erreicht. Er wird gegen fünf Uhr in seine Wohnung kommen und sie beide dort zu einem Gespräch empfangen.«

Diese Etappe unserer Reise war für meinen Geschmack zu reibungslos verlaufen. So viel Glück gleich zu Beginn eines derart unsicheren Vorhabens konnte nichts Gutes bedeuten. Bald würde sich das Blatt wenden. Jahrelang war in meinem Privatleben alles schiefgelaufen, was schieflaufen konnte. Warum sollte sich dieser Umstand auf einmal so auffällig und in so vielen unterschiedlichen Bereichen ändern?

Heiko Kindler lehnte meinen Vorschlag einer gemeinsamen Dombesichtigung mit dem Hinweis auf geschäftliche Termine ab, was ich bedauerte. Im Kircheninneren hätte er seine Sonnenbrille abnehmen müssen. Der Blick in seine Augen hätte etwas mehr über seinen Charakter verraten. Er war definitiv ein undurchsichtiger Typ, wenn auch ziemlich attraktiv. Immerhin begleitete er uns noch bis zum Eingang des altehrwürdigen Gebäudes.

»Ich würde gern wissen, wie es mit dieser Geschichte weitergeht. Rufen Sie mich an. Wir können abends vielleicht zusammen etwas trinken gehen, falls Sie länger in der Stadt bleiben«, sagte er beim Abschied und behielt meine Hand einen Tick zu lange in seiner. Auf der Straße hupte es zweimal laut. Heiko Kindler lief die Treppen hinunter, drehte sich zu einem letzten Gruß um und verschwand in einer weißen Limousine.

Carola bekam von alledem nichts mit. Sie fühlte sich auf der breiten Treppe des Doms wie auf einer Bühne und vollführte Tanzschritte und Drehungen zu den Klängen einer

Straßenmusikerin. Ihr gelbes Kleid flatterte um ihre muskulösen Beine. Ich applaudierte und gab ihr eine Zweieuromünze, was sie mit einer Verbeugung quittierte.

»Danke für die Blumen. Apropos: Wir sollten später noch einen schönen Sommerstrauß für Leonhard Preis kaufen, meinst du nicht? Und dazu eine Schachtel edle Pralinen. Wow, was wir für einen Dusel haben bisher. Dass wir einen nahen Verwandten von Helenes Verehrer gleich am ersten Tag hier treffen werden, damit habe ich nicht gerechnet. Du hast diesen Heiko Kindler ganz schön um den Finger gewickelt. Er steht auf dich, Annabelle. Vielleicht unternimmst du diese Reise tatsächlich nicht nur für Helene.«

»Hör auf mit dem Unsinn. Das ist nicht witzig. Lass uns in den Dom gehen«, antwortete ich eine Spur zu scharf, was ich sogleich bereute. Sie war so euphorisch über unseren Erfolg, und ich hatte kein Recht, ihr die flapsige Bemerkung übel zu nehmen. »Du wirst begeistert sein, und ich will dir etwas Außergewöhnliches zeigen, ein Kunstwerk, das mich bei meinem ersten Besuch besonders beeindruckt hat.«

Im Inneren war es angenehm ruhig. Die Schönheit der Architektur, für die ich bei meinem ersten Besuch keine Augen gehabt hatte, war überwältigend. Trotzdem lauerten Dämonen hinter allen Säulen. War Johannes E. Preis, als Helene ihn hier in Köln besuchte, mit einer anderen Frau verheiratet gewesen? War der Mann, den wir in wenigen Stunden treffen würden, bereits geboren, als sein Vater Helene kennenlernte? War die Scheidung schon vollzogen, als er den Verlobungsring für Helene anfertigen ließ? Die Sensibilität, die durch alle seine Briefe schimmerte, gab der kurzen Beziehung mit meiner Großtante eine tragisch-romantische Note, die sich gerade verflüchtigte. Gleichzeitig kamen Zweifel auf, ob wir das Recht hatten, in der Vergangenheit eines Fremden zu wühlen. Wäre es nicht fairer dem Sohn gegenüber, die Dinge ruhen zu lassen?

Plötzlich sah ich Helene in ihrem goldgelben Kostüm keine zehn Meter vor uns neben Johannes E. Preis in einem hellen Sommeranzug wandeln. Er nahm ihren Arm und hakte sich bei ihr unter. Dann hielt er an, um etwas über die bildhauerische Finesse einer Figur oder die elegante Holzkanzel zu erzählen. Ich rannte auf meinen hohen Schuhen, die ordentlich auf den altehrwürdigen Steinboden klackten, auf das Paar zu, das sich als zwei Engländerinnen entpuppte. Ohne ihre empörten Blicke zu beachten, lehnte ich mich an die nächste Wand und schloss enttäuscht die Augen.

»Nur weil wir Großtante Helenes Spuren folgen, musst du nicht gleich durch die halbe Kirche rasen. Das hier ist heiliger Boden, schon vergessen? Am Ende schmeißen sie uns noch heraus, bevor wir deine Überraschung gesehen haben«, kommentierte Carola meine Aktion und gab mir einen aufmunternden Klaps auf den Rücken.

»Ich habe gerade Helene mit Johannes E. Preis gesehen und plötzlich waren sie verschwunden.«

Carola drehte sich auf ihren Absätzen um.

»Wow, vielleicht sind sie noch im Dom. In der Kapelle da drüben zum Beispiel. Wie gerne würde ich ein paar Worte mit ihr wechseln. Sogar eine kurze Begrüßung würde mir reichen. Schließlich ist sie auch meine Großtante und ich begleite dich. Ja, ich bin sogar die einzige in der Familie, die du in deine Mission eingeweiht hast. Da wäre doch ein kleines ›Hallo, vielen Dank für deine Unterstützung‹ ihrerseits mehr als angebracht, oder?«

Ich lachte. »Klar, wäre es das. Aber du musst wohl damit leben, dass nur ich sie sehen und hören kann.«

Wir waren im hinteren Südquerhaus angelangt. Carola blickte wie hypnotisiert auf die Tausende bunter Glasquadrate im Fenster über uns.

»Ein Volltreffer, deine Überraschung. Hier steht, dass es dabei unter anderem um das Zusammenspiel von Kalkül und Zufall ging«, sagte sie. »Es sieht aus wie ein bunter Teppich, findest du nicht? Schau, der Boden und die eine Wand sind bis zur Hälfte blau, rot, gelb und violett eingefärbt. Bald wird er sich verändern. Wow, das ist atemberaubend. Für mich ist es das beeindruckendste Werk von Gerhard Richter. Ich sollte mich mehr mit seiner Kunst beschäftigen.«

›Ein Zusammenspiel von Kalkül und Zufall, wie passend als Titel für diesen Abschnitt unserer Reise‹, dachte ich. Natürlich war dieses Werk unter genauen Vorgaben des Künstlers entstanden, aber er hatte sich laut Infoblatt bewusst im Hintergrund gehalten. Seine magische Wirkung entwickelte das Fenster aus sich selbst heraus. Dieser Gedanke gefiel mir. Wir saßen eine halbe Ewigkeit auf der harten Bank und sogen die Atmosphäre in uns ein. Irgendwann begann ein Organist zu spielen. Es war der erste Satz eines Konzerts von Georg Friedrich Händel, das ich sehr mochte.

Der Rhythmus der Töne vermischte sich mit der Komposition der Farben auf eine einzigartige Weise, die nur wir und nur in diesem Augenblick sehen und hören konnten. Die heilende Kraft der Kunst vertrieb den Rest meiner trüben Gedanken und entließ uns gestärkt aus der Kühle in den hellen, heißen Tag.

Das Wohnhaus, in dem Johannes E. Preis gelebt hatte, befand sich nur wenige Minuten zu Fuß vom Südportal des Doms entfernt. Ein historisches Relief mit Tiermotiven, Hase, Fuchs und Adler, zierte die sorgsam renovierte Fassade. Zwei ernst blickende schwarze Frauenstatuen flankierten das weiße steinerne Portal mit der schweren Tür. Sie sahen wie Wächterinnen aus, die etwas Kostbares vor unerwünschten Blicken schützten. Wir stiegen die breite Holztreppe hinauf in den sechsten Stock. Die Luft roch nach Bohnerwachs.

Als Leonhard Preis die Tür öffnete, drückten wir ihm vor Aufregung den Strauß Dahlien und die Pralinenschachtel mit einem viel zu lauten »Guten Tag, Herr Preis«, das man sicher bis ins Erdgeschoss hören konnte, in die Hände. Falls wir ihn mit unserem Verhalten verärgert hatten, ließ er sich nichts davon anmerken und führte uns wortlos durch einen langen Korridor. Auf der hellbeigen Tapete hing ein Kunstwerk neben dem anderen, geschickt von LED-Lampen in Szene gesetzt. Einer japanischen Tuschezeichnung folgte ein Ölbild mit rot glühenden Berggipfeln vor einem tiefblauen See. Dann strahlte eine Frauenfigur aus Marmor neben drei zarten Aquarellen von Flusslandschaften auf. Im Wohnzimmer nahmen wir an einem antiken Holztisch mit verzierten Tischbeinen Platz. In der Ecke stand ein deckenhoher Ofen mit weiß-grünen Kacheln aus Porzellan. Hier konnte man vom Boden essen, so sauber wirkte alles.

»Wieder ein Mann in Anzug und weißem Hemd«, dachte ich. Seine ruhige Art stand im krassen Gegensatz zu Heiko Kindlers dynamischem Auftritt. Das Ambiente wirkte, als wären wir, nur ein paar Hundert Meter von dem modernen Café entfernt, in dem wir zu Mittag gesessen hatten, in einer anderen Welt gelandet.

Unser Gastgeber verschwand im Nebenraum und kam mit Kaffee in ziselierten Mokkatassen und einer Silberschale voll mit Puderzucker bestreutem Mandelgebäck zurück. Beides schmeckte ausgezeichnet.

Mit ziemlich hoher Wahrscheinlichkeit hatte Helene an diesem Tisch gesessen und aus diesen Tassen getrunken. Mit ihrem quirligen Auftreten passte sie genauso wenig ins Bild wie Carola, die nervös auf ihrem Stuhl hin und her rutschte. Leonhard Preis stellte die Vase mit den Dahlien und die Wasserkaraffe wie einen Schutzwall zwischen uns. Bis auf die Wanduhr hinter ihm, und das Knacken, als Carola in das nächste Gebäckstück biss, war kein Geräusch zu hören. Die Fenster waren verschlossen, die altmodische Spitzengardine zugezogen. Außer »Danke« und »Bitte« hatte nach der Begrüßung keiner von uns dreien ein Wort gesprochen. Beim nächsten Schlagen der Wanduhr sah mich Carola mit einem Hauch von Verzweiflung an. Ich nickte kaum merkbar.

»Vielen Dank für Ihre Gastfreundschaft. Es hat köstlich geschmeckt. Ich habe meine Cousine zu Ihnen begleitet und werde jetzt wieder aufbrechen. Ich bin zum ersten Mal in Ihrer schönen Stadt und möchte mir noch ganz viel ansehen bis zu unserer Rückreise. Nein, bitte bleiben Sie sitzen. Ich finde den Weg alleine hinaus.«

Carola reichte ihm zögernd die Hand, als hätte sie Angst von seiner Ernsthaftigkeit infiziert zu werden. Dann deutete sie auf ihr Smartphone als Zeichen, dass ich sie anrufen sollte, und verschwand.

Es dauerte eine Weile, bis sich die Wörter, die ich in meinem Kopf hin und her schob wie Scrabblesteine für das Spielbrett, in der richtigen Reihenfolge sortierten.

»Herr Preis, mir ist völlig klar, dass Sie keinerlei Verpflichtung haben, mir irgendetwas zu erzählen. Es ist überaus großzügig von Ihnen, dass Sie uns diesen Besuch gewährt haben. Ihr Vater war ein Freund meiner Großtante Helene. Das habe ich erst vor Kurzem herausgefunden. Die beiden haben korrespondiert. Hier sind Kopien seiner Briefe.«

Beim letzten Satz holte ich die Umschläge aus meiner Tasche und legte sie auf den Tisch.

»Ich bin auf der Suche nach ihren Antworten darauf. Dem Hausverwalter habe ich erzählt, dass wir sie für eine Familienchronik brauchen. Das war nur vorgeschoben. Die Briefe sind nicht zur Veröffentlichung gedacht. Wenn Sie eine schriftliche Bestätigung dafür wollen, ist das kein Problem. Ich möchte aus rein persönlichen Gründen mehr über meine Großtante erfahren. Das ist die ganze Wahrheit. Ohne Ihre Unterstützung habe ich keine Chance, die Briefe meiner Großtante an Ihren Vater zu finden.«

Ich sah die Neugier in seinem Gesicht, obwohl er nach wie vor schwieg. Er zog sich die Anzugjacke aus, hängte sie sorgfältig über die Stuhllehne und begann mit der Lektüre des ersten Briefs.

»Soll ich Sie allein lassen?«, fragte ich in die Stille.

Als Antwort zuckte er mit den Schultern. Ich stand auf und schaute mir die Kunstwerke im Korridor genauer an. Langsam erkannte ich ein Muster. Die Skulpturen bildeten ausschließlich Männer und Frauen ab, die allein waren. Da gab es eine Holzfigur eines alten Bauern, eine Bütte mit Reisig auf dem Rücken, einen Wanderstock in der knochigen Hand, der ihn nach einem anstrengenden Arbeitstag sicher nach Hause führen sollte. Eine grazile bronzene Tänzerin setzte mit hochgestreckten Armen zum Sprung an, ein Mädchen aus Marmor schaute mit aufgestütztem Kinn in die Leere. Sie alle zeigten einen Ausdruck existenzieller Einsamkeit.

Auf den Landschaftsbildern kommunizierten die Bäume, Büsche, Blumen und Tiere in vollkommener Harmonie miteinander. Sie waren sich selbst genug. Sie brauchten uns nicht. Das einzige menschliche Wesen, das ich auf einem Ölgemälde entdeckte, war ein Mann, der im dunkelbraunen Gewand hinter einem Baumstamm versteckt auf einem Hügel am Bildrand stand und auf den See unter ihm blickte. Hier hatte sich der Maler zweifelsohne selbst als Zuschauer im eigenen Bild verewigt. Die drei zarten Aquarelle waren mit J.E. Preis unterzeichnet. Großtante Helenes Brieffreund war nicht nur ein Kunstkenner, sondern selbst ein begabter Maler gewesen. Seine abstrakten, ausschließlich in Weiß, Gelb, Blau und Rot gehaltenen Bilder waren ebenfalls menschenleer. Ich konnte nicht beurteilen, ob diese Sammlung wertvoll war. Mir gefiel die Eigenwilligkeit, mit der sie zusammengestellt war.

Zurück am Wohnzimmertisch beobachtete ich, wie Leonhard Preis die bunten Kopien der Postkarte seines Vaters an Helene aus der Schweiz studierte. Dabei drehte er den Verlobungsring, den sein Vater vor langer Zeit umsonst für Helene erworben hatte, ununterbrochen in seiner linken Hand. Sein bereits ernster Blick verdüsterte sich weiter.

»Bitte gehen Sie jetzt. Ich möchte allein sein. Es ist nichts Persönliches. Ich melde mich bei Ihnen«, sagte er und sah mir zum ersten Mal direkt ins Gesicht.

Er hatte die ausdrucksstarken Augen seines Vaters geerbt. Es fiel mir schwer, nicht weiter zu insistieren. Dieser Mann verbarg ein Geheimnis und ich würde herausbekommen, um was es sich dabei handelte; egal wie lange es dauern würde. Ich verlangte den Verlobungsring nicht zurück. Streng genommen gehörte er ihm eher als mir. Außerdem war ich trotz seiner Schroffheit überzeugt, dass wir uns bald wiedersehen würden.

Kapitel 8

Zwei Kater und Katz-und-Maus

Die Einrichtung unseres Hotelzimmers bildete einen derartigen Kontrast zu der Wohnung von Leonhard Preis, dass ich mich lachend auf das Bett fallen ließ, das schätzungsweise drei Viertel der gesamten Zimmerfläche einnahm. Der Rest bestand aus einem Badezimmer mit der engsten Duschkabine, die wir je gesehen hatten, einer Hängegarderobe in Form eines vergoldeten Asts und einem zusammenklappbaren Kofferständer. Die silbernen LED-Wandlampen in Flammenform verbreiteten diffuses Licht und gaben dem Raum zusammen mit dem überdimensionalen Flachbildschirm an der Wand, über den Panoramaaufnahmen der Stadt liefen, einen futuristischen Touch. So könnte die Passagierkabine in einem Edelraumschiff aussehen.

»Astronautennahrung«, rief Carola, als könnte sie meine Gedanken lesen, und hielt grinsend eine Piccoloflasche roséfarbenen Sekt und Erdnusstüten hoch. Die beleuchtete Minibar war direkt in die Wand eingebaut.

»Stell bitte alles zurück und gedulde dich noch einen Moment. Es kommt gleich ein Extraservice des Hotels«, antwortete ich.

Wenige Minuten später klopfte es an der Tür, und ein Kellner brachte eine Flasche Champagner in einem silbrig glänzenden Eiskübel, hochstielige Gläser mit Goldrand und eine Schale mit exotischen Früchten. Ich hatte die Spezialbegrüßung gleich mitgebucht.

»Auf unsere erste gemeinsame Reise.«

»Auf dich und deine extravaganten Ideen. Das ist sehr großzügig von dir. Den Hotelpreis teilen wir uns. Ich bestehe darauf.«

»Wie du willst. Den Champagner hast du dir verdient.«

»Dieser Leonhard ist ein seltsamer Typ, beinahe schon kauzig. Wie alt schätzt du ihn?«

»So Ende Vierzig, würde ich sagen. Er ist introvertiert und versteht viel von Kunst.«

»Woher willst du das wissen, wenn er so wenig geredet hat? Vielleicht hat er die komplette Einrichtung der Wohnung von seinem Vater übernommen und traut sich nicht, etwas daran zu ändern? Möglich ist es, so altmodisch wie die Möbelstücke im Wohnzimmer aussehen. Das ist ganz und gar nicht mein Geschmack. Ob er weiß, wo die Briefe von Helene sind, steht komplett in den Sternen. Wenn du mich fragst, war der Besuch bei ihm ein Flop nach dem fantastischen Start heute Mittag. Und den Letzteren feiern wir zwei gebührend.«

Ich lächelte Carola an und schluckte meine Antwort mit dem prickelnden Getränk hinunter. Das Treffen mit Leonhard hatte vielleicht noch kein messbares Ergebnis gebracht. Trotzdem erschien mir dieses erste Kennenlernen erfolgversprechend, ohne dass ich näher begründen konnte, warum.

Carola biss in ihre geschälte Litschi. »Hmmm, das ist die ideale Kombination – so schmeckt der Champagner noch besser als mit Erdbeeren. Mit dem dritten Glas probiere ich die Honigmelone. Weißt du, warum mir diese Überraschung so gut gefällt?«

»Nein, erzähl.«

»Es gab Zeiten, da mussten Bernhard und ich das Geld ganz schön zusammenhalten. Es ist viel besser geworden, aber allzu große Sprünge sind immer noch nicht drin. Meine Eltern gönnen sich bis heute nur wenig Luxus. Sparsamkeit galt seit meiner Kindheit als die höchste Tugend.« Carola blickte verträumt in ihr Glas und spießte ein Stück Melone auf die Gabel.

Mit einem Schlag begriff ich, wie wenig ich über das Leben meiner Cousine wusste. Ich spürte, dass ihr anfänglicher Groll gegen mein plötzliches Auftauchen in ihrem Leben verflogen war. Wir gingen beide viel entspannter miteinander um. Meine Bedenken, von ihr verletzt zu werden, wichen Stunde für Stunde einer großen Vertrautheit. Es fühlte sich großartig an. Das schwarze Loch, das die langen Jahre ohne Kontakt hinterlassen hatten, ließ sich trotzdem nicht so schnell füllen. Wir brauchten jede Menge neue gemeinsame Erinnerungen und diese kurze Reise war dafür der bestmögliche Start.

»Cheers, auf Helene und unsere Nacht in Köln.«

Durch die Altstadt zogen Gruppen feierlustiger Touristen. In dem ehemaligen Gasthof Zur Goldenen Gans, den Johannes in seinen Briefen erwähnt hatte, war ein italienisches Restaurant eingezogen. Wir ergatterten einen Platz im Innenhof, bestellten Pizza, Tiramisu und eine Flasche Rotwein. Nach dem Essen schlenderten wir durch ruhigere Gassen zum Fluss, dann stromaufwärts zur Hohenzollernbrücke, deren Geländer über und über mit bunt bemalten Vorhängeschlössern behängt war. Würde ich unter den Zigtausenden von Liebesbeweisen ein Schloss mit der Aufschrift »Johannes und Helene« finden? Das wäre ein Zeichen. Genau in diesem Augenblick klingelte mein Smartphone.

»Das ist bestimmt der Hausverwalter. Ich habe dir gesagt, dass er auf dich steht, Annabelle. Wenn er dich auf einen Drink in eine Bar einladen will, tu dir bitte wegen mir keinen Zwang an. Ich gehe zurück ins Hotel und trinke den Rest Champagner im Bett. So bleibt mehr für mich übrig.« Mit diesen Worten lief Carola auf das Reiterdenkmal am gegenüberliegenden Ufer zu.

»Ich hoffe, Sie haben noch nicht geschlafen, Annabelle. Es ist schon spät. Ich darf Sie doch mit Vornamen anreden, oder?«, fragte Heiko Kindler.

»Ja, natürlich. Wir sind noch unterwegs und genießen die schöne Sommernacht«, antwortete ich.

»Ich würde Sie gerne wiedersehen. Am liebsten nur wir zwei, aber selbstverständlich kann ihre charmante Cousine mitkommen, wenn Sie das vorziehen. Wie sieht es morgen Abend bei Ihnen aus?«

»Das kann ich noch nicht sagen. Wir haben viel zu tun.«

»Dann melde ich mich noch einmal. Schlafen Sie gut und träumen Sie von mir. Gute Nacht.«

Ehe ich antworten konnte, hatte er aufgelegt. Ich blickte in den breiten Fluss unter mir. Warum interessierte sich immer diese Sorte Männer für mich?

»War es Heiko Kindler?«, fragte Carola. Ihre Stimme klang heiser; kein Wunder bei der Menge Alkohol, die sie getrunken hatte. Es war Zeit, sie ins Bett zu bringen.

»Ja.«

»Wie wäre es mit einer heißen Nacht mit ihm?«

»Warum rufst du ihn nicht an? Dir scheint die Idee, mit einem völlig Unbekannten etwas anzufangen, zu gefallen«, konterte ich.

»Ich hatte noch nie in meinem Leben einen One-Night-Stand. Außer mit Bernhard habe ich mit keinem anderen Mann geschlafen.« Beim letzten Satz hatte Carola unwillkürlich die Stimme erhoben.

»Ich stehe zur Verfügung, Babe«, sagte ein Mann mit Baseballkappe neben uns und grinste Carola mit schneeweißen Zähnen an.

Wir schauten uns an und begannen gleichzeitig zu kichern. Sein erschrockenes Gesicht bewirkte, dass wir in schallendes Gelächter ausbrachen und Hand in Hand ins Hotel zurückliefen.

Im Zimmer angekommen erzählte mir Carola mit einem Champagnerglas in der Hand von dem einzigen anderen Mann außer Bernhard, mit dem sie einmal nackt im Bett gelegen hatte. Es war ein Tänzer gewesen, was nicht weiter verwunderlich war; sechsundzwanzig Jahre alt, zweiter Solist an einem mittelgroßen Musiktheater, mit einem Körper wie ein junger Gott und schwul. Carola war die erste Frau, mit der er unbedingt schlafen wollte, aber es kam nicht so weit. In all seiner Schönheit und erstarrt vor Angst, die Initiative ergreifen zu müssen, lag er da und ihr Verlangen erlosch. Er selbst reagierte mehr erleichtert als enttäuscht. Die Liebesnacht endete mit Gin Tonic, Marshmallows und intimen Geschichten über seine Ex-Lover.

»Ich liebe meinen Mann über alles«, murmelte sie kurz vor dem Einschlafen, und ihr Lächeln verriet, dass sie die Wahrheit sagte.

Auf dem Frühstückstisch standen zwei Gläser Tomatensaft mit einem Schnitz Zitrone, schwarzer Kaffee und Teller mit Rührei mit Lachs. Carola kannte sich aus mit Katerfrühstück.

»Die Kombination von Champagner und Rotwein haut ganz schön rein. Du hast mindestens vier Gläser im Restaurant getrunken. Sind deine Augen deshalb so rot?«

»Sehr witzig. Ich habe schlecht geschlafen im Gegensatz zu dir. Ich hätte den Fernseher lautstark laufen lassen können, du wärst nicht aufgewacht«, antwortete ich mit gespieltem Groll.

»Ich habe von dem Typ gestern auf der Brücke geträumt. Er lag nackt bis auf seine Baseballkappe auf einer rosaroten Wolke, trank Gin Tonic und winkte mir im Vorbeischweben zu. Das kommt von den vielen fremden Männern, die uns in dieser Stadt an einem einzigen Tag begegnet sind.«

»Und von deinen geheimen sexuellen Sehnsüchten.«

Carola spielte kurz die Empörte. »Hast du etwa einen schlechten Einfluss auf mich, und sollte ich mich darüber aufregen?«

Ich grinste und nahm einen Schluck Tomatensaft. Nach dem dritten Espresso ließen die Kopfschmerzen nach. Ich checkte meine Nachrichten; kein Anruf, keine SMS von Leonhard Preis.

Was machen wir heute Vormittag?«

»Wir warten ab und amüsieren uns«

»Ist das dein Ernst? Du hast mir von tickenden Uhren erzählt und wieviel Druck Großtante Helene dir mit dem Erfüllen ihres Auftrags gemacht hat.«

»Das stimmt, aber meine erwachende Intuition sagt mir, dass ich heute nichts Konkretes erreichen werde. Deshalb lautet mein Plan: Schöne Dinge ansehen und positiv denken.«

»Om«, antwortete Carola, legte ihre Handflächen aufeinander und verneigte ihren Kopf vor mir. »Meine seit frühester Kindheit stark ausgebildete Intuition sagt mir, dass wir recherchieren müssen, was das Zeug hält. Zum Beispiel könnten wir versuchen, mit den Bergsteigerfreunden von Johannes E. Preis Kontakt aufzunehmen.«

»Von denen kennen wir leider nur die Vornamen.«

»Stimmt, ich bin noch nicht ganz fit,« antwortete Carola und trank ihre Kaffeetasse aus.

»Wir könnten es in Wandergruppen oder in Kölner Künstlervereinigungen und Fotoclubs versuchen. Vielleicht kommen wir so weiter. Das sind ja nur ein paar Anrufe, die wir schnell erledigt haben. Vielleicht war die Er.Jo.Pe. GmbH mehr als ein Scherz und die drei Männer im Alpenverein in Köln bekannt? Oder Helenes Briefe befinden sich bei einem seiner treuen Freunde zur sicheren Aufbewahrung. Das macht doch Sinn, oder?«

»Das ist keine schlechte Idee, nur kaum machbar. Kein Verein darf persönliche Daten seiner Mitglieder einfach weitergeben. Außer es liegt eine entsprechende Einverständniserklärung vor, und die haben wir nicht.«

»Was du nicht alles weißt.«

»Berufserfahrung«, antwortete ich und gähnte laut.

»Mir fällt noch etwas ein. Wir kehren zum Wohnhaus zurück und befragen die Bewohnerinnen und Bewohner. Wir fangen mit den Kanzleien und Arztpraxen an. Da habe ich kein Problem zu klingeln. Vielleicht arbeiten und leben dort einige, die Johannes noch kannten?«

»Was bist du nur für ein besonderer Mensch?«, antwortete ich. »Selbst nach so einer Nacht sprühst du noch vor Ideen.«

»Hey, Annabelle. Du schaust aus, als würdest du gleich einschlafen. Oder nennst du das Meditieren? In jedem Fall legst du dich nochmals ins Bett und ich gehe mal los. Wir sehen uns in zwei Stunden in der Lobby, kein Widerspruch erlaubt.«

Später berichtete mir Carola bei einem leichten Mittagessen mit Salat und Himbeersorbet als Nachspeise von den Ergebnissen ihrer Nachforschungen. In dem Haus lebte tatsächlich eine alte Dame, die Johannes E. Preis persönlich gekannt hatte. Sie wohnte im Erdgeschoss und kam gerade vom Einkaufen zurück. Sie hatte Carola erzählt, dass er regelmäßig in den Gottesdienst in den Dom gegangen und tiefgläubig gewesen war. Sie hatten sich dort ab und zu getroffen und ein paar Worte gewechselt. Einmal hatte ihr Johannes E. Preis anvertraut, dass er dabei war, ein kostbares religiöses Kunstwerk zu erwerben.

»Das ist interessant. Ich habe nichts dergleichen in der Wohnung hängen oder stehen sehen, du etwa?«

»Ich habe nicht so auf die Kunst geachtet, aber es kann sich auch im Schlafzimmer, im Gästezimmer oder der Küche befinden«, entgegnete meine schlaue Cousine.

»Richtig. War die alte Nachbarin einmal in seiner Wohnung?«

»Genau das habe ich sie auch gefragt. Johannes E. Preis hat ihr öfters bei kleineren handwerklichen Arbeiten geholfen, sie jedoch nie zu sich eingeladen. Sie kannte seine Freunde nicht und hat ihn nie in Gesellschaft einer Frau gesehen.«

Ihre Gespräche in den Kanzleien und Praxen in dem Wohnhaus waren ergebnislos geblieben. Alle arbeiteten weniger als zehn Jahre dort.

Die anschließenden kulturellen Ausflüge, erst ins Museum Ludwig mit moderner Kunst und dann in die Photographische Sammlung mit einer Sonderausstellung von Schwarz-Weiß Aufnahmen aus Köln und Umgebung, waren grandios. Für den nächsten Tag planten wir einen Besuch in der Domschatzkammer und im Römisch-Germanischen Museum auf den Spuren von Helene und Johannes ein. Wir glaubten beide fest daran, dass sie diese zwei Sehenswürdigkeiten gemeinsam besucht hatten. Was Kunst betraf, war Carola häufig anderer Meinung, was die Ausstellungen noch spannender für mich machte. Ich schoss jede Menge Fotos von ihr, bat Passanten um Aufnahmen von uns beiden. Ein besonders schönes Bild schickte ich meinem Vater, der sich sehr darüber freute.

Erwartungsgemäß rief Heiko Kindler an, diesmal bereits am Spätnachmittag, und lud uns zu einem Sundowner in eine angesagte Bar mit Blick auf den Rhein ein. Ich sagte ihm wieder ab.

»Sie machen es spannend, Annabelle. Katz-und-Maus, das ist ein schönes Spiel. Schauen wir einmal, wer gewinnt,« antwortete er und legte wie am Vorabend schnell auf.

Carola schlug einen Kinobesuch vor. Wie ich liebte sie antizyklisches Verhalten. Anstatt in einem überfüllten Biergarten zu sitzen, teilten wir uns den Saal mit Blick auf die riesige Leinwand und XXL-Sesseln mit keinen zwanzig Zuschauerinnen und Zuschauern. Großtante Helene zu Ehren kaufte ich eine Tüte geröstete Mandeln, und später gab es einen gekühlten Sherry an der Hotelbar. Allzu schnell verschwand die wunderbar leichte englische Komödie im Hintergrund und unser Gespräch drehte sich wieder um die unglückliche Beziehung von Johannes und Helene sowie das Verhalten von Johannes' Sohn Leonhard.

»Lass uns nochmals an seiner Wohnungstür klingeln,« sagte Carola zum x-ten Mal.

»Das wird ihn nerven und er wird sich komplett zurückziehen«, antwortete ich zum x-ten Mal.

In dieser Nacht schliefen wir beide schnell ein. Meine letzten Gedanken galten Carolas Gesichtsausdruck, wenn sie das Abendprogramm für den morgigen Tag erfahren würde.

Kapitel 9

Die Botschaft im Sekretär

Um 9 Uhr morgens, als wir gerade mit dem Frühstücken begonnen hatten, kam der ersehnte Anruf und ich jubilierte innerlich.

»Können wir uns bei mir treffen?«, fragte Leonhard Preis ohne weitere Begrüßungsworte.

»Natürlich. Wann?«

»In einer Stunde. Geht das?«

»Wir sind da. Auf Wiedersehen.«

Carola hob anerkennend den Daumen und machte sich über ihr Müsli her, während ich die SMS von Heiko Kindler mit einem Daumen nach unten beantwortete.

»Dann verschieben wir das kulturelle Programm etwas nach hinten. Uns bleibt genug Zeit, außer du willst sechs Stunden durchgehend in den Museen verbringen.«

»Nein danke. Außerdem wissen wir nicht, was der mufflige Typ uns so dringend mitteilen will. Ich bin sehr gespannt.«

»Egal, was passiert, um 19 Uhr starten wir mit einer Bootsfahrt und anschließend geht es ins moderne Ballett.«

Carola ließ vor Aufregung ihren Löffel fallen.

»Wie das? Das Opernhaus ist im August geschlossen.«

»Wir besuchen eine Open Air-Aufführung einer freien Truppe aus Frankreich. Es gab nur noch wenige Restkarten.«

Ihr Strahlen war schöner als ich es mir je hätte vorstellen können.

Leonhard Preis wartete auf der Treppe in das Wohnhaus zwischen den zwei strengen, steinernen Frauenfiguren, die ihn kleiner und schmaler aussehen ließen. Er trug eine schwarze Jeans und ein schwarzes T-Shirt. An seinem rechten Oberarm war eine größere Tätowierung zu sehen: eine Frau in grünen Farben mit madonnenhaften Zügen. Ich hätte so gerne gewusst, was es mit ihr auf sich hatte, traute mich aber nicht zu fragen. Er führte uns um ein paar Häuserecken herum in eine Seitenstraße. Vor einer Ladentür blieb er stehen und zog einen Schlüssel aus der Hosentasche. Beim Eintreten kam uns ein Luftschwall mit Gerüchen nach Holzwolle, Leim und Polieröl entgegen.

Wir standen in einem Atelier voll antiker Möbelstücke. Leonhard Preis strich andächtig mit der Hand über eine Tischplatte, rückte den Schirm einer Lampe gerade und deutete auf eine mit grünem Baumwollsamt überzogene Chaiselongue.

»Dieses Stück habe ich erst gestern hereinbekommen. Es wird schnell Interessenten finden. Die Details sind beachtenswert. Die Füße beispielsweise bestehen aus handgeschnitztem Mangoholz, ein spannendes, nachhaltiges Material. Es ist leicht, fühlt sich jedoch hart an, mit guter Dichte und entsprechender Langlebigkeit. Das Möbelstück ist edel in der Ausstattung, allerdings relativ neu. Ganz im Gegensatz zu diesem hier.«

Er zeigte auf einen hellbraun glänzenden Sekretär mit einer Vielzahl von Schubladen auf beiden Seiten der Schreibfläche.

Die drei langen schmalen Fächer darunter boten Stauraum für Dokumente, Zeichnungen oder Papierrollen aller Art. Die Schlüssellöcher waren mit Bronzebeschlägen verziert.

»Das ist ein Tabernakelsekretär aus der Barockzeit und ein Unikat. Ursprünglich war er nur erschwinglich für eine auserwählte Schicht von Adeligen, Geschäftsleuten oder Künstlern, die es zu Ansehen und Geld gebracht hatten. Diese Sekretäre waren Statussymbole. Später gab es Zeiten, in denen sie derart in Mode gekommen waren, dass sich Menschen ohne die hierfür notwendigen finanziellen Mittel sogenannte Blender kauften. Das sind Schrankmöbel mit einer Türfront, die einem echten Sekretär zum Verwechseln ähnlich sehen. Der Schätzwert dieses Meisterwerks liegt bei rund sechsundzwanzigtausend Euro.«

Seitdem wir sein Atelier betreten hatten, redete Leonhard Preis ohne Punkt und Komma. Dabei behandelte er uns wie Kundinnen und drückte uns sogar einen Verkaufskatalog in die Hand.

»Dieser Sekretär ist allerdings unverkäuflich. Er gehörte meinem Vater, der ihn wiederum von seinem Vater geerbt hat. Ich habe jede Menge Interessantes darin gefunden, unter anderem eine antiquarische Ausgabe des geheimen Tagebuchs von König Ludwig II. von Bayern. Oder seltene Münzen, Bergkristalle und andere schöne Steine, die Vater auf seinen Wanderungen gefunden hat, Notizbücher mit Skizzen und Schwarz-Weiß-Fotografien von Gebirgslandschaften.«

Diesmal schwiegen Carola und ich. Ein falsches Wort, und er würde vielleicht mit dem Erzählen aufhören.

»Nach Ihrem Besuch habe ich ihn nochmals untersuchen lassen und die Briefe Ihrer Großtante gefunden.«

»Was haben Sie eben gesagt?«, fragte ich mit leicht zitternder Stimme.

»Sie haben schon richtig gehört. Die Briefe waren in einem Geheimfach versteckt, wie sie in einigen der Sekretäre eingebaut wurden, damit gewisse Dinge vor neugierigen Blicken verborgen blieben; Schriftverkehr über delikate Liebesangelegenheiten, Geschäftsvereinbarungen, Schmuck oder Geld. Bevor Sie fragen: Selbstverständlich habe ich den Sekretär nach dem Tod meines Vaters bereits genau inspiziert und dabei ein anderes, bis auf ein paar wertlose Münzen leeres Geheimfach entdeckt. Ich hätte ihn gleich zu meinem Bekannten, einem herausragenden Restaurator, geben sollen. Was für ein Versäumnis in einer derart wichtigen Angelegenheit. Zu meiner Verteidigung kann ich nur sagen, dass zwei Geheimfächer in einem Möbelstück dieser Epoche sehr selten vorkommen. In jedem Fall hat mein Bekannter den oberen Teil des Schreibtischs komplett auseinandergenommen. Als ich schon aufgeben wollte, fand er ein zweites Geheimfach unter Säulen und Pilastern verborgen. Er musste es mit einem Stecheisen öffnen. Können Sie sich das vorstellen bei einem Exemplar dieser Qualität? Danach haben wir alles mit größter Sorgfalt wieder zusammengebaut. Es hat Stunden gedauert.«

»Und die Briefe? Haben Sie sie gelesen?«, fragte Carola, die ihre Fassung schneller als ich wiedergefunden hatte.

»Sie müssen bei unserem ersten Treffen einen sehr schlechten Eindruck von mir bekommen haben. Das steht natürlich als Erstes Ihnen beiden zu. Etwas sollten Sie noch wissen. Als mein Vater Helene kennengelernt hat, waren meine Eltern bereits geschieden. Das war ein sehr schwerer Schritt für einen Mann wie meinen Vater, der streng katholisch erzogen worden war, und seinen Glauben bis zu seinem Tod mit aller Überzeugung lebte.«

Mein Sympathiegrad für Leonhard Preis kletterte weiter nach oben. Er war offensichtlich ein Einzelkind wie ich, das unter der Trennung seiner Eltern sehr gelitten hatte. Er ging zum Sekretär, öffnete mit einem Schlüssel eine Seitenschublade über der Schreibfläche und zog ein Bündel Papier heraus.

»Ich bin Ihnen zu Dank verpflichtet. Wenn Sie hier nicht aufgetaucht wären, hätte ich diesen spektakulären Fund niemals gemacht. Mein Vater überrascht mich selbst Jahre nach seinem Tod immer wieder. Lesen Sie die Briefe in aller Ruhe durch.«

3. Mai 1980, im Zug

Lieber Johannes,

danke für Ihren Brief vom 4. April. Ich war beruflich viel unterwegs und hatte keine Zeit, Ihnen zu antworten.

Ich will Ihnen gegenüber ehrlich sein. Für mich war unsere Begegnung ebenfalls anregend und außergewöhnlich. Man trifft nicht jeden Tag einen derart gebildeten Menschen mit einem tadellosen Charakter.

Aber ich würde lügen, wenn ich Ihnen schreiben würde, dass ich genauso intensiv und häufig an Sie gedacht habe wie Sie anscheinend an mich. Ich möchte keine falschen Hoffnungen wecken. Ich war, gelinde gesagt, überrascht, wie offen Sie mir Ihre Gefühle mitteilen, zumal wir uns kaum kennen.

Zum Schluss eine gute Nachricht. Ich werde Mitte Mai an einem Kongress über Arbeitsrecht in Ihrer Heimatstadt teilnehmen. Bestimmt findet sich Zeit für ein Wiedersehen, falls Sie das weiter wünschen.

Mit herzlichen Grüßen
Helene Frey

Helenes Antwort, mit Kugelschreiber und fahriger Schrift auf dünnes Papier geschrieben, bildete einen starken Kontrast zu den emotionalen Worten von Johannes E. Preis. Gleichzeitig war deutlich zu spüren, dass sie sich für ihn interessierte und ihn als Freund gewinnen wollte. Ihre Ehrlichkeit war bewundernswert. Dazu gehörte Mut und Selbstbewusstsein. Ich konnte kaum erwarten, wie es weiterging.

München, den 26. Mai 1980

Lieber Johannes,

ich sitze in einem prachtvollen Hotelzimmer an einem edlen Holzschreibtisch, der dir sehr gut gefallen würde. Ein bisschen Luxus ab und zu muss sein bei der vielen Arbeit. Ich war positiv überrascht von unserem Wiedersehen. Diese Intensität der Gespräche! Wie Du weißt, begeistere ich mich für Malerei, weiß aber nicht einmal halb so viel darüber wie du über dein Hobby Architektur. Das werde ich schleunigst ändern.

Diesmal wird Dich meine Antwort nicht enttäuschen. Unsere gemeinsam verbrachten Stunden haben mich zum Nachdenken gebracht, wie ich meine Zukunft gestalten will. Ich war mir immer sicher, dass ich wunderbar zurechtkomme ohne eigene Familie, ohne einen Ehemann. Diese Überzeugung ist durch unsere Begegnung und unsere erstaunlich schnell wachsende Freundschaft ins Wanken geraten.

Mein Plan: Ich habe schon vor längerer Zeit eine Reise nach Südspanien gebucht. Durch den räumlichen Abstand und die Trennung können wir beide uns nochmals Klarheit verschaffen, wie es weiter gehen wird. Ich schreibe Dir viele Postkarten von unterwegs.

Herzlichst

Deine Helene

PS: Ich lege ein neues Bild bei, das eine Kollegin im Büro gemacht hat. Ich hoffe, es gefällt dir so gut wie mir.

Die Aufnahme zeigte Helene in dem goldgelben Kostüm, das sie bei ihrem Besuch auf der Dachterrasse meiner ehemaligen Vermieterin getragen hatte. Sie lehnte an einem Schreibtisch und blickte mit einem leicht ironischen Lächeln auf den Lippen direkt in die Kamera. Es war die Art von Blick, die ausdrücken sollte: ›Schaut, hier stehe ich an dem Platz, den ich mir immer gewünscht und hart erarbeitet habe. Wenn ihr mir näherkommen wollt, müsst ihr erst einmal beweisen, dass es einen guten Grund dafür gibt.‹ Für mich hatte das Foto eine weitere Aussage: Wer die Zuneigung dieser starken Frau gewinnen konnte, der war gesegnet. Wer sich mit ihr anlegen wollte, musste sich warm anziehen.

Dieser zweite Brief zeigte sie von einer persönlicheren Seite. Gleichzeitig hatte ich den Eindruck, dass sie ihn in erster Linie an sich selbst geschrieben hatte. Bei aller Überraschung über das harmonische Wiedersehen mit Johannes war nichts von Verliebtsein spürbar. Das war auch ohne das Wissen über den Ausgang ihrer kurzen Beziehung offensichtlich.

Unter den Briefen befand sich auch die Postkarte aus Spanien, auf die Johannes so ausführlich geantwortet hatte. Sie zeigte ein Bild der Kathedrale von Sevilla.

Sevilla, den 31. Mai 1980

Lieber Johannes,

ich sitze gerade neben meiner neuen amüsanten Freundin im Restaurant und trinke Sherry. Das ist ein wunderbares Getränk, an das ich mich gewöhnen könnte! Dabei macht mich die Schönheit um mich herum bereits trunken. Heute nach dem Abendessen werden wir uns von der Reisegruppe absetzen und zusammen in eine Flamencobar gehen.

Olé! Deine Helene

Diesmal hatte meine Großtante einen roten Kugelschreiber benutzt. Vielleicht war der Stift eine Leihgabe des Kellners. Dieses Detail passte zu der ausgelassenen Stimmung, in der Helene diese Sätze verfasst hatte. Der Inhalt der Postkarte sprühte nur so vor Lebensfreude und Ausgelassenheit. Kein Wort davon, dass sie Johannes vermisste.

Der dritte und letzte Brief bestand aus einer einzigen eng beschriebenen Seite. Helene hatte einen Füllfederhalter mit schwarzer Tinte benutzt und sich bemüht, besonders deutlich zu schreiben.

Frankfurt, den 29. Juni 1980

Lieber Johannes,

bitte lies diesen Brief aufmerksam durch. Jedes einzelne Wort tut weh, aber ich muss es schreiben. Unser Treffen war schrecklich für Dich. Aber was hätte ich tun sollen? Dir das, was ich sagen musste, telefonisch mitteilen? Unmöglich!

Ich bitte Dich nochmals, mir zu verzeihen. Ich kann mich nicht mit Dir verloben. Ich liebe Dich nicht auf die Art und Weise, wie ich es sollte, wie Du es erwartest. Du hast eine bessere Frau verdient.

Ich werde unsere Freundschaft vermissen. Du hast klar gesagt, dass Du es nicht ertragen würdest, mich wiederzusehen. Das macht mich traurig, aber ich verstehe und respektiere es natürlich.

Die Reise nach Spanien hat mein Leben verändert. Ich wusste nicht, dass das in mir steckt. Diese Art von Leidenschaft. Ich habe das gefunden, was ich, ohne es zu wissen, immer gesucht habe.

Ich wünsche Dir alles Glück der Welt.

Helene

»Was für ein tragische Geschichte. Der arme Johannes«, sagte Carola.

Wir standen am Heck eines Ausflugsdampfers und schauten in den sprudelnden Sog vor uns. Vor der Abfahrt hatten wir Leonhard Preis die Kopien von Helenes Briefen in sein Atelier gebracht und uns von ihm verabschiedet. Bei den anschließenden Museumsbesuchen war ich durch die Räume gelaufen, ohne ein einziges Kunstwerk richtig anzusehen; ein Auge immer auf die anderen Besucherinnen und Besucher gerichtet. Wie idiotisch zu glauben, dass mir Johannes und Helene nochmals erscheinen, und sie mir diesmal einen Hinweis geben würden, wie ich meinen Auftrag jetzt noch lösen könnte. Stattdessen verlor sich ihre Präsenz in der Stadt vollständig. Noch gestern hatte ich bei unseren Unternehmungen wiederholt den Duft nach Rosen, Melone und

Sherry in der Nase. Die Kunstpostkarte mit zwei Damen beim Plausch im Kaffeehaus, die ich ihr im Übermut geschrieben hatte, lag bereits im Papierkorb. An welche Adresse hätte ich sie auch schicken sollen?

»Ich bin so enttäuscht über den Inhalt ihrer Briefe, dass mir die Worte dafür fehlen. Es war klar, dass es sich um eine Liebesgeschichte ohne Happy End handelt, aber erst diese Kühle gefolgt von einer emotionalen Achterbahn – das passt schlecht zu dem Bild, das ich von Helene habe. In dem Brief aus München hat sie Johannes plötzlich Hoffnungen gemacht und ihn dann fallen gelassen wie eine heiße Kartoffel.«

»Das stimmt so nicht ganz. Mich haben ihre letzten Worte an Johannes gerührt. Sie stecken voll ehrlichem Bedauern.«

»Auf der Postkarte aus Sevilla verheimlicht sie irgendetwas, vermutlich einen feurigen Torero. Olé!« Ich klatschte in die Hände. Nach dem billigen Witz fühlte ich mich noch elender.

»Das glaube ich auch. Sie muss in Spanien jemanden kennengelernt haben. Aber das bedeutet in keiner Weise, dass ihre Beziehung zu Johannes E. Preis unwichtig in ihrem Leben war. Zum Glück lässt sich nicht alles in der Welt in Erfolg messen.«

»Und wie geht es jetzt weiter? Wir sind in einer Sackgasse gelandet. Oder willst du ganz Andalusien nach ihrem längst verstorbenen Liebhaber absuchen?«

»Natürlich nicht. Das ist totaler Unsinn und noch aussichtsloser als die Suche der berühmten Stecknadel im Heuhaufen. Aber es muss einen anderen Weg geben. Das ist nicht zu Ende. Das weiß ich einfach, Annabelle. Nur im Moment kommen wir nicht weiter. Das müssen wir aushalten und akzeptieren. Ich hole uns erst einmal etwas zu essen. Ich bin gleich wieder da. Zum Glück kannst du mir hier nicht weglaufen.«

Ich blieb allein mit meinen dunklen Gedanken zurück. Als Helene vor vielen Jahren eine ähnliche Bootsfahrt unternommen hatte, war die Stimmung ungetrübt gewesen. Vielleicht hatte sie mit ihrem neuen Freund das Bordrestaurant besucht, ein Glas Wein oder Sekt getrunken, und dabei Händchen gehalten. Aus den Tiefen des Wassers tauchten beunruhigende Gedanken auf. War sie auch deshalb bei mir gelandet, weil mein eigenes Liebesleben immer chaotisch verlaufen war und ich, genau wie sie, die Gefühle anderer verletzt hatte? Beobachteten uns die Ahnen tatsächlich vom Himmel aus, belohnten uns oder gaben uns als Strafe unlösbare Aufgaben?

Zum Glück kam Carola, beladen mit Bratwürstchen in der Semmel, zurück an die Reling.

»Ich habe das beste Mittel gegen melancholische Stimmung. Dieser Imbiss muss sofort gegessen werden. Sonst läuft der Senf zurück in den Topf.«

Ich lächelte dankbar und genoss jeden Bissen. Vor lauter Aufregung hatten wir das Mittagessen komplett vergessen.

»Weißt du, ich verstehe einfach nicht, warum Leonhard Preis Himmel und Hölle in Bewegung gesetzt hat, um die Briefe von Helene zu finden«, unterbrach ich unser Schweigen.

»Vielleicht wollte er uns einen Gefallen tun,« antwortete Carola ohne rechte Überzeugung. »Und wenn es ihm dabei nur darum gegangen ist, uns so schnell wie möglich wieder loszuwerden.«

Ich schüttelte zweifelnd mit dem Kopf. »Es passt alles nicht zusammen. Auch hier fehlen uns die entscheidenden Puzzle-Teile, um ein vollständiges Bild der Situation zu bekommen. Fest steht, dass dieser Mann eine Verletzung in sich trägt. Ich sehe es in seinen Augen.«

Carola stimmte mir mit einem Nicken zu und schluckte das letzte Stück Semmel herunter. »Du magst ihn, nicht wahr?«

»Ja. Es überrascht mich selbst. Ich glaube nicht, dass wir uns nur wegen Großtante Helene kennengelernt haben und hoffe, dass wir uns nicht wieder aus den Augen verlieren werden.«

Der Ballettabend und Carolas unbändige Begeisterung darüber heiterten mich auf. Wir zelebrierten unseren letzten gemeinsamen Abend mit einer weiteren Flasche Champagner. Mein Smartphone hatte ich abgestellt. Einen weiteren Anruf von Heiko Kindler konnte ich in dieser Verfassung nicht ertragen.

Spätabends lag ich lange schlaflos neben meiner Cousine, lauschte ihrem Atem und sah dem Morgen mit Unbehagen entgegen. Mich erwarteten kein liebender Ehemann und keine zwei coolen Kinder, um sonnige Tage am See zu verbringen. Wiederholt hatte sie mich eingeladen mitzukommen. Aber wie konnte ich zustimmen? »Du musst die Nachricht überbringen, bevor es zu spät ist«, erklang Helenes melodische Stimme in meinem Kopf. Trotz der aussichtslosen Lage durfte ich nicht aufgeben. Ich musste umgehend an den nächsten Ort ihres Lebens und Wirkens reisen und die Recherche fortsetzen.

Kapitel 10

In der Warteschleife

Circa zwei Wochen später

Ein Schiff (kein Ausflugsdampfer, ein Ozeanriese), Hunderte von Metern lang, fünfzig Meter breit – geschaffen für Tausende von Passagieren, die sich über das endlose Meer treiben lassen. Gerade hat es abgelegt vom Hafen, der schnell samt Palmenstrand aus meinem Blickfeld verschwindet. Die Crew hat Passagiere abgesetzt, neue aufgenommen; wer sie sind, wohin sie wollen und wie lange sie unterwegs sein werden, all das spielt keine Rolle. Die Fahrt geht weiter, ohne festes Ziel, immer wieder im Zickzack oder in Kreisen um die Erdkugel herum.

Die Passagiere amüsieren sich in den Shops und Schwimmbädern, den Restaurants und Cafés, in Spielhallen und auf den Sportplätzen. Sie liegen in der Sonne, schlürfen Eistee und dösen dem Abendbuffet entgegen; den silbernen Tabletts voll Fleisch, Fisch und Gemüse, voll exotischer Früchte, Sahnetorten und Schokoladenpuddings.

Ich irre über das Oberdeck, bin mittendrin und gleichzeitig außen vor. Ein Pärchen grüßt mich begeistert, eine Frau im Bikini winkt mir aus ihrem Liegestuhl zu, im Arm ein Kind mit von Eiscreme verschmiertem Mund. Ich habe sie irgendwo schon einmal gesehen. War es beim Frühstück gewesen oder im Schönheitssalon? Unter ihrem Sonnenhut kommen rosa gefärbte Haare zum Vorschein. Im Außenfenster des Fitnessraums erhasche ich einen Blick auf mein eigenes Spiegelbild. Ich erschrecke über die absurde Turmfrisur, mein zur Maske geschminktes Gesicht, den lila Rüschenrock, die Schleifenbluse.

Außer mir sind alle zu zweit oder in Gruppen unterwegs. Plötzlich stehe ich bis zur Brust im Pool, werfe bunte Bälle hin und her. Immer mehr Passagiere stürzen sich ins Wasser, das in hohen Wellen über den Rand spritzt, so wild wie das Meer unter uns. Ich sehe die Teams und das Tor nicht mehr, fliege mit einer Rolle rückwärts aus dem Becken hinaus auf das Sprungbrett, dann die Treppen hinunter in eine Bar. Sie ist leer zu dieser Stunde bis auf den Barkeeper, der im Halbdunkel Gläser poliert. Ich friere in meiner nassen Kleidung und schlürfe den Cocktail, den mir der Barkeeper unaufgefordert auf den Tresen stellt.

»Genießen Sie den Drink und amüsieren Sie sich. Die Party ist schneller vorbei, als Sie denken.«

Es ist eine Bloody Mary mit vielen Eiswürfeln, die ich Stück für Stück schlucke, bis der kalte Berg in meiner Brust bis zum Hals reicht und tomatenrote Tränen aus meinen Augen fließen.

Halb blind vor Schmerz und Müdigkeit brauche ich eine Weile, bis ich die alte Frau auf dem Barhocker neben mir sehe.

»Du hast keine Wahl«, spuckt sie mir in schlechtem Englisch zusammen mit Spritzern von Kautabak ins Gesicht. Die Lippen ihres Munds sind dünn und rissig. Sie packt meinen Unterarm und schüttelt mich. Ihre spitzen Fingernägel stechen mir in die Haut. Dann verschwindet sie hinter einer schwarzen Tür so schnell wie sie gekommen ist.

Jetzt füllt sich die Bar mit Passagieren, die zu wilden Technoklängen tanzen. Ich erkenne das Pärchen vom Oberdeck. Sie grinsen mich verschwörerisch an. Bald bebt der Boden von den Massen stampfender Füße. Das Schiff schlingert im schlagenden Rhythmus der Bässe. Eine Gruppe vermummter Gestalten steuert direkt auf mich zu. Bevor ich mich wehren kann, packen sie zu, tragen mich hinter die Bar in die Küche und stoßen mich mit gackerndem Gelächter in ein Abflussrohr hinunter in die Eingeweide des Schiffs.

Ich erwachte aus dem Alptraum mit einem Schrei, das Kopfkissen fest umklammert. Das halb zugezogene Fensterrollo warf die Sonnenstrahlen in Streifen an die Wand. Der lackierte Tisch, die Stühle, die Schränke, das Bettzeug – bis auf meine Kleider und den Koffer war alles in diesem sterilen Zimmer in Weiß gehalten. Gleich würde die Tür aufgehen und ein bulldoggenartiger Krankenpfleger würde mir mit einer Spritze den nächsten Horrortrip bescheren.

Irgendwo hupte lautstark ein Auto. Ich wühlte mich aus dem Bett, öffnete das Fenster und blickte auf das Dach des Fabrikgebäudes unter mir. Ich befand mich in irgendeinem Businesshotel in einem Gewerbegebiet. Die digitale Uhr neben dem Bett zeigte 10.02 a.m. Es musste Wochenende sein, sonst hätte mich der Wecker vor Stunden geweckt.

Im Zeitlupentempo kamen die Bilder der vergangenen Nacht zurück. Wir hatten im kleinen Kreis bis frühmorgens den erfolgreichen Projektabschluss gefeiert; erst in der Firma, dann im Restaurant und später in einer Bar. Der Job war finanziell und organisatorisch gesehen, das beste Angebot, das ich je bekommen hatte. Eine Reise von Niederlassung zu

Niederlassung – alles akribisch vorbereitet, effizient durchgeführt und detailliert nachbearbeitet. Der Auftraggeber war begeistert und spendierte den Champagner literweise.

Ich bestellte beim Zimmerservice ein französisches Frühstück, zog den Morgenmantel über und hörte die Nachrichten auf meinem Smartphone ab. Die erste war von Heiko Kindler. Er fragte an, ob ich kommendes Wochenende mit ihm und Freunden an einem Segeltörn in Hamburg teilnehmen wollte. Nach Carolas Abreise aus Köln hatte es keine Stunde gedauert, bis er sich wieder meldete. Seit unserem gemeinsamen Mittagessen im Museumcafé war klar, wie ein zweites Treffen mit ihm verlaufen würde.

Es klopfte an der Tür und ein Zimmermädchen schob ein Tablett mit Kaffee, zwei Croissants, Butter und Aprikosenmarmelade herein.

Die zweite Nachricht kam von Carola. Diesmal hatte sie mir ein Kurzvideo von ihr an der Ballettstange geschickt, darunter drei Wörter: »Meine täglichen Übungen.«

Es war einfach, ihre Botschaft zu entschlüsseln. Jetzt, wo mein Job abgeschlossen war, ging es darum, wieder den Kurs zu halten und meine Mission zügig fortzusetzen. »Du bist viel zu kopflos im Moment. Du hast keinen Plan, wen du in Helenes ehemaliger Heimatstadt ansprechen willst. In dieser Verfassung vergraulst du wichtige Personen, läufst unwichtigen Hinweisen hinterher. Kurzum du richtest mehr Schaden an als Sinnvolles zu tun. Dieser Job bringt dir finanzielle Unabhängigkeit für die nächsten Monate und baut dein Selbstbewusstsein, deine verlorene Zuversicht wieder auf. Übe dich in Geduld, lass das Erlebte ruhen, bevor du wieder aufbrichst.«

Ich hatte auf Carolas Rat gehört. Die Arbeit war so spannend und herausfordernd, dass ich tagsüber an nichts anderes denken konnte. Erst nachts wartete ich auf eine Nachricht von Großtante Helene, die es vorzog, weiter zu schweigen. Dafür hielt Carola ihr Versprechen, mich nicht allein zu lassen und schickte mir regelmäßig Nachrichten und Fotos. Sie glaubte an mich.

Ich biss lustlos in ein Croissant und schaltete den Fernseher ein. Er zeigte die Fütterung von Affen in einem Zoo. Plötzlich fiel mir die Riesenschildkröte wieder ein, die mir während meines Urlaubs zum Jahreswechsel in Vietnam mit ihrer Ruhe und Gelassenheit so imponiert hatte. Sie hauste in einem hohen Gehege im Park gegenüber des Hotels zusammen mit einem Schwarm hektischer Vögel als Mitbewohner. Immer wenn ich vorbeiging, saß sie auf einem Baumstumpf am Rand des schlammigen Wasserlochs, die Augen halb geöffnet, den Kopf nach oben in den Himmel gestreckt, und wirkte vollkommen unbeeindruckt vom Kreischen und Schreien um sie herum.

Ich hatte das Last-Minute-Angebot nach der Trennung von meinem Freund direkt am Flughafen gebucht und den verunglückten Spontanurlaub anschließend schnell abgehakt; zu viele Touristinnen und Touristen, eine hartnäckige Magen-Darm-Grippe und eine zweitklassige Unterkunft. Jetzt kamen weitere Bilder von beladenen Motorrädern, bunten Märkten mit freundlichen Menschen und sanften Wellen am Meeresstrand zurück.

Beim letzten Schluck grinste mich aus dem Kaffeesatz das Gesicht der alten Frau aus meinem Alptraum an. Zitternd setzte ich die Tasse auf den Unterteller zurück. Es war die vietnamesische Wahrsagerin, der ich am Tag meines Rückflugs begegnet war. Es gab keinen Zweifel. Ich hängte das »Bitte nicht stören-Schild« an die Tür, legte mich wieder ins Bett und schloss die Augen. Irgendwann verwandelte sich das Hotelzimmer in ein stickiges Kabuff hinter einer buddhistischen Tempelanlage. Es roch nach abgebrannten Räucherstäbchen, Wachs und einem billigen, aufdringlichen Duftwasser. Nach belanglosem Hokuspokus mit Handlesen, Münzenwerfen und schmutzigen Zetteln mit unverständlichen Zeichen hatte sie zum Abschluss der überteuerten Sitzung ein Bündel Spielkarten aus ihrer Jackentasche geholt und mich zwei davon ziehen lassen.

»Du hast keine Wahl«, wiederholte die Wahrsagerin gebetsmühlenartig und deutete immer wieder auf die zwei Spielkarten, die nebeneinander auf dem verschmutzten, wackeligen Klapptisch lagen. Links blickte eine Königin im goldgelben Kleid mit ihrer Krone auf dem Kopf bewundernd auf eine Frau in silberner Rüstung auf der Karte rechts von ihr. Ich konzentrierte mich auf das Antlitz der Ritterin. Sie war jung, groß und schlank gewachsen. Ihre Haut auffallend hell, der große Mund tiefrot. Ihre stechend grünen Augen waren in die Ferne gerichtet, als suchte sie den Horizont nach möglichen Gefahren ab. Es war klar, dass sie und die Königin fest zusammengehörten.

Das war das lang ersehnte Zeichen. Mit einem Satz sprang ich aus dem Bett zu meinem Koffer und zog die Korrespondenz zwischen Helene und Johannes E. Preis, die immer mit mir reiste, aus einem der Seitenfächer.

»Ich liebe Dich nicht auf die Art und Weise, wie ich es sollte, wie Du es erwartest«, hieß es im letzten Brief von Helene. Und: »Die Reise nach Spanien hat mein Leben verändert. Ich wusste nicht, dass das in mir steckt. Diese Art von Leidenschaft. Ich habe das gefunden, was ich, ohne es zu wissen, immer gesucht habe.«

Wie von Helene angekündigt, lag die Antwort zwischen den Zeilen. Meine Großtante hatte sich während der Spanienreise in eine Frau verliebt. Ich war mir sicher, dass es sich dabei um »die neue amüsante Freundin« handelte, mit der sie Sherry getrunken und sich außerhalb des offiziellen Besuchsprogramms an einem Abend in einer Flamencobar getroffen hatte.

Was ich soeben herausgefunden hatte, musste sofort gefeiert werden. Ich schaltete das Radio ein und tanzte vor Freude ausgelassen durch das Hotelzimmer. Dann öffnete ich die kleine Flasche Sekt aus der Minibar, mixte Orangensaft dazu und zelebrierte den Rest meines Frühstücks. Anschließend duschte ich ausgiebig. Die heißen, starken Wasserstrahlen vertrieben alle trüben Gedanken. Auf den nassen weißen Kacheln spiegelten sich gleichzeitig das bereits zurückgelegte Stück meines Wegs und die nächsten Schritte vor mir.

Ich hatte mich getäuscht. Der Urlaub zum Jahreswechsel war nicht ein weiterer, gruseliger Tiefpunkt meines alten Lebens gewesen, sondern der schmerzhafte Beginn meines neuen Lebens. Die Wahrsagerin im Tempel hatte mir auf ihre verschrobene Art und Weise geholfen und eine Botschaft übermittelt, die ich damals noch nicht entschlüsseln konnte. Ihre zwielichtige Gestalt im außen entsprach meiner damaligen inneren Verfassung.

»Welcome back«, prosteten wir uns im Kreis zu. Carola und ich waren die Einzigen im Hexenhaus, die die tiefere Bedeutung des Trinkspruchs kannten. Auch das zweite Treffen mit ihrer Familie fühlte sich vertraut an. Eine der besten Eigenschaften ihres Ehemanns Bernhard war, dass er anderen Raum ließ, so zu sein, wie sie waren. Carolas Prognose stimmte einmal mehr; wir verstanden uns ohne große Worte. Ihre beiden Söhne akzeptierten mich, als wäre ich ein verloren gegangenes, exzentrisches Familienmitglied, das nach einem langen Aufenthalt in einem weit entfernten Land wieder aufgetaucht war, und nicht weiter störte.

Auf der Terrasse roch es nach Brennholz und gerösteten Maiskolben. Der Septemberregen gab einen Vorgeschmack auf die angekündigten Herbststürme. Ich erzählte Carola von der vietnamesischen Wahrsagerin im Tempel, den zwei Spielkarten, meiner grandiosen Entdeckung.

Sie ließ sich Zeit mit ihrer Antwort, zündete ein neues Windlicht an, schenkte mir Punsch nach und rückte den Heizstrahler näher heran.

»Und ist er ein guter Liebhaber?« fragte sie nach einer gefühlten Ewigkeit.

»Wie bitte? Von wem oder was redest du? Hast du mir überhaupt zugehört die letzte halbe Stunde?«

»Ich rede von Heiko Kindler, unserem schicken Hausverwalter, von wem denn sonst? Du hast mir alles Mögliche erzählt, aber keine Details über euch zwei.«

Ich schaute sie ungläubig an. Dann prusteten wir gleichzeitig los, so ausgelassen, dass der Hund laut zu bellen anfing.

»Okay, du hast eine Antwort verdient. Also es war aufregend und zu meiner Überraschung sogar romantisch. Rote Rosen, ein Abendessen in einem schicken Restaurant, Live-Musik. Er ist ein richtig guter Tänzer.«

»War das alles?«

»Und eine heiße Nacht.«

»Genau darüber möchte ich mehr erfahren«, sagte Carola mit einem Grinsen.

»Hi, ich verrate dir keine Details. Es war ein One-Night-Stand. Ich habe mich nicht in ihn verliebt. Aber der Sex war fantastisch. Ich habe mich frei gefühlt, schön, begehrenswert und das gute Gefühl hielt bis zum Morgen an. Das hat mich überrascht, denn ich war alles andere als optimistisch zu diesem Zeitpunkt, wie du weißt. Es war ein erotisches Abenteuer, das sich gelohnt hat. Nicht mehr, aber auch nicht weniger. Damit ist das Kapitel Heiko Kindler für mich abgeschlossen und das habe ich ihm natürlich gesagt. Bald werden auch keine Nachrichten mehr von ihm kommen. Er ist ein Realist und es wird nicht lange dauern, bis er eine andere Flamme hat. In dieser Nacht in Köln ist mir klar geworden, dass ich mir eine feste Beziehung wünsche und bin gleichzeitig überzeugt davon, dass der Richtige kommen wird.«

»Bravo«, rief Carola und klatschte in die Hände.

Ich blickte auf das dunkle Ackerfeld gegenüber. Mit meinem neuen Selbstvertrauen, der alten Hartnäckigkeit und der notwendigen Portion Glück würde sich hier bald der Vorhang zu einem weiteren Akt unseres Balletts öffnen: Großtante Helene und ihre Geliebte. Carola stimmte meiner Theorie hundertprozentig zu.

Wir waren beide erleichtert, dass Helene die Beziehung zu Johannes E. Preis nicht wegen einer beliebigen Affäre mit einem Mann in Spanien aufgegeben hatte. Ihr hatte der Mut gefehlt, ihm die ganze Wahrheit zu schreiben. Das war zu diesem Zeitpunkt nachvollziehbar. Die unerwartete Leidenschaft hatte sie aus der Bahn geworfen, wie sie selbst schrieb.

»Wie willst du weiter vorgehen?«

»Tiefer bohren«, antwortete ich. »Die Suche großherziger weiterführen. Ich habe noch keine Hinweise, aber ich werde herausbekommen, wer Helenes Ex-Geliebte in Spanien ist. Sie lebt noch. Da bin ich mir hundert Prozent sicher, frage mich nicht wieso. Und wir wissen jetzt auch, dass sie bei ihrer Begegnung wesentlich jünger war als unsere Großtante. Das passt, findest du nicht? Irgendwie kann ich mir keine Frau, die älter oder gleichalt war, an Helenes Seite vorstellen. Oder soll ich sagen Königin Helene?«

Carola nickte und füllte meine Tasse zum vierten Mal mit Orangenpunsch.

»Wow, ich bin echt beeindruckt, Annabelle. Und du weißt, dass ich das nicht sage, um dir zu schmeicheln. Jetzt beginnt die eigentliche Suche. Ich habe viel nachgedacht während der letzten Wochen. Wir zwei fahren nach Köln, amüsieren uns die meiste Zeit köstlich, finden in kürzester Zeit mit jeder Menge Unterstützung Dritter ein paar verloren geglaubte Briefe, und dein Auftrag ist beendet? Nein, so läuft es nicht. Helene hat eine längere Reise für dich geplant.«

»Genau. Ich fahre gleich morgen los in ihre Heimatstadt. Diesmal bin ich vorbereitet und habe einen Plan.«

»Bist du enttäuscht, dass ich dich nicht begleiten kann?«, fragte Carola.

»Du musst dich auf dich selbst konzentrieren. Wenn ich Hilfe vor Ort brauche, sage ich es, versprochen. Und wir telefonieren jeden Tag. Außerdem hast du schon so viel getan. Ich meine nicht nur die Fahrt nach Köln. Du hast mich überredet, erstmal den Job anzunehmen und nicht gleich loszustürmen. Ich bin sicher, dass ich die Botschaft mit den zwei Spielkarten nur in diesem Hotelzimmer nach diesem Alptraum erhalten konnte. Vielen Dank.«

»Es war mir ein Vergnügen. Dein Lob kommt zum richtigen Zeitpunkt. Ich bin gerade nicht so selbstbewusst, wie es den Anschein hat.«

»Wann ist das Vortanzen noch einmal, in einer Woche?«

Carola warf ein weiteres Stück Holz in die Feuerschale. Ihr Blick verriet, dass sie etwas belastete.

»Was ist los? Hast du Angst? Das brauchst du nicht. Die können froh sein, wenn sie jemanden wie dich bekommen.«

»Ich träume nicht mehr von Rudolf Nurejew. Für Laientanzgruppen interessiert sich ein Genie, wie er es gewesen ist, anscheinend nicht.«

»So ein Unsinn! Als er dir bei dem Wettbewerb auf dem Plakat zugezwinkert hatte, warst du noch ein ängstliches Kind, das Zuspruch von höchster Stelle gebraucht hat. Ich glaube eher, dass sein Erscheinen nicht mehr nötig ist. Du kommst ohne ihn klar. Trainiere so hart wie bisher weiter. Du wirst dein Bestes geben, und es wird klappen, glaube mir.«

Carola lächelte dankbar. Warum war es so einfach, anderen gute Ratschläge zu geben?

Am nächsten Tag regnete es weiter. Nach dem Frühstück gingen wir eine Runde mit dem Hund im Wald spazieren. Mit jedem Ein- und Ausatmen wich die Anstrengung der letzten Wochen aus den Zellen meines Körpers und verdunstete in der kühlen Luft. Ich spürte, wie das Blut durch meine Adern rauschte, die Muskeln sich anspannten wie vor einem langen Lauf. Diesmal würde ich keine Pause auf halber Strecke brauchen, sondern bis zum Schluss durchhalten; Schritt für Schritt, Kilometer für Kilometer mit Ausdauer und Konzentration.

Das anschließende Videogespräch mit meinem Vater gestaltete sich inspirierender als erwartet. Er hatte sich auf unser virtuelles Wiedersehen vorbereitet. Es war spannend, sein Gesicht zu beobachten, während er die lange vergrabenen Bilder von Begegnungen mit seiner Tante Helene Schicht für Schicht freilegte. Er begann mit kurzen Treffen und Unterhaltungen auf Familientreffen, als er noch klein war; einer witzigen Analyse des Kuchenbuffets und ihrer gemeinsamen Schwäche für Apfelkuchen; einem Schlagabtausch über die Bedeutung von Geschenken unter dem Weihnachtsbaum; einem Gottesdienst mit anschließendem Besuch auf dem Friedhof. Dort, unter einer Trauerweide, wie mein Vater betonte, hatte er seine Tante gefragt, wie der Tod aussehen würde.

»Das weiß ich nicht. Sicher ist nur: Jeder von uns hinterlässt etwas Unerledigtes. Das macht den Tod aus«, hatte sie ihm sinngemäß geantwortet.

Für mich klang das wie eine Vorahnung ihrer späteren eigenen Versäumnisse.

»Okay, danke. Das sind großartige Geschichten. Du solltest sie zeitnah aufschreiben, bevor du sie wieder vergisst. Eine wichtige Frage meinerseits: Ist dir bei der offiziellen Trauerfeier eine Frau aufgefallen? Groß und schlank, attraktiv, mit schwarzen lockigen Haaren, blasser Haut, grünen Augen? Vielleicht eine Spanierin?« Der letzte Satz war mir herausgerutscht.

»Wieso eine Spanierin? Helene ist doch in Paris gestorben.«

»Vergiss es, ich hatte gerade ein Bild im Kopf«, antwortete ich. »Stimmt, Paris. Daran habe ich noch gar nicht gedacht. Hast du mit einer französischen Freundin von ihr gesprochen?«

»Erst Spanien, dann Frankreich. Du verwirrst mich total«, grummelte mein Vater. Er dachte eine Weile nach und strich sich dabei über seinen grauen, gepflegten Dreitagebart. »Ich kann mich an niemanden erinnern, auf den deine Beschreibung passt. Das heißt natürlich nicht, dass sie nicht anwesend war. Angesprochen hat mich niemand, der so aussah. Wie gesagt, es war eine eher gekünstelte Veranstaltung. Ich will nicht mehr darüber reden, einverstanden? Ich habe noch eine Geschichte, die dir besonders gefallen wird. Ich kann gar nicht erwarten, sie dir zu erzählen.«

Mein Vater strahlte vor Vorfreude, nahm einen Schluck aus seiner Teetasse und lehnte sich auf dem moccafarbenen Sofa zurück. Ich sah uns gemeinsam in dem Möbelgeschäft stehen, als wir das gute Stück in der Weihnachtszeit erworben hatten.

»Ein einziges Mal war ich länger bei Helene zu Besuch. Das war während der Sommerferien und in Begleitung eines Schulfreunds namens Tommy. Wir waren fünfzehn oder sechzehn Jahre alt und bisher viel zu brav für unser Alter. Das Einzige, was uns damals durch den Kopf ging, waren Mädchen. Helene wartete weder am Bahnhof noch in ihrer Wohnung auf uns. Der Schlüssel war bei einer Nachbarin hinterlegt. Ihre Mansardenwohnung hatte eine geräumige Wohnküche, die aussah, als wäre sie noch nie benutzt worden. Der Kühlschrank war leer bis auf ein paar Flaschen Mineralwasser und Bier, was uns beide mächtig beeindruckte. Auf dem Tisch lag ein Stadtplan mit zwei angehefteten Fünfzigmarkscheinen und einer kurzen Nachricht, die sinngemäß lautete: ›Zum Einkaufen und für die Freizeitgestaltung. Es kann spät werden. Viel Spaß euch beiden, Helene.‹ Hundert Mark, das war damals ein Vermögen für uns. Spätestens ab da war ich der Größte für Tommy.«

»Hatte sie die Wohnung gekauft?«

»Ich bin mir sicher, dass sie dort zur Miete wohnte. Deine Mutter pflegte zu sagen, dass Helene unfähig war, das viele Geld, das sie in ihrem Job verdient hatte, ordentlich anzulegen und es lieber aus dem Fenster warf.«

In diesem Punkt lag meine Mutter ausnahmsweise richtig. Helene liebte Luxus, Reisen, gutes Essen, teure Getränke. Ob und wieviel Geld nach ihrem Tod übriggeblieben war, wusste keiner von uns.

»In jedem Fall begannen paradiesische Tage mit täglichen Schwimmbadbesuchen, Kino, unserem ersten Discobesuch, eingeschmuggelt von älteren Jungen, die wir beim Turmspringen kennengelernt hatten. Nach unseren Saltos vom Fünf-Meter-Brett hatten wir den Test bestanden, und sie nahmen uns in ihre Clique auf. Auch Helene behandelte Tommy und mich wie Erwachsene. Jeden Tag gingen wir zu dritt in einem anderen Gasthaus essen mit freier Wahl auf der Speisekarte. So viele Schnitzel und Sahnetorten habe ich in meinem Leben nie mehr gegessen.«

An dieser Stelle musste ich lachen. Anscheinend verdankten Carola und ich das viele Fleisch und die Desserts, die wir auf den Familientreffen meiner Kindheit unberührt stehen ließen, unter anderem den kulinarischen Vorlieben der Jugendjahre meines Vaters.

»Habt ihr nie eine Freundin von Helene getroffen?«

»Nein, Helene war immer allein unterwegs, und es kam auch niemand zu Besuch. Aber vergiss nicht, dass Tommy und ich kaum in ihrer Wohnung waren.«

Es hatte keinen Sinn, weiter zu insistieren, auch wenn Helene und ihre unbekannte Geliebte sich laut meinen Berechnungen bereits seit rund zwei Jahren kannten, als mein Vater bei seiner Tante zu Besuch war.

»Bitte erzähl weiter.«

»Bei den gemeinsamen Mittagessen sprach Tante Helene die meiste Zeit über komplizierte Rechtsangelegenheiten. Wir verstanden kein Wort, zeigten uns aber beeindruckt und sie war zufrieden. Ansonsten durften wir tun, was wir wollten. Am Abend unserer Rückreise waren wir in Hochstimmung vom Freibad zurückgekommen, um uns für die Abschiedsfeier in der Diskothek umzuziehen. Das hübsche blonde Mädchen, in das wir beide verknallt waren, hatte uns nacheinander auf der Liegewiese hinter den Umkleidekabinen geküsst. Ich rede von einem richtigen Kuss, du verstehst schon. Ich sage ja, ich war spät dran.«

Diesmal unterbrach mein Vater seinen Redefluss und hustete zwei-, dreimal verlegen, als hätte er mir erotische Details von seiner Hochzeitsnacht erzählt. Ich schwieg höflich, bis er fortfuhr.

»Helene war früher als sonst von der Arbeit zurückgekommen. Sie stand auf dem Balkon und hörte Opernmusik. Als sie unsere Anwesenheit bemerkte, drehte sie sich um, lächelte und schloss wieder die Augen. ›Hört ihr das? Das ist die einzige, die wahre Musik.‹ Als wir uns verabschiedeten, nahm sie mich in den Arm und flüsterte mir ins Ohr: ›Folge immer deinem Herzen und erledige die wichtigen Dinge mit vollem Einsatz. Höre nicht darauf, was andere Menschen von dir erwarten, selbst wenn sie dir nahestehen. Wir müssen tun, wofür wir geboren worden sind.‹ Nochmals, Annabelle: Helene hat das an diesem Abend bestimmt nicht Wort für Wort so formuliert. Ich bin mir nicht einmal ganz sicher, ob sie das zu diesem Zeitpunkt oder früher oder später zu mir gesagt hat. Ich bin aber fest überzeugt, dass diese Botschaft von ihr kam, für mich persönlich bestimmt war, und mich durch die Jahre unbewusst begleitet hat.«

An dieser Stelle sah er mir direkt in die Augen. »Ich habe viel falsch gemacht in der Ehe mit deiner Mutter, aber mangelnde Leidenschaft und fehlenden Glauben an berufliche Selbstverwirklichung kann man mir wahrlich nicht vorwerfen. All das Erzählte war lange Zeit verschüttet unter tausend anderen, teils wichtigen, teils unwichtigen Dingen. Wie konnte das nur passieren?«

»Ich weiß es nicht«, antwortete ich ehrlich. »Hast du Helene danach wieder in ihrer Wohnung besucht?«

»Nein.«

»Warum nicht?« fragte ich erstaunt. »Euer Urlaub bei ihr war doch so großartig.«

»Irgendwie hat es sich nicht ergeben. Ich bin alles andere als stolz darauf, ja schäme mich sogar. Du weißt ja, wie früh deine Mutter und ich geheiratet haben. Dann das Studium, der Aufbau meines Büros, deine Geburt und so weiter und so fort. Alles Ausreden, keine Frage. Die traurige Wahrheit ist, dass wir uns komplett aus den Augen verloren haben. Gerade wegen der Nachlässigkeit deines Großvaters seiner einzigen Schwester gegenüber wäre es meine Aufgabe gewesen, die Verbindung zu halten.« Mein Vater seufzte tief und studierte eine Weile das Muster des Teppichs vor ihm.

»Ist alles in Ordnung?«, fragte ich.

Seine Antwort kam zögernd. »Ja, ich habe nur gerade gedacht, wie wenig ich Tante Helene kenne. Ich weiß kaum etwas von ihrer Kindheit und Jugend, von ihrer Studienzeit oder ihren privaten Aktivitäten und Interessen. Damals hätte ich die Gelegenheit gehabt, sie auszufragen und habe sie nicht genützt.«

»Mir kommt es vor, als wollte Helene nicht zu viel von sich selbst preisgeben.«

»Wahrscheinlich hast du recht. Du verstehst sie besser als ich, wie es aussieht. Du holst meine Versäumnisse nach, als gäbe es die Grenze zwischen Lebenden und Toten nicht.«

Seine letzte Bemerkung traf voll ins Schwarze. Ich brauchte ein paar Sekunden, um mich zu sammeln. »Na ja, Vater, warten wir einmal ab, ob meine Reise neue Erkenntnisse bringen wird.«

Teil II

Kapitel 11

Schein und Sein

Unterwegs dachte ich viel über das Videogespräch mit meinem Vater nach. Großtante Helenes kurze Rückkehr auf die Erde hatte neue Jugendgeschichten von ihm in mein Leben gebracht. Ich staunte, wie ausgerechnet meine Großtante, die zu Lebzeiten wenig bis keinen Kontakt zu ihrer Verwandtschaft hatte, erste bunt glänzende Fäden in den löchrigen Familienteppich webte. Offenbar war es Carolas und meine Aufgabe, ihn zu flicken und anschließend weiterzuknüpfen. Alles schien möglich an diesem Nachmittag, und ein Beutel mit Altlasten flog aus dem Autofenster und löste sich hinter mir im Nichts auf.

Als ich die Hauptstraße von Helenes ehemaliger Heimatstadt erreichte, verschwand die Sonne hinter einer Hügelkette. Die für die erste Nacht gebuchte Pension, im Internet in warmen Worten als »gemütliches Refugium im Herzen der Altstadt« angepriesen, erwies sich als totaler Reinfall. Ich hätte mir die aufgehübschten Fotos genauer ansehen sollen. Das Kleid der Besitzerin, die mich umständlich eincheckte, ähnelte der Tagesdecke auf dem Bett in meinem Zimmer. Die altrosa Blumentapete schmerzte in den Augen.

Trotz meiner Müdigkeit brach ich umgehend zu einem Spaziergang auf. Die Straßen waren wie leer gefegt. Hier und da eilten Passanten über das nasse Kopfsteinpflaster in eine der Gaststätten, aus denen ein Geruch nach überbackenem Käse, Bier und Bratwurst strömte. Der Park im Zentrum war ein erster Höhepunkt. Ich flanierte gedankenverloren auf beleuchteten Kieswegen unter alten Bäumen und modernen Kunstwerken aus Stein, Holz und Marmor, die teils bizarre Figuren von Menschen, Tieren und Pflanzen darstellten. Dann kam ich zum Eingang des Erlebnisbads. »Täglich ab 7 Uhr geöffnet, große Freiliegefläche, Rutsche, Wellenanlage, beheizte Außenbecken, Sauna«, las ich auf dem Schild. Ein Besuch hier stand fest in meinem Kalender.

Später trieben mich Hunger und Regen in das nächstbeste Restaurant. Bis auf vier ältere Herren, die am Stammtisch stumm ihren Schoppen Wein tranken, waren keine weiteren Gäste zu sehen. Ich aß die bestellten Spaghetti Bolognese und zahlte die Rechnung, froh, den beklemmend wirkenden Raum mit den kleinen Fenstern, den schweren Holzbalken und der niedrigen Decke wieder verlassen zu können.

Draußen war es kälter geworden, und mich fröstelte in meinem zu dünnen Mantel. Der heißeste Sommer seit vielen Jahren verabschiedete sich weinend. Ich dachte sehnsuchtsvoll an meine Ausflüge zu den glasklaren Seen und märchenhaften Schlössern zurück, sah die weißen Wolken, die wie Zuckerguss zwischen den Bergen lagen, vor meinen Augen. Ich wollte so bald wie möglich nach Bayern zurückkehren. Wenn es für mich so etwas wie Heimat gab, dann lag sie dort. Ich hatte lange gebraucht um das zu verstehen und entsprechend viel verpasst. Aber das ließ sich problemlos nachholen mit Carola und ihrer Familie. Ich war nicht mehr allein.

Nach einer mäßig erholsamen Nacht in zu schweren Bettlaken verbrachte ich den späten Morgen mit Beobachtungen meiner Leidensgenossen im Frühstücksraum. Ein jüngeres Pärchen saß seit fünfzehn Minuten stumm vor ihren Toastscheiben. Wahrscheinlich hatten sie ein ähnlich schlechtes Bett wie ich in ihrem Doppelzimmer. Ihnen gegenüber butterte eine bebrillte Frau im knielangen Rock und zugeknöpfter Rüschenbluse einem miesepetrig aussehenden alten Mann ein Stück Schwarzbrot und redete ununterbrochen auf ihn ein. Am Einzeltisch neben mir saß ein junger, spindeldürrer Mann im kanariengelben Pullunder über einem grünkarierten Hemd. Er war derart in die Lektüre eines wissenschaftlichen Buchs vertieft, dass er zu essen und zu trinken vergaß. Hier verpasste er nichts. Jede Kantine war heimeliger, und auch die dritte Tasse Kaffee hatte den Geschmack des wässrigen Rühreis nicht beseitigen können.

Punkt zehn Uhr baute sich eine Servicekraft in ihrer ganzen Größe vor mir auf, die fleischigen Arme in die Hüfte gestemmt. Die Frühstückszeit war abgelaufen. Sie hatte an der Theke gewartet, um unser Geschirr abzuräumen und die plumpen Holztische für das Mittagessen einzudecken. Es gab keine Chance, an ihr vorbeizukommen. Verärgert quittierte ich den Gutschein für diese armselige Mahlzeit, bezahlte umgehend die Übernachtungskosten an der Rezeption und packte meinen Koffer. Es war sinnlos, das Personal nach Helene zu fragen. Eine derart geschmacklose Pension hätte sie niemals freiwillig betreten.

Nomen est omen. Das Zimmer im Vier-Sterne-Hotel Adler übertraf alle Erwartungen. Es enthielt ein Himmelbett, einen rot karierten Ohrensessel sowie einen exquisiten englischen Schreibtisch mit Lederauflage, an dem sogar Johannes

E. Preis seine morgendliche Korrespondenz gerne erledigt hätte. Durch die langen, weißen Fenstervorhänge wehte ein frischer Wind. Rechts vom Park war der Sprungturm des Erlebnisbads zu sehen, links eine Mauer der historischen Befestigungsanlage. Hier war der ideale Ort für mich. Es fehlte nur noch eine hochauflösende Überwachungskamera, und kein einziger Passant auf der Hauptstraße käme unbeobachtet vorbei. Ich grinste. Mein Job bei der bayerischen Sicherheitsfirma hatte Spuren hinterlassen.

Ich schickte Annabelle ein Selfie am Schreibtisch sitzend: »Mission Helene, Teil zwei: Erfolgreiche Ankunft in meiner hochherrschaftlichen Residenz.« Dann holte ich eine Flasche Orangensaft aus der Minibar und ging meine Aufzeichnungen über das Gespräch mit Helene auf der Dachterrasse meiner Ex-Vermieterin nochmals aufmerksam durch. Während der nächsten Tage würde mein altes Ego am Bügel im Schrank hängen bleiben, während mein neues Selbst, ausgestattet mit den Prioritäten, Interessen und Empfindungen von Helene durch die Straßen streifen würde.

Das Haus mit der Mansardenwohnung, in der Helene zur Miete gewohnt hatte, lag rund zwei Kilometer von meinem Hotel entfernt in einer verkehrsberuhigten Straße. Ich näherte mich langsam und kreisförmig. Es gab kein Geschäft, kein Amtsgebäude, keine Imbissstube, vor denen ich nicht stehen blieb und mir ausmalte, ob und wenn ja, wann, wie oft und warum Helene sie betreten haben könnte.

Als ich mein Ziel erreicht hatte, stockte mir der Atem. Unterhalb der modernen Klingelanlage mit Postfächern und Nummern statt Namen befand sich ein einziger größerer Briefkasten. Auf das Pappschild hatte jemand mit breiten Buchstaben ein einziges Wort geschrieben: HELENE.

Ich blickte die gelb verputzte Fassade hoch, die schon bessere Zeiten gesehen hatte. Ganz oben ragte ein breiter Balkon aus dunkelbraunem Holz heraus. Er musste zu Helenes ehemaliger Wohnung gehören. Die Blumenkästen waren sorgsam mit roten Geranien bepflanzt.

Ich atmete ein paarmal tief durch und drückte den obersten Knopf auf der Klingelanlage mit der Nummer Eins. Stille. Dann klingelte ich in allen Stockwerken. Niemand öffnete die Tür. Weitere zehn Minuten später betrat ich den Blumenladen gegenüber. Es dauerte eine Weile, bis eine Verkäuferin mit blau gefärbten Haaren erschien, deren Künstlichkeit wundersam mit den Pflanzen um sie herum kontrastierte.

»Guten Morgen, darf ich Sie etwas fragen? Kennen Sie die Bewohnerinnen von dem gelben Haus gegenüber?«

»Nur wenige«, antwortete sie und beäugte mich misstrauisch. »Arbeiten Sie für eine Immobilienfirma?«

»Nein. Ich bin auf der Suche nach einer Verwandten, die vor vielen Jahren dort gelebt hat. Ihr Vorname, Helene, steht auf einem Extra-Briefkasten ohne ihren Nachnamen. Das ist seltsam, finden Sie nicht?«

Meine Gesprächspartnerin zuckte desinteressiert mit den Schultern.

»Ich habe den Laden erst vor fünf Jahren eröffnet. In dem Haus gibt es mehrere Wohngemeinschaften mit jungen Leuten. Dazu kommen ein Rentnerehepaar, ein alleinstehender Herr mittleren Alters und eine sehr nette Frau, die jede Woche Blumen bestellt. Ohne Menschen wie sie hätte ich gleich wieder zumachen können. Tulpenstraße, das klang nach dem perfekten Ort für mein Geschäft. So kann man sich täuschen. In ein paar Wochen zieht hier ein Versicherungsmakler ein, der nicht wie ich auf Laufkundschaft angewiesen ist.

Apropos: Wollen Sie etwas kaufen oder nicht? Ich bin nicht die Auskunft, wissen Sie.«

Diese Frau könnte im Hochsommer eine Eisbude im Freibad mieten und würde bankrottgehen, so viele Haare hatte sie auf den Zähnen.

Ich entschied mich für einen herbstlichen Strauß mit Astern, Dahlien und Chrysanthemen und eine überteuerte schlichte Vase. Anschließend blieb ich zur Beobachtung der Lage eine halbe Stunde auf dem Gehsteig stehen. Bis auf zwei Radfahrer und einen Skateboarder ließ sich niemand blicken. Ich würde bald wiederkommen und herausfinden, wer den Briefkasten so beschriftet hatte und warum. Diese Person musste Helene persönlich gekannt haben und wollte die Erinnerung an sie bewahren; viele Jahre, nachdem ein Postangestellter ihr ein Schreiben oder Paket persönlich überreicht hatte.

Ein Brief, das war es! Ich kramte meinen Notizblock und einen Stift aus dem Rucksack, schrieb vier, fünf Zeilen und setzte Namen, Mobilfunknummer und die Anschrift des Hotels Adler darunter. Dann zerriss ich das Blumenpapier, bastelte mit dem Klebeband darauf einen provisorischen Umschlag und warf die Nachricht in den blechernen Kasten unter Helenes Namen.

Die grüne Wiese lag im hinteren Teil des Stadtfriedhofs neben einem Teich und einer Trauerweide. In der Mitte erhob sich ein mindestens zwei Meter hohes pfeilförmiges Denkmal aus Stahl. »Gemeinsam leben, gemeinsam trauern«, stand auf einer Plakette zusammen mit dem Namen eines Bildhauers aus der Region.

»Da ist noch Platz auf der Innenseite, wenn Sie Interesse haben. Sie müssen beim Einwohnermeldeamt zehn Jahre registriert sein und am besten gleich ein paar Tausend Euro überweisen. Dann sind Sie auf der sicheren Seite. Das ist ein bescheidener Betrag für ein kleines Stück Unsterblichkeit. Soll ich für Sie reservieren? Man weiß ja nie, wann es so weit ist«, hatte der Witzbold in der Friedhofsverwaltung mit einem Augenzwinkern erklärt. Ein bisschen schwarzer Humor tat gut nach dem Gespräch mit der Blumenhändlerin.

Bis auf ein Entenpärchen, das auf der Suche nach Würmern aus dem Wasser gewatschelt kam, war kein weiterer Besucher zu sehen. Das Denkmal sah aus, als würde es jeden Augenblick wie eine Rakete in den Himmel starten, weit hinaus ins Weltall, um über die Verstorbenen und ihre edlen Taten in dieser kleinen Stadt auf dem Planeten Erde zu berichten.

Es dauerte eine Weile, bis ich die Inschrift an der Innenseite fand: »Helene Frey, eine großzügige Frau mit Herz für die Belange von Mensch und Natur«, stand da in schnörkelloser Schrift in den Stahl geritzt, darunter Geburtsdatum und Todestag.

Eine Weile später kam eine ältere Dame auf mich zu, in der einen Hand eine Gießkanne, in der anderen einen Pflanzentopf. Sie trug ein rosa Kostüm aus dickem Stoff mit passendem Hut, Nylonstrümpfe und schwarze Schnürschuhe. Am Denkmal angekommen, grüßte sie kurz und strich mit den Händen über eine bestimmte Stelle an der Außenseite in Höhe ihres Kopfs.

»Das ist ein magischer Ort und so ruhig, finden Sie nicht? Genau genommen ist es mein Lieblingsplatz. Ist das Ihr erster Besuch? Ich habe Sie noch nie gesehen. Ich genieße es, hier zu sein zu jeder Jahreszeit und bei jedem Wetter.«

»Steht der Name eines Verwandten oder einer Freundin darauf?«, fragte ich.

Ihre hellblauen Augen füllten sich mit Tränen. Ich biss mir vor Ärger über mich selbst auf die Zunge.

»Entschuldigen Sie bitte vielmals meine Indiskretion. Ich bin manchmal so ungeschickt.«

»Nein, bleiben Sie. Es ist schön, mit jemandem über meine Tochter zu sprechen. Sie ist vor zwei Jahren verstorben. Mir kommt es vor, als wäre es letzte Woche gewesen, und das wird wohl immer so bleiben, solange ich lebe. Wie alt sind Sie, wenn ich fragen darf?«

»Siebenunddreißig Jahre.«

»Dann sind Sie etwas jünger als Elisabeth. Sie ist kurz nach ihrem vierzigsten Geburtstag gestorben, den wir noch gemeinsam gefeiert hatten. Sie hat als Kinderärztin gearbeitet und war die jüngste Leiterin an der hiesigen Klinik. Ich bin immer noch so stolz auf sie. Sie war ein so guter Mensch und bescheiden trotz ihrer zahlreichen Verdienste.«

Bei dem letzten Satz ergriffen mich kurz Fluchtgedanken. Bestimmt folgte gleich eine Aufzählung von Elisabeths Noten, Zeugnissen und Auszeichnungen seit früher Kindheit. Aber vielleicht war es Monate her, dass jemand mit Anteilnahme dem traurigen Schicksal ihrer Tochter zugehört hatte?

»Was ist passiert?«

»Sie ist beim Klettern im Urlaub abgestürzt und war sofort tot.«

Bei diesen Worten schwankte sie leicht, und hielt sich an einer Außenkante des Steins fest.

»Mein herzliches Beileid. Es tut mir so leid für Sie. Aber wenigstens ging es schnell, und sie musste nicht lange leiden.«

»Das stimmt. Ich bin überzeugt, dass sie genau in diesem Moment im Himmel auf uns herunterlächelt und winkt. Das glauben Sie doch auch, oder?« Sie blickte mir erwartungsvoll in die Augen.

»Ja, ich bin sogar fest davon überzeugt. Meine Großtante Helene tut gerade genau das Gleiche«, antwortete ich und drückte ihre zarte Hand.

Wir standen noch lange auf der Wiese, zwei einander fremde Frauen, für eine kurze Zeit vereint im Gedenken an geliebte, verstorbene Menschen. Ja, ich liebte Helene vom ersten Augenblick, an dem ich sie in ihrem goldgelben Kostüm in dem Bastsessel auf der Terrasse meiner ehemaligen Vermieterin sitzen sah.

»Für wen sind diese schönen Blumen?«, fragte meine Gesprächspartnerin nach einer Weile.

»Die sind für Ihre Tochter. Eine Arbeitskollegin, die lange in dieser Stadt gelebt hat, hat mir von ihrer Arbeit an der Kinderklinik erzählt und mich gebeten, bei Gelegenheit Blumen für sie vorbeizubringen«, antwortete ich ohne zu zögern, während meine Wangen sich vermutlich leicht rosa färbten.

»Und dann treffen wir zwei uns hier! Das ist ein wunderbarer Zufall. Danke vielmals. Das ist ein sehr glücklicher Tag für meine Tochter und für mich.«

Sie zweifelte keine Sekunde an meinen Worten. Wir füllten Wasser aus ihrer Gießkanne in die Vase, lösten den Dünger darin auf und stellten den Strauß neben ihren Topf mit Herbstalpenveilchen in das feuchte Gras. Anschließend spazierten wir plaudernd zurück zum Friedhofsausgang bis zur Bushaltestelle.

»Das war eine weiße Lüge, Carola«, wiederholte ich zum dritten Mal und schenkte mir eine weitere Tasse Pfefferminztee ein. Der Ohrensessel war so gemütlich, wie er aussah. Ich kuschelte mich fester in die weiche Decke und genoss die aufsteigende Wärme in meinem Körper. Vor ein paar Stunden im Schwimmbad hatte ich mir vorgestellt, wieder fünfzehn oder sechzehn Jahre alt zu sein. Von dem Fünfmeterturm hatten sich mein Vater und sein Schulkamerad Tommy immer wieder kopfüber vorwärts und rückwärts ins kühle Wasser gestürzt. Ich war ihnen zu Ehren mit den Füßen voran und geschlossenen Augen hinuntergesprungen. Eine Premiere. Es machte Spaß, alte Ängste, und waren sie noch so unwichtig, zu überwinden und sie im Kopf für immer abzuhaken. Der redselige Bademeister hatte mir erzählt, dass der Sprungturm bei der Modernisierung renoviert, aber nicht komplett ersetzt worden war. Die runden Umkleidekabinen, die früher über die gesamte Liegewiese verstreut waren, gab es seit Jahren nicht mehr. Dafür stammte der Kiosk im Freigelände noch aus alten Zeiten. Hier hatten sich die beiden Freunde an jedem Tag ihres Urlaubs bei Großtante Helene mit Brausetüten, Würstchen, Semmeln und Limonade versorgt.

»Eine Lüge bleibt eine Lüge, selbst wenn du Gutes damit bezwecken willst. Du weißt nie, was dabei herauskommt. Wir können nicht durch die Gegend laufen und den Leuten falsche Sachen erzählen, nur damit es ihnen und auch uns besser geht«, fuhr Carola hartnäckig fort.

»Es gibt Ausnahmen. In diesem Fall kann nichts Negatives passieren. Diese früh verstorbene Ärztin hat alle Aufmerksamkeit der Welt und einen Blumenstrauß verdient, so wie sie gearbeitet und gelebt hat. Seitdem Helene aufgetaucht ist, wird mir erst bewusst, wie seltsam und nachlässig unsere Gesellschaft mit dem Tod umgeht. Dabei sind die Verstorbenen, solange nur ein lebender Mensch regelmäßig und mit ehrlicher Sehnsucht an sie denkt, überall auf der Welt präsent. Und was tun viele von uns? Mich selbst eingeschlossen, zumindest bisher? Wir werfen eine Schippe Erde auf das Grab, besuchen es mehr oder minder regelmäßig und vergessen sie mit der Zeit vollständig.«

»Deine Anmerkungen sind weder neu, noch besonders geistreich und haben allen voran nichts mit deiner Schwindelei zu tun, falls dir dieser Ausdruck lieber ist«, konterte Carola.

»Ich habe die Vase und den Blumenstrauß hauptsächlich wegen der Ladenbesitzerin gekauft. Der Grad ihres Frusts war schwer zu ertragen und vielleicht gibt sie mir doch noch einen brauchbaren Hinweis. Er war nie als ein Geschenk für Helene gedacht. Das wird etwas ganz Besonderes sein, und die Übergabe wird sicher nicht auf einem Friedhof stattfinden«, antwortete ich, rührte Honig in meine Tasse und nahm mir ein weiteres Lachssandwich. Der Zimmerservice war erstklassig und mein Hunger groß nach so viel ungewohnter sportlicher Aktivität; erst schwimmen, dann Spinning im Wasser und abschließend drei Saunagänge.

»Okay, ich gebe auf. Aber du hättest diese Dame oder den Mitarbeiter vom Friedhof wenigstens fragen können, ob sie Helene gekannt haben oder uns auf irgendeine Weise weiterhelfen können. Ich meine, was hast du erreicht heute?«

»Viel«, antwortete ich prompt. »In den nächsten Tagen werde ich jemanden treffen, der mich weiterbringt«, fügte ich hinzu.

»Oje, ich hoffe, du driftest nicht ganz ab. Woher willst du das wissen, bitte schön?«

»So steht es in meinem Horoskop in der Frauenzeitschrift, die ich im Ruheraum der Sauna gelesen habe«, antwortete ich, um meine gar zu rational argumentierende Cousine zu ärgern. Wie erwartet schnaufte sie empört in den Hörer.

»Das sollte ein Witz sein. Ganz ehrlich, Carola, ich weiß, was ich tue. Jahrelang bin ich wie ferngesteuert durch die Gegend gelaufen, immer der letzten Funkwelle hinterher. Endlich ist das vorbei. Im Moment folge ich meinem Herzen, wie unsere Großtante es meinem Vater vor langer Zeit geraten hat. Vertrau mir bitte weiterhin. Damit hilfst du mir am meisten.«

Spätabends gesellte sich Helene für eine Weile zu mir; ihr feines braunes Haar, das sie meist hochgesteckt getragen hatte, lag ausgebreitet auf dem Kopfkissen. Das Himmelbett schien ihr zu gefallen, denn ein Lächeln huschte über ihr rundliches Gesicht. Ich versuchte erst gar nicht, sie zu berühren oder anzusprechen. Sie war zu mir zurückgekommen. Nur das zählte. Ich interpretierte ihr Erscheinen als Bestätigung, dass ich auf einem guten Weg war. Ob sie ab und zu in die Sauna des Schwimmbads gegangen war? Bestimmt. Es passte zu ihr. Mit dem Geruch nach Latschenkiefer, Eukalyptus, Pfefferminze vermischt mit einem Hauch Sherry, Melone und Rosenduft schlief ich glücklich ein.

Omelette mit Erdbeerkonfitüre, anschließend zwei Scheiben Schwarzbrot mit deftigem Hartkäse, dazu eine Kanne Earl Grey Tee mit Sahne. So konnte dieser wichtige Tag beginnen. Die Unterlagen für die heutigen Termine lagen aufgereiht vor mir. In allen drei Fällen hatte es telefonische Vorgespräche gegeben. Alle drei Kontaktpersonen hatten, mehr oder minder begeistert, einem persönlichen Gespräch zugestimmt.

»Helene Frey, Ihre Großtante, hat uns mit einer ungewöhnlich großzügigen Spende unterstützt. Wir halten die Erinnerung an sie in Ehren«, säuselte die stellvertretende Leiterin des örtlichen Seniorenvereins und überreichte mir eine umfangreiche Informationsmappe, Tüten mit Traubenzucker, eine Taschenlampe am Schlüsselring sowie ein Erste-Hilfe-Set für die Reise.

Lächelnd machte ich mir eine Notiz zum Thema prosoziale Lügen für das abendliche Telefongespräch mit Carola. Es war offensichtlich, dass sie vor meinem Anruf Helenes

Namen noch nie gehört hatte und ihn vergessen würde, sobald sie wieder ohne mich in ihrem überfüllten Büro saß. Helene hatte rund zwei Jahre vor ihrem Tod mehrere elektrisch angetriebene Rollstühle gespendet. Laut dem Zeitungsartikel, den ich mir am Morgen nochmals durchgelesen hatte, handelte es sich dabei um die neuesten Modelle, die es damals auf dem Markt zu kaufen gab.

Ich bedankte mich gehorsam für die Geschenke und ihre Mühe, die Unterlagen im Archiv herauszusuchen. Ihr Vorgänger, der auf Helenes Trauerfeier ein paar Worte gesprochen hatte, war seit Jahren nicht mehr im Amt. Ich fragte sie nach Vereinsmitgliedern, die mit Helene befreundet gewesen sein könnten.

»Wir haben über vierhundert davon. Die meisten von ihnen sind erst mit über fünfundsechzig Jahren oder noch älter bei uns eingetreten. Die Chance, dass jemand von Ihnen Ihre Großtante persönlich kannte, ist gering.«

»Und was ist mit dem Personal?« hakte ich nach.

Diesmal verdrehte sie genervt die Augen.

»Ich habe dieses Gespräch mit Ihnen sehr kurzfristig ermöglicht und das trotz meines vollen Terminkalenders. Ich habe keine Zeit, alle Angestellten zu befragen. Die meisten von ihnen arbeiten freiberuflich oder in Teilzeit für uns. Ich müsste alle durchtelefonieren. Das dauert viel zu lange.«

Nach einer Namensliste mit Kontaktdaten brauchte ich gar nicht fragen, Datenschutz. »Alles klar. Vielleicht melde ich mich die Tage noch einmal bei Ihnen. Im Moment brauchen Sie nichts weiter für mich tun.«

»Danke für Ihr Verständnis«, antwortete sie mit einem gequälten Lächeln, erhob sich von ihrem quietschenden Drehsessel und eilte zur Tür. Nach einer kurzen Einführung über die Aktivitäten des Hauses und einer Führung durch halbleere Räume mit strickenden Damen und Mensch ärgere dich nicht-spielenden Kleingruppen verabschiedeten wir uns. Ich hatte nichts Neues erfahren. Abhaken und weitersuchen.

Der zweite Termin bei einem Naturschutzverein verlief von Anfang an wesentlich angenehmer.

»Ich habe mich über Ihren Anruf gefreut. Natürlich erinnere ich mich an Ihre Großtante. Sie war eine charismatische Frau«, begrüßte mich ein drahtiger Mann um die sechzig Jahre mit wachen Augen und grauweißen Haaren.

»Ich weiß nicht, ob Ihnen bekannt ist, dass sie unseren Verein mehrmals honorarfrei bei arbeitsrechtlichen Fragen beraten hat. Und die Eiche, die Ihre Großtante mit einem generösen Betrag gespendet hat, gehörte zu den ersten zehn Bäumen unserer Pflanzaktion, die wir bis heute mit Sponsoren aus der Gegend in öffentlichen Parks und Grünanlagen fortsetzen.«

»War es ihre Initiative gewesen?«, fragte ich hoffnungsvoll.

»Ja. Ich durfte den Baum mit ihr gemeinsam pflanzen. Das hat Spaß gemacht, weil sie trotz des schlechten Wetters so gut gelaunt war. Sie erzählte mir, dass sie zum ersten Mal einen Spaten in der Hand hielt. Und das hat man auch gemerkt.«

Ich fiel in sein herzliches Lachen ein. Anstrengende Gartenarbeit hatte bestimmt nicht zu Helenes bevorzugten Aktivitäten gehört.

»Später hat Ihre Großtante mir einen kleinen Band mit Werken von Friedrich Hölderlin geschenkt, in dem sein Gedicht ›Die Eichbäume‹ enthalten ist. Unter anderem heißt es darin, dass die Eichen nur sich selbst und dem Himmel gehören. Ist das nicht wunderbar? Wir haben den Gedichtband im Nachhinein mehrmals Ehrenmitgliedern und besonderes großzügigen Spenderinnen geschenkt.«

Ich freute mich darauf, diese schöne Geschichte Carola zu erzählen und machte mir eine Notiz, eine Ausgabe mit den Versen des berühmten Dichters zu kaufen.

»Der von ihr gestiftete Baum steht übrigens mitten im Stadtpark neben einer modernen Marmorskulptur, die eine weibliche Person darstellen soll. Das würde Ihrer Großtante bestimmt gefallen. Sie können ihn nicht übersehen. Bald wird er sich wieder goldgelb färben und nachts im Schein der Laternen leuchten. Diese Vorstellung fand sie besonders schön.«

Auf meine Frage, ob sie befreundet oder besser bekannt gewesen waren, schüttelte er den Kopf.

»Sie hatte wenig Interesse an sozialen Kontakten, wenn ich das so formulieren darf. Das bezieht sich natürlich ausschließlich auf den Verein. Bei ihrem Charisma hatte sie bestimmt einen großen Freundeskreis, zu dem ich leider nicht zählte. Sie war immer freundlich, aber unnahbar. Neben ihrem Engagement für Natur und Umweltschutz suchen viele unserer Mitglieder Anschluss zu anderen Menschen und buchen beispielsweise Exkursionen und Wanderungen an den Wochenenden. Hier hat Ihre Großtante nie teilgenommen. Auch auf der Weihnachtsfeier oder den monatlichen Treffen ließ sie sich nicht blicken. Ich war damals Vorstandsvorsitzender und habe sie außer bei den rechtlichen Beratungen und der Pflanzaktion so gut wie nie getroffen.«

»War eine Freundin oder Bekannte bei ihren Begegnungen mit meiner Großtante dabei? Oder hat sie jemand nach einem Beratungstermin abgeholt?«

Mein Gesprächspartner verneinte.

»Ist Ihnen auf der Trauerfeier jemand aufgefallen? Eine Frau, groß, schlank mit grünen Augen? Eventuell eine Südländerin? Jemand, der vielleicht noch länger blieb nach der

Veranstaltung, Kerzen anzündete oder den Kontakt zu anderen Trauergästen suchte?«

»Leider kann ich Ihnen diese Frage nicht beantworten. Ich habe mich ganz auf meine persönlichen Erinnerungen konzentriert und war nach meiner kurzen Abschiedsrede selbst sehr ergriffen. Die meisten Personen, die etwas über ihre Großtante sagten, kamen von offizieller Seite. Andere Trauerredner waren Kolleginnen und Kollegen aus der Arbeit, die sie über alle Maße lobten und sichtlich geschockt waren von ihrem frühen Tod. Ich kann mich an kein Familienmitglied erinnern, das sich in der Kirche vor das Mikrofon stellte, um ihr einen letzten Gruß zu schicken. Das ist seltsam, wenn ich jetzt so darüber nachdenke. Aber vielleicht war ihre Familie zu traurig, um sich in der Öffentlichkeit zu äußern. Das wäre möglich. Leider lebt der Pfarrer, der uns darüber Auskunft geben könnte, schon lange nicht mehr.«

»Ja, das sagten Sie bereits am Telefon. Ich hätte so gern gewusst, was im Vorbereitungsgespräch zur Trauerfeier besprochen worden ist«, antwortete ich. Auf keinen Fall musste mein Gesprächspartner wissen, wie schlecht Helenes Verhältnis zu ihrer Familie war.

»Dafür betonte der damalige Bürgermeister in seiner Ansprache, dass die Großzügigkeit Ihrer Großtante erstaunlich und vorbildlich war. Er hat sich für die Gravur ihres Namens auf dem Denkmal im Friedhof eingesetzt. Bei besonders engagierten Mitbürgern und Mitbürgerinnen übernimmt die Stadt bis heute die Kosten dafür.«

Wir verabschiedeten uns herzlich und ich machte mich auf den Weg zum letzten Termin. Die Sonne hatte sich vorübergehend aus der Wolkenwand befreit, und die Häuser der Fußgängerzone warfen Schatten auf das glänzende

Kopfsteinpflaster. Das Gespräch mit dem Naturschützer hatte erstes Licht in die wohltätigen Aktionen von Helene gebracht. Ich glaubte ihm sofort, dass sie kein Interesse an neuen Bekanntschaften oder einer aktiven Teilnahme am Vereinsleben hatte.

Die Dame in der Volkshochschule, der ich eine halbe Stunde später gegenübersaß, bekräftigte meine Überlegungen.

»Ihre Großtante war Gründungsmitglied unseres Fördervereins, übrigens einer der ältesten seiner Art in der Region. Sie verstand sich in vielerlei Hinsicht als Vorreiterin. Alles Neue interessierte und faszinierte sie. Das war ansteckend. Wenn sie sich einmal etwas in den Kopf gesetzt hatte, dann zog sie es durch. Oje, vor lauter Erzählen habe ich ganz versäumt, Ihnen etwas anzubieten.«

Mit einer entschuldigenden Geste erhob sie sich elegant von ihrem Ledersessel, verschwand im Nebenzimmer und kam mit einem Teller Kekse, einer Flasche Wasser und zwei Gläsern zurück.

»Ich hatte gerade als Assistentin der Geschäftsleitung in der Volkshochschule begonnen, als der Förderverein ins Leben gerufen wurde. So schnell vergeht die Zeit. Damals war ich jung, naiv und hatte noch viel zu lernen. ›Bildung und Reisen sind der Weg zu einem erfüllten Leben und gehören zusammen‹, hat sie damals zu mir gesagt. Diese Worte habe ich nie vergessen. Sie passen zum Anspruch und Angebot unserer Einrichtung. Denken Sie nur an die Sprachkurse, die uns ermöglichen, mit Menschen anderer Länder zu kommunizieren und ihre Kultur besser zu verstehen. Das ist in der heutigen Zeit, wo wir alle zusammenhalten müssen, um die drängenden Probleme zu lösen, wichtiger als je zuvor.«

Diese Aussage gefiel mir besonders gut, da sie inhaltlich mit Helenes Worten an mich über die Bedeutung von

Sprachen und der Vorstellung, sich mit allen Menschen auf der Welt unterhalten zu können, übereinstimmte.

»Hat sie mit Ihnen einmal über Spanien gesprochen, konkret über Andalusien? Zum Beispiel einen Vortrag oder eine Diashow über die Region organisiert oder vielleicht sogar selbst gehalten?«

»Davon ist mir nichts bekannt. Die zwei, drei Wochenendkurse, die sie geleitet hat, gingen alle über ihr Spezialgebiet Arbeitsrecht. Für aufwendige private Aktivitäten dieser Art hatte sie meiner Meinung nach überhaupt keine Zeit. Ihre Großtante war eine Kosmopolitin. Sie reiste beruflich ständig durch Deutschland und häufig auch ins Ausland. Ja, manchmal dachte ich, sie lebte mehrere Leben gleichzeitig.«

Ich lächelte über den letzten Satz, der in mehrfacher Hinsicht zutraf und zu meiner letzten Frage überleitete.

»Erinnern Sie sich an eine groß gewachsene, schlanke Frau mit dunklen Haaren und auffallend grünen Augen? Eine gute Freundin meiner Großtante, die sie ab und zu begleitet oder nach Terminen in der Volkshochschule abgeholt hat?«

»Leider nein. Ich zumindest habe diese Person nie gesehen.«

Später bei einem asiatischen Imbiss las ich meine Notizen durch. Ich hatte viel Neues erfahren. Es war ein schönes Gefühl, gleich mit zwei angenehmen Menschen geredet zu haben, die mit Helene nicht befreundet waren, sie aber sehr geschätzt und bis heute nicht vergessen hatten. Das war ebenso erstaunlich wie die Nachhaltigkeit der meisten ihrer gemeinnützigen Aktionen.

Ich rief Carola an und brachte sie auf den neuesten Stand der Entwicklungen.

»Und, fleißig wie ich bin, gehe ich gleich nochmals zu ihrem ehemaligen Wohnhaus. Mal sehen, ob ich beim zweiten Mal mehr Glück habe.«

»Nein, tue das heute nicht mehr, bitte. Es ist zu spät. Ruh dich in deinem schönen Hotelzimmer aus«, antwortete sie.

»Und warum bitte? Hast du diesmal das Tageshoroskop für mein Sternzeichen gelesen?«, fragte ich in scherzhaften Ton.

»Ich meine es ernst, Annabelle. Eins nach dem anderen. Das lernt man früh beim Tanzen. Lieber eine Schrittfolge, die zusammengehört, präzise und perfekt ausführen, als mehrere nacheinander mit Ungenauigkeiten.«

»Jawohl, oh meine Gebieterin«, antwortete ich mit salbungsvoller Stimme.

»Und sei vorsichtig. Nicht alle Menschen sind Engel wie ich.«

»Dir wachsen wohl bald Flügel durch das viele Training. Pass nur auf, dass du nicht vollends abhebst.«

Am nächsten Tag schlief ich in den Morgen hinein und ließ mir ein Vitalfrühstück mit Müsli, Joghurt und Obst auf das Zimmer bringen. Es gab noch einiges im Notizbuch nachzutragen. Vom Schreibtisch aus konnte ich Astspitzen von Helenes Eiche sehen. Gestern Abend hatte ich eine halbe Stunde im Stadtpark verbracht, war mit meinen Fingern mehrfach über die metallene Plakette mit der Aufschrift »gespendet von Helene Frey, Umweltschützerin mit Weitblick, April 1991« gestrichen und hatte ein paar Blätter vom Boden aufgehoben, die sich gerade zu färben begannen. Eine freundliche Spaziergängerin schoss ein Erinnerungsfoto von mir. Dieser stattliche Baum war endlich eine wunderbare Erinnerung an Helene, die noch lange für jeden sichtbar, hier sein würde.

Gegen Mittag stand ich wieder vor dem Wohnhaus im vergessenen Teil der Tulpenstraße. Diesmal blieb die Haustür nicht lange verschlossen. Keine zwei Minuten nach meiner Ankunft kam ein junger Mann mit Rucksack, Mütze und Fahrradklammern an den Jeans heraus. Das musste einer der Studenten aus den Wohngemeinschaften sein. Er winkte mich ohne Rückfragen über die Schwelle und verschwand um die Ecke.

Der dunkle Flur war größer, als ich von außen vermutet hatte. Eine knarzende Holztreppe führte über fünf Etagen nach oben, vorbei an vertrockneten Topfpflanzen und Haustüren, von denen die Farbe abblätterte. Im dritten Stock wäre ich beinahe über einen Berg von Turnschuhen und Gummistiefeln gestolpert. Die zwei Wohnungen im vierten Stockwerk sahen unvermietet aus.

Das Erste, was ich vom obersten Stockwerk erblickte, war ein rechteckiger Blumentopf auf einer Fensterbank, aus dem fleischige Kakteen und Sukkulenten ragten. Ich erkannte die dicken grünen Blätter und zarten weißen Blüten des Geldbaums. Es war seltsam, ausgerechnet vor Helenes Mansardenwohnung blühende Pflanzen zu sehen. Irgendjemand im Haus musste sie regelmäßig gießen. Übernahm das vielleicht die ›nette Frau‹, die jede Woche bei der grantigen Verkäuferin gegenüber Blumen kaufte? Das war eher unwahrscheinlich, sonst hätte sie sich um alle Pflanzen im Treppenhaus gekümmert. Ich setzte mich auf eine alte Holztruhe und starrte die garantiert einbruchssichere Aluminiumtür vor mir an. In dem Altbau wirkte sie wie ein Fremdkörper. Es gab keine Klingel, kein Namensschild.

»Da ist ja die geheimnisvolle Briefschreiberin«, hörte ich eine dunkle Stimme hinter mir.

Ich war so in meine Gedanken versunken, dass ich nichts um mich herum wahrgenommen hatte. Ein Mann im hellen

Sporthemd, Jeans und Sneakers hielt mir meinen improvisierten Umschlag aus dem Papier entgegen, in dem die Blumen vom Laden gegenüber eingewickelt waren.

»Hallo, ich habe Sie gar nicht kommen hören. Ja dieser Umschlag ist von mir. Sind Sie der Hausmeister?«, fragte ich.

»Sehe ich so aus?«

»Ich dachte nur, weil Sie meine Nachricht in dem Briefkasten erhalten haben.«

»Mein Name ist Daniel Schwartz. Ich bin der Besitzer dieser Wohnung«, stellte er sich in geschäftsmäßigem Tonfall vor.

»Oh wunderbar, genau Sie wollte ich sprechen. Gehört Ihnen diese Wohnung schon lange?«

»Fragen Sie Fremde immer so aus?«

Ich schüttelte den Kopf. Mist. Vor Aufregung war ich wieder in alte Gewohnheiten zurückgefallen – zu schnell, zu ungeduldig und alles andere als diplomatisch.

»Okay, lassen Sie uns von vorne beginnen. Diese Angelegenheit ist von größter Bedeutung für mich. Das erklärt meine Aufregung. Wie Sie bereits wissen, war Helene Frey, die Vormieterin Ihrer Wohnung, meine Großtante. Und ich bin auf der Suche nach einer Freundin von ihr, der ich eine Nachricht übermitteln möchte. Da der Vorname meiner Großtante auf dem Briefkasten steht, hoffe ich, dass Sie mir helfen können.«

Daniel Schwartz zuckte gleichgültig mit den Schultern und schwieg.

»Haben Sie im oder vor dem Haus öfter eine alte Dame gesehen? Groß gewachsen, schlank, mit grünen, stechenden Augen?«

»Nein«, antwortete Daniel Schwartz mit unwirschen Ton und lenkte seinen Blick auf den Geldbaum. »Der Hausmeister im Erdgeschoss hat letztes Jahr eine Videokamera im Eingangsbereich installiert. Den können Sie als nächstes befragen. Ich bezweifle allerdings, dass er Ihnen eine Auskunft gibt«, fuhr er nach einer Weile fort.

»Danke für den Hinweis. Haben Sie eine oder mehrere Nachrichten, Postkarten oder sonstige Schreiben vom gleichen Absender in dem Briefkasten gefunden?«

»Ihre Nachricht war die erste seit vielen Jahren. Er wird bald abmontiert. Soviel kann ich Ihnen sagen. Erlauben Sie mir jetzt, in meine Wohnung zu gehen? Ich muss dringend arbeiten.«

Er holte einen dicken Schlüsselbund aus seiner Jackentasche und sperrte die Stahltür auf.

»Darf ich einen Blick hineinwerfen? Ich würde gerne sehen, wo meine Großtante gewohnt hat.«

»In Ordnung. Das verstehe ich. Aber bitte bleiben Sie nicht zu lange. Sie werden nichts Spektakuläres darin finden.«

Als er mein Zögern bemerkte, lächelte er zum ersten Mal. »Nur zu. Oder haben Sie etwa Angst, dass ich Sie hier einsperre? Auf mich machen Sie einen selbstbewussten Eindruck. Ich werde selbstverständlich draußen warten.«

Ich atmete einmal fest durch und trat ein. Die Aufteilung der Räume war genauso, wie ich sie mir nach der Beschreibung meines Vaters vorgestellt hatte. Eine Wohnküche mit Esstheke, und auf beiden Seiten Bücherregale, die die schrägen Wände zur Glastür auf den Balkon flankierten. In der Mitte stand ein ausziehbarer Tisch und ein quietschgrünes Sofa mit zwei dazu passenden Sesseln. Links ging es ins Bad, wie an einem Schild mit einer Badewanne zu erkennen war. Rechts erhaschte ich einen Blick auf einen Computer mit einem überdimensional großen Bildschirm.

»Das genügt. In meinem Arbeitszimmer befinden sich sensible Daten und Unterlagen. Hier lass ich niemanden herein«, sagte Daniel Schwartz.

Er war am Eingang stehengeblieben, beobachtete aber jeden meiner Schritte.

»Darf ich noch auf den Balkon gehen?«, fragte ich.

»Meinetwegen«, antwortete er mit gleichgültiger Stimme.

Die roten Geranien, die ich von der Straße aus bewundert hatte, waren aus Plastik. Richtung Westen waren in der Ferne grüne Hügel umrahmt von einem Kirchturm und ein paar verstreuten Häusern zu sehen. Im Osten glänzte ein silberfarbenes Fabrikgebäude, das es ziemlich sicher zu Helenes Zeiten noch nicht gegeben hatte. Ich schloss die Augen und ließ die Bilder aus der Jugend meines Vaters aufsteigen. Zu meiner Überraschung funktionierte es sofort. Bald stand Helene neben mir auf dem Balkon, tief in ihre Opernmusik versunken. Die Plastikblumen dufteten nach Sherry und Rosen. Hinter uns tauchten mein Vater und sein Schulfreund Tommy auf, ein blonder, kräftiger Kerl mit einem wilden Blick, der sich nach Abenteuer und Anerkennung sehnte. Beide waren braungebrannt mit feuchten, verstrubbelten Haaren vom Schwimmbad, hielten eine Flasche Wasser in der Hand, eine Tasche mit Handtuch und Badehose über die Schultern gehängt. Neben Tommy wirkte mein Vater schmal und sehnig. Sie beobachteten mit gebührendem Abstand und ehrfurchtsvollen Blick Helene, die nah und unendlich fern zugleich wirkte. Ich streckte beide Arme nach ihr aus und griff ins Leere.

»So, ich denke, jetzt haben Sie die Aussicht lange genug genossen«, holte mich Daniel Schwartz in die raue Gegenwart zurück.

Wieder im Flur angelangt, zog ich den Umschlag mit den Kopien meines Lieblingsbilds von Helene in ihrem goldgelben Kostüm aus der Handtasche und überreichte ihm eines.

»Das ist meine Großtante. Haben Sie sie persönlich gekannt?«

»Sie sind einfach unglaublich. Geht die Fragerei immer weiter und weiter? Sie benehmen sich wie eine Polizistin oder noch besser eine Sensationsreporterin. Nein, ich habe diese Frau noch nie gesehen und jetzt werde ich mit meiner Arbeit beginnen«, antwortete er und blickte genervt nach oben auf die Deckenleuchte aus Chrom.

»Ich glaube Ihnen nicht.«

»Glauben Sie, was Sie wollen. Auf Wiedersehen.«

»Auf ein Wiedersehen, wie Sie richtig gesagt haben.«

Ich lief die fünf Stockwerke herunter ins Erdgeschoss. An der linken Wohnungstür fand ich ein vergilbtes Schild mit der Aufschrift ›Herbert Jensen, Hausmeisterservice Öffnungszeiten 9 Uhr bis 11 Uhr.‹

Auf dem Rückweg zitterte ich vor Kälte und vor Wut über mich selbst und über Daniel Schwartz. Dieser Mann hatte mich angelogen, wenn auch schlecht. Er hatte sich selbst verraten; seine viel zu lange Antwort auf eine kurze Frage, die Wiederholungen, der Blick zur Decke. Er kannte Helene. Daran zweifelte ich keinen Augenblick. Das war eine Tatsache.

Im Hotelzimmer machte ich mir eine Tasse Fencheltee und ließ Wasser in die Badewanne. Es war wichtig, vor dem Telefonat mit Carola wieder von meinem Adrenalinspiegel herunterzukommen und in Ruhe nachzudenken.

»Ich ärgere mich immer noch über mich selbst. Der Typ redet nie mehr auch nur ein Wort mit mir.«

»Was soll ich dazu sagen? Du hast Fehler gemacht. Das ist menschlich. Hake es ab und blick nach vorn. Immerhin hat er dich in die Wohnung gelassen. Das hätte nicht jeder getan. Das spricht für ihn.«

»Oder er dachte, dass er mich damit ein für alle Mal los hat.«

»Das ist auch möglich«, stimmte Carola zu.

»Er verbirgt irgendetwas.«

»Du hast zu viel Phantasie.«

»Das ist nicht fair. Vielleicht hat er Wertsachen von Helene in der Wohnung gefunden; Aktienpapiere oder Schmuck zum Beispiel oder ...«

»... einen großen grünen Smaragd und ihn natürlich behalten als Rücklage für finanziell schwierige Zeiten.«

»Genau. Deshalb war er so unfreundlich zu mir. Er hat Angst, dass ich gekommen bin, um es zurückzufordern.«

»Annabelle, wir leben nicht in einem Vorabendkrimi. Wenn ich gewusst hätte, dass du alleine dort durchdrehst, hätte ich mein Vortanzen auf den Winter verschoben.«

Zum ersten Mal seit unserem Wiedersehen ärgerte ich mich über meine Cousine. Gleichzeitig wollte ich auf keinen Fall mit ihr streiten. Und wegen dieses Typen schon gar nicht.

»Er sieht ja nicht schlecht aus, dieser Daniel Schwartz. Aber seine Art, sich zu kleiden, ich sage dir. Nicht mehr ganz so knackige Männer in zu engen Polohemden und Jeans sind nicht mein Geschmack. Und diese Einrichtung, ich sage dir. Nur vom Modernsten, das wortwörtlich glatte Gegenteil von Johannes E. Preis' ehemaliger Wohnung. Von den Barstühlen an der Esstheke rutscht garantiert jeder herunter. Und diese Plastikgeranien, ich sage dir. Dieses glitzernde Rot überstrahlt sogar die Schießstandrosen auf der Kirmes«, fabulierte ich mit der Stimme meiner Mutter. Stimmen zu imitieren war ein lange vernachlässigtes Talent von mir. Carola lachte und ich nahm erleichtert einen Schluck aus meinem Glas.

»Trinkst du etwa Wein oder Sekt ohne mich und das so früh am Abend?«

»Das würde ich niemals wagen. Ehrenwort. Das ist alkoholfreies Bier aus der Minibar. Ich bleibe nüchtern, da du nicht bei mir bist. Du fehlst mir hier an allen Ecken und Enden, weißt du das? Ich habe Daniel Schwartz übrigens gegoogelt. In den einschlägigen beruflichen Netzwerken ist er als freiberuflicher Webdesigner angegeben. Vor ein paar Jahren war er noch in einer größeren Agentur angestellt. Studiert hat er Grafik und Design. Viel mehr Infos habe ich nicht gefunden. Seltsamerweise hat er keine eigene Website. Naja, vielleicht ist er so gut im Geschäft, dass er es nicht nötig hat. Lass uns Schluss machen. Viel Erfolg beim Tanztraining. Bald hast du es geschafft.«

Herbert Jensen öffnete mir persönlich die Haustür.

»Guten Morgen, mein Name ist Annabelle Frey. Helene Frey, die hier lange wohnte, ist meine Großtante gewesen.«

Bei diesen Worten ließ er das Wochenblatt in seiner Hand fallen. Ich hob es auf. Darauf folgte eine Minute Sendepause, wenn nicht länger.

»Kommen Sie bitte herein. Es ist mir eine Ehre,« sagte er schließlich mit einer leichten Verbeugung.

Sein grauer Kittel passend zur Haarfarbe, den er über einem karierten Hemd trug, und die Einrichtung der Wohnküche mit einer Werkbank als Tisch in der Mitte, erinnerten mich an die Uralt-Fernsehsendung ›Meister Eder und sein Pumuckl‹. Es fehlte nur noch, dass er mir ein Bier anbot um 10 Uhr morgens, und genau das tat er.

»Kaffee und ein Glas Wasser wären mir lieber,« antwortete ich.

»Gut, aber erst muss ich mich hinsetzen. Das ist ja ein Schock für einen alten Mann wie mich zu so früher Stunde«, ächzte er und ließ sich schwer auf einen Holzstuhl fallen. »Ein positiver Schock natürlich«, ergänzte er sofort.

Ich nahm ihm das Glas aus der Hand, bevor auch das auf dem Fußboden landete. Dann schenkte ich ihm Bier ein. Nach dem ersten kräftigen Schluck kam Farbe in sein Gesicht zurück.

»Ich weiß gar nicht, wie und wo ich anfangen soll. Mit so einer Überraschung habe ich heute nicht gerechnet. Sie müssen wissen, dass ich noch Jahre nach ihrem Tod die Post Ihrer Großtante entgegengenommen habe. Nichts davon ist geöffnet, nichts weggeschmissen. Beim Großteil handelte es sich um Kondolenzschreiben. Schwarz umrandet, Sie verstehen. Aber auch Postkarten aus fremden Ländern landeten hier, auf diesem Tisch«, erzählte er und klopfte zur Veranschaulichung auf die dicke Holzplatte. »Eine Postkarte kam sogar aus Argentinien oder Peru, so genau weiß ich das nicht mehr. Helene kannte überall Menschen. Sie war eine Dame von Welt und trotzdem immer freundlich, nie hochnäsig. Wir waren mehr als gute Bekannte, müssen Sie wissen. Sie vertraute mir.« Bei den letzten Worten schaute er mich stolz an. »Wenn Sie schon nichts trinken, dann essen sie wenigstens eine Brotzeit mit mir. Auf leeren Magen kann ich über Gefühlsdinge gleich gar nicht reden.«

Ich bedankte mich für die Einladung und schaute zu, wie er einen Teller mit Wurst, Butter und Gemüsestücken zubereitete, während sich mein Kaffee weiter durch die alte Filtermaschine gluckste. Wir schwiegen eine Weile und Herbert Jensen kaute nachdenklich auf einer Brotkante.

»Wo waren wir stehen geblieben? Ach ja, Helenes Post.«

Er erhob sich mühsam, schlurfte ins Nebenzimmer und kam mit einem Schuhkarton zurück. »Es fällt mir schwer, ihn wegzugeben, aber er gehört Ihnen. Ich habe oft überlegt, ob ich all das an ihre Familie weiterschicken soll. Aber das wäre ihr nicht recht gewesen, glaube ich. Täusche ich mich in diesem Punkt?«

»Nein«, antwortete ich, ohne eine Sekunde nachdenken zu müssen. »Sie haben richtig gehandelt. Die Beziehung zu ihrem Bruder und den anderen engen Verwandten war nicht gerade eng, um es vorsichtig zu formulieren. Er hätte womöglich einige der Kondolenzschreiben überflogen und sie dann weggeräumt oder gleich in den Papierabfall befördert. Er kannte Helenes Freundeskreis nicht und auch keine ihrer Arbeitskolleginnen oder Bekannten.«

Herbert Jensen schüttelte den Kopf und seufzte. »Ich habe Helenes Bruder auf der Beerdigung angesprochen. Er war sehr reserviert und desinteressiert an meinen persönlichen Erinnerungen. Nach der Wohnungsauflösung haben wir ein-, zweimal telefoniert. Das war alles. Verstehen kann ich es nicht. Wenn sie meine Schwester gewesen wäre, ich hätte sie auf einem Samtkissen durch die Stadt getragen wie eine Adelige.«

Ich lächelte über das schöne Bild. Vor mir saß ein weiterer Verehrer von Helene. Vom Auftreten und Background war er das Gegenteil von Johannes E. Preis; von der Statur her hätte er ganz gut zu ihr gepasst. Sie selbst hätte ihn nach Rückfrage bestimmt als ›guten Kerl‹ bezeichnet und ich gab ihr recht. Herbert Jensen hatte das Herz auf dem rechten Fleck.

»Der Karton ist bei mir in guten Händen«, sagte ich laut.

»Meine Cousine Carola und ich sind dabei, ein Familienarchiv aufzubauen. Unsere Großtante bedeutet uns viel und mein Vater hat sie sehr verehrt. Sie sehen, allen in der Familie ist sie nicht gleichgültig.«

»Ja, und damit machen Sie mir eine große Freude.«

»Ich schicke Ihnen Farbkopien von den schönsten Postkarten zu, versprochen. Haben Sie sie wirklich nicht gelesen? Ich wäre viel zu neugierig.«

»Na ja, auf Postkarten schreibt niemand große Geheimnisse«, grummelte er. »Bei Paketen ist das etwas anderes. Wenn Sie wüssten, wie oft ich welche für Ihre verehrte Großtante angenommen habe! Sie war ja ständig unterwegs. Schwere Brummer, meist voller Aktenordner für ihre Arbeit. Häufig stand ›persönlich‹ darauf. Die hätte sie nicht jedem anvertraut, das können sie mir glauben. Dafür hat sie mir immer wieder Geschenke mitgebracht. Einen besonderen Obstbrand aus Österreich, Portwein aus Lissabon, Sherry aus Spanien, eine Pralinenschachtel aus Belgien.«

Er seufzte wieder und ließ die saure Gurke, die er sich gerade in den Mund schieben wollte, auf den Teller sinken.

»Irgendwann kam keine Post mehr. Wissen Sie, dass die Wohnung lange Zeit unvermietet geblieben ist? Und wenn jemand einzog, dann zog er nach wenigen Monaten gleich wieder aus.«

»Das ist ja interessant. Es klingt fast so, als hätte das Haus mitgetrauert.«

Herbert Jensen schaute mich dankbar an. »Genau so was in der Art habe ich mir auch gedacht, aber nicht so ausdrücken können wie Sie. Naja, in jedem Fall hat der neue Besitzer, Daniel Schwartz, die Wohnung saniert, die kaputte Holztür ersetzt und den alten Briefkasten von Helene behalten.«

»Warum steht da nur ihr Vorname darauf?«

»Das ist eine gute Frage. Das hat Herr Schwartz geändert. Mir gefällt es. Es ist wie eine eigenwillige, dafür sehr persönliche Plakette zur Erinnerung an einen besonderen Menschen. Wer Helene nicht kannte, der muss auch ihren Nachnamen nicht wissen.«

Er trank den Rest seines Biers aus. Dann blickte er auf die Wanduhr über dem Kühlschrank. Der kleine Zeiger stand auf der Elf. Ich wollte das Gespräch auf keinen Fall schon abbrechen.

»Lieber Herr Jensen, vielen Dank, dass Sie sich so viel Zeit für mich genommen haben. Lassen Sie uns zum Schluss unseres Gesprächs zu Ehren meiner Großtante gemeinsam anstoßen. Wie wäre es mit einem Glas Schnaps auf die Brotzeit? Das können wir beide gut gebrauchen«, sagte ich und deutete auf die halbvolle Flasche neben dem Kühlschrank. Wenn Sie mir sagen, wo die Gläser sind, können Sie sitzen bleiben.«

Er zuckte mit den Schultern und deutete auf ein Regal neben dem Kühlschrank. Ich holte zwei Stamperl herunter und füllte sie bis zum Rand.

»Auf Helene.«

»Auf Helene.« Ich schenkte ihm sofort nach und er ließ es geschehen. Dann wagte ich einen neuen Vorstoß.

»Sie mochten meine Großtante sehr. Das ist schön zu wissen.«

»Mögen?« antwortete er und schaute mich mit leicht gekränktem Blick an.

»Ich war verliebt, wie nie zuvor in meinem Leben. Der Altersunterschied zwischen uns hat mich nicht gestört. Ganz im Gegenteil. Ich habe mich schon immer für reifere Frauen interessiert. Meine letzte Lebensabschnittspartnerin war acht Jahre älter als ich und lange ziemlich glücklich mit mir.«

»Prost, ich heiße Annabelle.«

»Herbert. Ich war damals zu feige, ihr einen Antrag zu machen. Das bereue ich noch heute. Wahrscheinlich hätte sie ihn nicht angenommen, aber lieber eine Niederlage ertragen als zu kneifen, richtig?«

»Absolut richtig«, antwortete ich.

»Einmal, viele Jahre ist es her, habe ich Blumen im Briefkasten gefunden, besser gesagt eine Tüte mit getrockneten, gelben Rosenblättern. Ein anderes Mal um die Weihnachtszeit ein großes Stück Marzipan. Helene war ganz verrückt nach Marzipan.«

Mein Herz schlug lauter. »Wissen Sie, wer das getan hat? War es ein Mann oder eine Frau? Haben Sie eine Vermutung?«

Herbert schüttelte den Kopf. »Ich habe der geheimnisvollen Person sogar eine Nachricht hinterlassen, dass sie bei mir klingeln soll. Das ist niemals geschehen. Ich glaube, dass es ein Mann war. Sie hatte bestimmt viele Verehrer. Aber keiner war gut genug für sie. Ich blieb ihr einziger Vertrauter hier vor Ort.«

Mehr war aus ihm nicht herauszubringen. Aus schlechtem Gewissen, den armen Mann zur Mittagszeit zu übermäßigem Alkoholkonsum animiert zu haben, goss ich die dünne, braune Brühe aus der Thermoskanne in die Spüle und setzte einen extrastarken Kaffee auf. Dann kramte ich die ungeöffnete Packung Schokolade, die ich als Sonderration für unterwegs immer bei mir trug, aus meiner Handtasche, brach sie auf und dekorierte die Stücke auf einem Teller. Wir aßen und tranken schweigend zusammen, als wären wir alte Bekannte. Dann schrieb ich ihm die Adresse von Carola und unsere Mobilfunknummern auf ein Blatt Papier und bat ihn, mich nach draußen zu begleiten, um mir den Weg zur nächsten Bushaltestelle zu zeigen. Bei seiner Konstitution genügte ein bisschen frische Luft und er würde bald wieder nüchtern sein. Ich wiederum lief die ganze Strecke zurück zum Hotel, so schnell ich konnte. Jede Minute zählte, denn ich platzte beinahe vor Aufregung, die Briefe und Postkarten im Schuhkarton in meiner Hand zu lesen.

Kapitel 12

Die Liebe des Lebens

Vierunddreißig Kondolenzschreiben, viele Wochen, Monate oder Jahre nach Ihrem Tod verfasst, lagen ausgebreitet auf dem weichen Teppich. Zum ersten Mal dachte ich an das Zimmer in der schrecklichen Pension zurück. Wie hätte ich dort meine Recherchearbeit durchführen können? Von der Aussicht auf den Stadtpark und dem exzellenten Zimmerservice ganz zu schweigen. Es spielte keine Rolle, wieviel mein Aufenthalt hier kosten würde. Und auch nicht, was sonst noch an Zeit und Geld nötig war, um Helenes Freundin zu finden. In jedem Fall würde ich Carola in absehbarer Zeit in das Hotel Adler einladen als verspätetes Geburtstagsgeschenk oder frühes Weihnachtspräsent, ganz wie sie es nennen wollte.

Ich hatte mit ihr besprochen, dass ich alle Briefe öffnen und lesen durfte. Sie kamen aus Köln, Frankfurt, Berlin, München, Stuttgart oder Hamburg. Die meisten Verfasserinnen und Verfasser waren ehemalige Kolleginnen und Kollegen; Juristen, die sie auf den vielen Veranstaltungen, die sie regelmäßig besucht hatte, kennengelernt hatte. Einige Briefe waren im Ausland, in Luxemburg, Österreich oder der Schweiz, versandt worden. »Wir trauern um eine geschätzte Kollegin, mit der wir so gut zusammengearbeitet haben«, las ich, »Ihr Rechtsverständnis und Ihr berufliches Engagement waren außergewöhnlich« oder »Sie war für mich ein Vorbild an Disziplin und Beharrlichkeit, wenn es um die bestmögliche Lösung eines Rechtsfalls ging.«

Andere Briefe waren in Englisch verfasst, nur einer auf Spanisch. Ich entzifferte ihn mit dem Restwissen aus einem lange zurückliegenden Sprachkurs und mit Hilfe von Übersetzungsprogrammen. Das blumig formulierte Schreiben kam vom Team eines Reisebüros in Málaga. Die Verfasserin hatte sehr spät erfahren, dass Helene verstorben war und konnte es kaum glauben. War das ein Hinweis auf ihre Geliebte? Unwahrscheinlich, aber theoretisch möglich. Ich würde dieser blassen Spur zum gegebenen Zeitpunkt nachgehen.

Ein Brief von einer gewissen Marion Bauer, Hotel-Geschäftsführerin aus Berlin, eineinhalb Monate nach Helenes Tod verfasst, erregte meine Aufmerksamkeit: »... Helene Frey zu verlieren, als treue Kundin, aber viel mehr noch als charismatische Persönlichkeit und Vertraute, die sich immer Zeit genommen hat für ein längeres Gespräch, unabhängig davon, wieviel sie zu tun hatte ...« Das klang nach einer engen Beziehung. Ich googelte das Hotel und rief an.

Leider konnte mir weder die Rezeptionistin noch die PR-Referentin, mit der ich nach langer Wartezeit verbunden wurde, weiterhelfen. Nach dem Namen ›Marion Bauer‹ im Internet zu suchen, war sinnlos. Sie konnte bereits verstorben sein oder überall leben. Theoretisch war es möglich, dass sie bei Helenes Spanienurlaub dabei war, wobei eine Hotel-Geschäftsführerin, die ständig von Touristinnen und Touristen umgeben ist, wohl keine Gruppenreise mit Bus buchen würde.

Spekulationen halfen nicht weiter und kurzzeitig verließ mich die Hoffnung, noch einen entscheidenden Hinweis zu finden. Oder hatte ich etwas übersehen? Ich las die längeren Briefe nochmals durch, jede emotionale Aussage darin mehrmals hintereinander, ohne neue Erkenntnisse zu bekommen.

Es blieben die vierzehn Postkarten vor mir. Eine davon kam aus Costa Rica. Herbert Jensen hatte nur knapp danebengelegen. Eine gewisse María schickte Urlaubsgrüße, und teilte ihre Begeisterung über den Urwald und die Schildkröten am Strand mit. Wie es aussah, wusste diese Freundin oder Bekannte nicht, dass Helene seit mehreren Monaten verstorben war. Dasselbe galt für die nächsten zehn Karten aus anderen Ländern von der Türkei, Norwegen bis nach Australien. Es tat weh, sie zu lesen, und erinnerte mich an Posts auf dem Facebook-Account einer verstorbenen Bekannten, bevor ihre Familie die Seite endlich löschte.

Ich nahm die drei übriggebliebenen Postkarten, erhob mich vom Teppich, öffnete das Fenster und blickte lange auf Helenes Eiche. Dann setzte ich mich wieder an den Schreibtisch. Die erste Postkarte, die Schönste von allen, zeigte das berühmte Gemälde der Rosenkranzmadonna von Michelangelo Merisi da Caravaggio aus dem Kunsthistorischen Museum in Wien.

»Dieses Bild hätte ich gerne mit dir zusammen angesehen. Ich nutze den Nachmittag nach einer harten Arbeitssitzung, um mich bei Kunst zu entspannen. Viele Grüße, Dein Walter.«

Die vorletzte Karte zeigte einen romantischen Ostseestrand. Der Stempel besagte, dass sie rund zwei Jahre nach Helenes Tod abgeschickt worden ist.

»Ohne Dich schmerzt selbst die Schönheit eines Sonnenuntergangs am Meer. Ich weiß nicht, was ich tun soll. Ich sehe Dein Antlitz im Sand, auf dem Bettlaken, in den Regentropfen, die vor mir die Fenster herunterlaufen. Da ich keine eigenen Tränen mehr übrig habe, weint die Welt um Dich.« T. Schwartz.

»Das ist kein Zufall. Das kann kein Zufall sein. Das ist sie. Hundert Pro. Diese Postkarte ist von einer Frau geschrieben. Die Mutter von Daniel war Helenes Geliebte. Okay, rein theoretisch könnten es seine Tante oder eine Cousine sein. Oder die Großmutter? Nein, das ist vom Alter her nicht möglich …«

»Ganz ruhig, Annabelle. Trink ein Glas Wasser und atme ein paar Mal tief durch. Ich verstehe deine Aufregung. Bist du sicher, dass der Nachname ›Schwartz‹ heißt?«, fragte Carola.

»Absolut. Ihre Schrift ist gestochen scharf.«

»Aber warum unterzeichnet sie so?«

»Denk doch einmal nach. Sie wusste ja, dass der Herbert, unser geschätzter Hausmeister, und nach ihm eventuell noch jemand anderes, die Karte bekommt und mit hoher Wahrscheinlichkeit liest. Helene war ja schon lange tot. Bestimmt hat sie ihr viele Briefe, Karten und andere Nachrichten geschrieben und nie abgeschickt oder im Garten vergraben, oder sonst etwas in dieser Art. Aber dort, am Meer, wo sie Helene am meisten vermisste, da wollte sie ihren Schmerz in die Welt senden. Und gleichzeitig wollte sie ihren vollständigen Namen nicht preisgeben, anonym bleiben. T. Schwartz – Das könnte auch ein Mann sein.«

»Du sagst es.«

»Bitte Carola, versenke deine Zweifel im nächstgelegenen Fluss. Ich weiß, was ich zu tun habe.«

Diesmal gab es kein weiteres Streitgespräch, keine mehr oder weniger latenten Drohungen und Auseinandersetzungen mit Daniel Schwartz. Mein neuer Duzfreund Herbert hatte mir auf das vereinbarte Klingelzeichen die Haustür geöffnet und mein Abschiedsgeschenk (ein gerahmtes Foto von Helene im goldgelben Kostüm) dankbar entgegengenommen. Anschließend saß ich wieder auf der Holztruhe im fünften Stock und ging die Liste mit den in Deutschland beliebtesten Frauennamen mit ›T‹ als ersten Buchstaben durch. Als Daniel Schwartz nach einer knappen Stunde Wartezeit die Treppen heraufkam, streckte ich ihm wortlos die Postkarte von der Ostsee entgegen.

»Das ist die Schrift Ihrer Mutter, nicht wahr? Wie heißt Sie? Thea, Tina, Tatjana, Therese?«

Beim letzten Namen zitterten seine Mundwinkel kurz.

»Therese Schwartz«, wiederholte ich mehrmals mit leiser Stimme. Es war offensichtlich, dass ihr Sohn keine Kraft und keine Lust mehr auf weitere Verschleierungstaktiken hatte. Durch das kleine Fenster über der Geldbaum-Pflanze blinzelte die Abendsonne durch. Daniel Schwartz starrte weiter auf seine Sneakers.

»Therese, was für ein schöner, passender Name. Ich kann es kaum glauben, dass ich Helenes Geliebte gefunden habe. Bitte sagen Sie mir, dass Ihre Mutter noch am Leben ist.«

»Das ist sie zum Glück.«

»Darf ich sie besuchen? Ich habe die Ehre, Ihrer Mutter etwas auszurichten, was sie sehr freuen wird.«

»Würde es etwas ändern, wenn ich es Ihnen verbiete? Sie werden niemals aufgeben, richtig?«

»Richtig. Dazu ist es zu wichtig. Ich handle im Auftrag meiner verstorbenen Großtante, wie ich Ihnen bereits erzählt habe. Es geht nicht um Sie oder auch nicht um mich oder andere Mitglieder meiner Familie. Es geht ausschließlich um Helene und Therese.«

»Sie lebt in einem Altersheim in der Umgebung. Sie werden selbst herausfinden, wo es ist, so clever und hartnäckig wie Sie sind. Genaugenommen haben Sie, ohne es zu wissen, schon einen Blick von der Ferne darauf geworfen.«

Mit diesen Worten lief er mit einem kurzen Kopfnicken zum Abschied die Treppe hinunter.

Ich blieb auf der Holztruhe sitzen, überwältigt von meinen Gefühlen. »Therese Schwartz«, wiederholte ich noch einmal, diesmal mit lauter Stimme, und schloss die Augen. Als ich sie wieder öffnete, saß Großtante Helene neben mir. Sie trug wie immer das goldgelbe Kostüm und hatte ihre Beine elegant übereinandergeschlagen. Ihre kleinen Füße steckten in schwarzen, glänzenden Pumps.

»Wow, diesmal bin ich sanft und pannenfrei gelandet. Ich habe immer gesagt, dass man nie zu alt ist, um noch hinzuzulernen«, erklang ihre melodische Stimme dicht neben meinem Ohr.

»Dein Timing ist allerdings verbesserungsfähig«, antwortete ich. »Ich habe den Namen deiner ehemaligen Geliebten und Freundin gerade herausgefunden und werde ihr deine Nachricht morgen übermitteln. Ich brauche deine Unterstützung nicht mehr.« Ich wunderte mich über meine eigenen Worte, den ruhigen Ton.

»Das ist der perfekte und einzig mögliche Zeitpunkt für unser Wiedersehen, Annabelle. Du bist als meine persönliche Botin mit Flügelschuhen über Stadt und Land geeilt, um meinen Auftrag zu erfüllen. Du kannst stolz auf dich sein. Und ich bin beeindruckt, begeistert und dir auf ewig zu Dank verpflichtet.«

»Trotzdem möchte ich wissen, warum du mich die letzten Monate bei der Suche alleine gelassen hast.«

»Ich war immer bei dir, mal mehr, mal weniger sichtbar. Einmal bin ich zu dir ins Bett gekommen im Hotel, weißt du noch?«

»Natürlich, aber du hast nichts gesagt.«

»Das war auch nicht nötig. Da warst du bereits auf der richtigen Spur. Und die Reise hat dir doch Spaß gemacht, oder?«

»Ja.«

»Und du hast dabei eine sehr gute Freundin gefunden. Carola. Sie ist wunderbar. Bitte richte ihr das von mir aus.«

Ich nickte mit dem Kopf und nahm Helenes Hand, die sich weich und warm anfühlte.

»Bereust du, dass du all das für dein und mein Seelenheil auf dich genommen hast?«, fragte Helene.

»Nein. Es war das Beste, was mir in meinem Leben passiert ist.«

»Na siehst du, Annabelle. Du hast die Weichen neu gestellt, Veränderung zugelassen. Das braucht Zeit. In diesem Sinn war es gut für dich, dass der fürchterliche Donnerknall mich frühzeitig in den Himmel zurückkatapultiert hat. Das war kein angenehmer Abflug, das kann ich dir versichern.«

Helene tätschelte meinen Arm und seufzte.

»Jetzt wäre ein Glas Sherry angebracht.«

Ich begann lauthals zu lachen. Ich konnte einfach nicht anders.

»Dachtest du wirklich, ich würde jeden Tag mit einer Flasche Sherry herumlaufen für den Fall, dass du mich wieder besuchen kommst? Du bist unglaublich, weißt du das? Ich habe Schokolade und etwas zu trinken in der Tasche.«

Helene verputzte die Nuss-Nougat-Tafel in großen Stücken und trank die Apfelsaftschorle bis auf den letzten Tropfen aus. Ich sah ihr schweigend dabei zu. Niemand konnte so genüsslich essen wie sie. Es war klar, dass dies unser letztes Treffen sein würde und irgendwie war das in Ordnung. Eine wichtige Frage brannte mir auf der Zunge.

»Wirst du mir als Dank für alles was ich getan habe, jetzt verraten, was du über meine Zukunft weißt? Ich meine, wie lange mein Leben hier auf der Erde noch dauern wird?«

Helene sah mich verblüfft an.

»Woher soll ich das wissen? Ich habe keine Ahnung, Ehrenwort.«

»Aber warum hast du mir bei unserem ersten Zusammentreffen im Keller gedroht?«

»Um dich aus der Reserve zu locken, dir die Pistole auf die Brust zu setzen. Du warst so bockig und außer dir, dass ich zu diesem Mittel greifen musste. Sonst hättest du damals den Auftrag nicht angenommen.«

»Du hast mich ganz schön herein gelegt, Helene.«

Meine Großtante lächelte mich verschmitzt an.

»Jetzt ist alles geklärt. Du weißt, was du Therese morgen sagen musst. Sie wird dir gefallen. Ich würde so gerne selbst mit ihr sprechen, aber alle Versuche, anderen Menschen zu erscheinen oder gar mit ihnen zu reden, sind gescheitert. Du bist und bleibst die Einzige und unsere Verbindung wird niemals enden.«

»Ich weiß«, antwortete ich, nahm sie in die Arme und zog den sahnigen Geruch nach Rosen, Mandeln, Apfel und Vanille mit einer Prise Zimt tief in mich hinein.

»Und bitte, Annabelle, pass gut auf Therese auf! Ich wünsche mir vom ganzen Herzen, dass sie das Leben noch so viele Jahre wie irgendwie möglich genießt. Sie hat diese Fähigkeit, ganz in der Gegenwart zu leben. Das ist ein Geschenk.«

»Du bist ein Geschenk des Himmels für mich, Helene.«

Diesmal verschwand sie ohne viel Aufhebens, geräuschlos durch das kleine Fenster hinter mir. Das letzte, was ich von ihr sah, war ein goldgelber Glanz auf den dicken grünen Blättern des Geldbaums.

Das Pflegeheim St. Michael zu finden, war mit Abstand die leichteste Aufgabe der vergangenen Tage. Es lag rund fünfzehn Kilometer entfernt von der Kleinstadt in einem Dorf mitten in den grünen Hügeln, die von Helenes Balkon aus zu sehen waren. Die Dame am Empfang hatte mich durchgestellt und Therese Schwartz hatte gleich zugestimmt, sich mit mir zu treffen.

Als ich am Parkplatz ausstieg, stand ich vor einem Bungalow aus Sichtbeton mit bunt bemalten, unterschiedlich gestalteten Balkonen, die eine heitere Atmosphäre verströmten. Die Luft roch nach Tannenzapfen und frisch gemähtem Gras. Eine breite Glastür führte ins Foyer und weiter zu den Treppen in die einzelnen Stockwerke. An der Rezeption zog ich meinen Ausweis heraus und erklärte der beflissenen Dame im grünweißen Kleid, dass ich von Thereses Sohn Daniel Schwartz die Erlaubnis hatte, seine Mutter zu besuchen.

Therese Schwartz saß aufrecht im Bett. Sie trug eine rote Strickjacke über ihrem Nachthemd aus Leinen. An dem mit Spitzen verzierten Ausschnitt glänzte eine vergoldete Brosche in Form eines Fächers. Ihre dicken weißen Haare waren mit einem Band zurückgebunden. Ihr Parfüm duftete nach Jasmin. Zur Begrüßung reichte sie mir ihre linke Hand, die sich fest und knochig anfühlte. Aus dem kantigen Gesicht stachen die grünen Augen und ein großer, rot geschminkter Mund hervor. Die Pflegerin brachte eine Vase und verließ taktvoll Thereses Apartment.

»Das ist Michaela. Sie kümmert sich vorbildlich um mich. Gelbe Rosen, wie wunderschön und so viele auf einmal. Ich sehe Helene in jeder einzelnen Blüte vor mir erstrahlen. Es sind ihre Farben, wie Sie sicher wissen. Sie liebte Blumen über alles und brachte mir immer welche mit. Manchmal eine einzelne Sonnenblume oder Amaryllis, dann wieder einen Strauß Tulpen oder Wiesenblumen. Nur Nelken konnte sie nicht leiden, und ich mag sie auch nicht.«

Therese Schwartz schloss die Augen. Es dauerte Minuten, bis sie wieder sprach.

»Bitte verzeihen Sie mir, Annabelle. Ich bin zweiundachtzig Jahre alt, körperlich leider nicht mehr so fit, wie es sein sollte, und brauche etwas länger, um diese Überraschung zu verarbeiten. Ich bin unendlich dankbar und überwältig von Ihrem Besuch heute. Ich habe so gehofft, dass ich etwas von Helenes Familie hören werde.«

Wir tranken beide einen Schluck Tee, und ich nahm auf ihre Aufforderung hin einen meiner mitgebrachten Kekse vom Teller. Er schmeckte wunderbar.

»Das ist Anisgebäck, direkt aus Andalusien importiert.«

Therese nickte. »Helene hat es geliebt und schachtelweise von unserer Spanienreise mit nach Hause genommen.«

Ich war glücklich, das richtige Geschenk in dem spanischen Lebensmittelgeschäft ausgewählt zu haben.

»Schauen Sie sich das Foto dort an. An diesem Tag hat sie diese Köstlichkeit in Sevilla zum ersten Mal probiert«, sagte sie und deutete auf das Bücherregal an der Wand. Da standen die beiden Frauen vor einem violett blühenden Strauch. Therese Schwartz in dunkler Hose und silberner Bluse mit schulterlangen schwarzen Haaren. Ihre grünen Augen waren in die Ferne gerichtet, um mögliche Gefahren für ihre Königin abzuwehren. Helene trug ihr goldgelbes

Kostüm und lächelte ihre jüngere Gefährtin bewundernd an.

»Bitte behalten Sie es samt Rahmen. Ich bestehe darauf. Keine Sorge, ich habe mehrere Kopien in der Schublade.«

Ich nahm es behutsam in die Hand, als wäre es zerbrechlicher als antikes Porzellan aus Meißen. In einem magischen Moment von wenigen Sekunden löste sich die Realität auf, während zwei schmutzige Spielkarten, dubioses Handwerkzeug einer geldgierigen Fremden, zum makellosen Abbild eines frisch verliebten Paares verschmolzen. Ich blickte in den Wandspiegel gegenüber, um mich zu vergewissern, dass ich immer noch im gleichen Raum stand. Und so war es. Ich befand mich genau zur richtigen Zeit am richtigen Ort; ein Zustand, dem ich jahrelang erfolglos hinterhergerannt war. Es fühlte sich großartig an und es war vollkommen unmöglich, etwas Falsches zu sagen oder zu tun.

»Sehr geehrte Frau Schwartz, liebe Therese, wenn ich Sie als Helenes Verwandte mit dem Vornamen ansprechen darf. Sie waren die große Liebe meiner Großtante. Sie bereut zutiefst, dass sie es Ihnen nicht zu Lebzeiten selbst gesagt hat. Sie ist mir vor einigen Wochen erschienen, damit ich Ihnen das persönlich ausrichte. Ja, sie hat mich angefleht, Sie aufzuspüren und mit viel Unterstützung von unterschiedlichsten Seiten habe ich heute den Weg zu Ihnen gefunden. Das ist ein großer Segen für alle Beteiligten und insbesondere für mich. Und seine Wirkung ist noch lange nicht vorbei.« Ich lächelte meine Gesprächspartnerin von ganzem Herzen an. »Denn jetzt wird Helene endlich den Seelenfrieden finden, den sie sich schon so lange sehnlichst wünscht.«

Therese Schwartz war zu gerührt um zu sprechen. Nach einer gefühlten Viertelstunde Schweigen kramte sie in der Schublade ihres Betttischs nach einem weißen Spitzentaschentuch und ließ ihre Tränen fließen. Ich erhob mich von meinem Stuhl und ging durch die geöffnete Tür hinaus auf den Balkon. Die Aussicht auf die hohen Tannen bildeten den richtigen Rahmen für diesen feierlichen Augenblick. Es klopfte an der Tür und Thereses Pflegerin Michaela kam mit einem Tablett voll Medikamenten und einem Blutdruckmessgerät herein. Wir waren beide froh über die Unterbrechung.

Als ich wieder auf dem Stuhl neben ihrem Bett Platz nahm, hatte Therese Schwartz ihre Fassung bereits zurückgewonnen. Ihre grünen Augen leuchteten. Jetzt sah sie tatsächlich aus wie eine Kriegerin, zäh und wachsam.

»Ja, in Andalusien waren wir beide fest überzeugt, für immer zusammenzubleiben. Eine Trennung war unvorstellbar, aber genau diese trat ein. Nach zwei unfassbar schönen und leidenschaftlichen Jahren wollte Helene keine feste Beziehung mehr mit mir. Gleichzeitig konnte sie mich nicht loslassen. Ohne meine Freundschaft würde sie eingehen wie eine Primel, hat sie mir einmal gesagt. Ich habe mit Helenes Nachfolgerin, meiner verstorbenen Lebensgefährtin, ganz offen darüber gesprochen und sie hat es akzeptiert. Astrid war Lehrerin für Mathematik und Sport und hatte ein sehr gutes Verhältnis zu meinem Sohn Daniel, der ihre Begeisterung für Tennis und Basketball teilte.«

»Hat Ihr Sohn Helene persönlich kennengelernt?«

»Natürlich! Er war noch ein Kind, als Ihre Großtante und ich ein Liebespaar waren. Ja, sie waren einmal im Zoo, im Kino, soweit ich mich richtig erinnere, und sogar in irgendeinem Kunstmuseum. Es muss recht lustig gewesen sein.«

Wie gerne hätte ich an seiner Stelle diese Ausflüge mit Helene unternommen, dachte ich in einem Anflug von

Eifersucht, der sich sofort im Nichts auflöste. Unsere aktuelle Verbundenheit war stark und würde nie aufhören, hatte Helene gesagt.

»Ich selbst sah sie nach ihrer Rückkehr vielleicht sechsmal oder siebenmal im Jahr, aber nie in ihrer Wohnung«, fuhr Therese fort.

»Warum nicht? Das ist für mich schwer zu verstehen.«

»Es ist ganz einfach. Zu diesem Zeitpunkt war Helene bereits freiberuflich tätig. Sie brauchte einen festen Wohnsitz, um ihre beruflichen Reisen zu organisieren, ihre Gutachten auszuarbeiten, um sich auszuruhen und neue Kraft aufzubauen. Sicher hätte ich dorthin kommen können, wenn ich insistiert hätte. Diese Wohnung war ihr persönlicher Rückzugsort und ich habe das respektiert. Sie saß oft auf ihrem Balkon und hörte Opern, wussten Sie das?«

»Ja, zwischen Plastikgeranien, sehr romantisch«, rutschte mir heraus.

»Wie kommen Sie denn darauf, Annabelle? Ganz im Gegenteil. Ihr Balkon war liebevoll und aufwendig bepflanzt. Eine ihrer Nachbarinnen kümmerte sich darum, wenn sie unterwegs war. Sie lebte damals in mehreren Städten gleichzeitig. In München und in Frankfurt hatte sie zumindest zeitweise Apartments gemietet. In Berlin übernachtete sie stets im Hotel. Sie erzählte mir nie etwas über andere Frauen. Ihre Großtante war eine diskrete Frau und voller Geheimnisse. Und was hätte es mir gebracht, Sie nach ihren Liebschaften auszufragen?«

»Die Situation muss dennoch schwierig für Sie gewesen sein.«

»Ja und Nein. Anfangs hat sie versucht, mich zu verführen, als ich sie in Frankfurt oder Hamburg besucht habe. Ich weiß es nicht mehr genau. Auf jedem Fall immer in einem Hotel.

Ich habe sie jedes Mal zurückwiesen. Ich hatte mit Astrid ein neues Leben begonnen und war zufrieden mit unserer Beziehung. Helene war meine Ex-Liebhaberin und meine allerbeste Freundin. Wenn sie hier war, sind wir ins Restaurant, ins Theater oder Konzert, in ein Café, in den Stadtpark oder zum Schwimmen gegangen.«

Thereses Stimme klang zunehmend heiser, und ein Schleier von Erschöpfung legte sich über ihre schönen Augen.

»Möchten Sie ein Glas Wasser trinken? Wir können das Gespräch unterbrechen, wenn es Sie zu sehr anstrengt«, sagte ich.

Sie schüttelte den Kopf. »Nein, Annabelle, es tut mir so gut, über all das mit jemandem zu reden, dem Helene so viel bedeutet.«

Es war an der Zeit, mein eigenes Visier vor dieser tapferen Kriegerin abzulegen. »Ja, meine Großtante steht mir im Augenblick sehr nahe. Aber solange sie am Leben war, hat sie sich weder für mich noch für den Rest meiner Familie interessiert; und andersherum wir nicht für sie.«

Therese nahm meine Hand und drückte sie fest. »Die Situation ist viel komplexer gewesen, als Sie denken. Helene hat mit mir über ihre Familie gesprochen. Sie liebte Sie. Das hat sie Ihnen doch bestimmt gesagt, oder?«

»Ja.«

»Es war nie Desinteresse. Es war eine Grundsatzentscheidung, die sie sehr jung getroffen hat: Ihr Leben außerhalb der Familienstrukturen zu gestalten. Ja mehr noch, sich selbst außerhalb der Familie zu definieren. Ihr Verhalten hatte viel mit Selbstschutz zu tun. Es muss anfangs sehr schwer für sie gewesen sein.«

»Aber meinen Vater hätte sie wenigstens einmal besuchen können. Er hätte es verstanden«, warf ich ein.

»Sicher, aber das gilt andersherum genauso, oder? Es wäre seine Aufgabe gewesen als der Jüngere von ihnen beiden, den Kontakt mit ihr zu suchen.«

»Genau das hat er mir erst vor Kurzem gesagt. Und, dass er sein Verhalten heute bereut.«

»So sind wir Menschen. Solange wir leben, machen wir Fehler. Solange wir dazulernen, ist es in Ordnung.«

Erneut trat eine längere Pause ein. Therese biss gedankenverloren in ein Anisplätzchen und ich trank meinen kalt gewordenen Tee aus.

»Ich glaube, dass Helene lange von dem angeborenen Aneurysma wusste und ihren frühen Tod vorausgeahnt hat. Einmal hat sie so etwas in der Art zu mir gesagt. Und dann sind die Gefäße an der Bauchaorta geplatzt. Ich konnte ihr nicht helfen, obwohl es meine Aufgabe war, sie stets zu beschützen.«

Wieder liefen Tränen über ihr ausdrucksstarkes Gesicht. Es war offensichtlich, dass sie irgendetwas bedrückte.

»Sie wollen mich noch etwas fragen, nicht wahr? Tun Sie es bitte.«

»Sie hat mich nicht zur Übergabe der Urne ins Meer eingeladen. Der Pfarrer hat mir nach der offiziellen Trauerfeier davon erzählt. Das war sehr schmerzlich für mich.«

»Da kann ich Sie trösten. Sie waren für Helene viel zu kostbar, um Ihnen ein Zusammentreffen mit ihrer Verwandtschaft zuzumuten. Dazu wären die, sicher verletzenden Fragen über ihre Beziehung zu ihr gekommen. Sie hätten die Wahrheit gesagt, und wären auf Unverständnis oder Desinteresse gestoßen. Letzteres hätte sie stärker verletzt, richtig?«

Therese Schwartz bejahte ohne Zögern.

»Die Seebestattung bedeutete meiner Großtante nichts. Sie wollte nur nicht, dass sich jemand um ihr Grab kümmern musste. Das hat sie mir wortwörtlich gesagt.«

Therese lächelte dankbar. Ich holte Helenes letzten Brief an Johannes E. Preis aus der Mappe und begann, laut vorzulesen: »Die Reise nach Spanien hat mein Leben verändert. Ich wusste nicht, dass das in mir steckt. Diese Art von Leidenschaft. Ich habe das gefunden, was ich, ohne es zu wissen, immer gesucht habe.« Ich machte eine Pause. »Hier steht es schwarz auf weiß, wie viel Sie Helene bedeutet haben. Sie hat wegen Ihnen die Verlobung mit diesem Mann abgelehnt. War Ihnen das bekannt?«

»Nein. Davon hat sie nie etwas erzählt.«

»Das dachte ich mir. Sie wollte Sie nicht damit belasten. Sie hat diese Entscheidung sehr schnell getroffen und Johannes E. Preis umgehend mitgeteilt.«

Später fuhr ich ihren Rollstuhl vorbei an Beeten voller Blumen, Kräutern und Sträuchern, vorbei an Marmorstatuen und einem Springbrunnen aus dem Garten des Heims hinaus in den Park zu einer Bank am Waldrand unter einer großen Linde.

»Helene und ich lieben beide mächtige Bäume. Wenn ich hier sitze, denke ich immer an sie. Dabei stelle ich mir vor, dass sie mir vom Balkon ihrer Wohnung aus zuwinkt. Bald sind wir beide frei und können gemeinsam überall hingehen, wo wir wollen. Ist das nicht großartig?«, flüsterte Therese, den Blick nach oben in die ausladenden Äste der Linde gerichtet. »Eine Sache möchte ich Ihnen noch erzählen. Sie müssen wissen, Annabelle, dass Helene uns Geld hinterlassen hat, meinem Sohn Daniel genauer gesagt. Es war in einem Paket mit Erinnerungen aus Spanien versteckt, konkret in einem Karton mit Flamencoschuhen. Wir haben es erst viele Monate nach ihrem Tod gefunden. Ist das nicht exzentrisch?«

Ich nickte. Die Aktion passte zu ihr.

»Hundertfünfzigtausend Deutsche Mark. Das war damals eine stattliche Summe, genug damit Daniel ihre Wohnung kaufen konnte. Der Balkon war kurz vor dem Zusammenbruch. Darüber hatte Helene öfters geklagt.«

War das der Grund, warum mich Daniel Schwartz so unhöflich behandelte? Hatte er Angst, dass ich Geld von ihm zurückfordern wollte?

»Liebe Therese, bitte richten Sie Ihrem Sohn aus, dass ich es gut und richtig finde, dass meine Großtante ihm Geld hinterlassen hat. Und meine Cousine Carola wird es genauso sehen wie ich. Den Rest der Familie geht es nichts an. Er ist Ihr Sohn. Familie definiert sich durch den Grad an Liebe, Freundschaft und Zeit, die Menschen sich gegenseitig schenken. So einfach ist das.«

Sie drückte meine Hand. »Danke. Daniel ist ein guter Mensch, der sich viel um mich kümmert.«

Ich meinte es zu hundert Prozent ehrlich. Der Start in ein neues Leben, den ich Helene verdankte, war ihr höchstpersönliches und unendlich kostbares Erbe an mich; sprichwörtlich durch nichts mit Gold aufzuwiegen.

»Ich besitze ein Flamencokleid. Früher habe ich es bei Faschingsfeiern angezogen und manchmal sogar zu Hause, wenn ich Lust zu tanzen hatte. Vielleicht tue ich es noch einmal, wer weiß?«

Mit diese Worten schlief Therese Schwartz mit einem Lächeln im Gesicht ein.

Entreacte

Spanische Nächte

Juni 1980

Helene saß auf einer steinernen Bank unter Platanen und beobachtete eine Gruppe Mädchen mit Schleifen im Haar beim Ballspielen. Am Nachmittag hatte eine grell geschminkte Frau mit schriller Stimme und schlechtem Englisch die Reisegruppe auf einer ersten Tour durch die Altstadt gejagt und die fantastischen Gebäude mit wenigen Sätzen über ihre Geschichte und Bedeutung nacheinander abgehakt. Auf ihre Frage zu einer Kirchenfassade kam gleichgültiges Schulterzucken als Antwort. Sie hatte keine Ahnung, von was sie sprach. Zum Glück war sie nur eingesprungen für die vorgesehene Führerin, die sie auf der gesamten Busfahrt durch Andalusien begleiten würde und von ihrem Reisebüro in höchsten Tönen gelobt worden war. Auf ihr Netzwerk, das sie seit Beginn ihres Studiums aufbaute und akribisch pflegte, konnte sie sich verlassen.

Sanft legte sich das Abendlicht über die Plätze, Kirchen, Häuser, Straßen und Gassen von Sevilla. Die Glocken der berühmten ›Giralda‹, dem Kirchturm der Kathedrale und ehemaligen Minarett der Hauptmoschee, schlugen sieben

Mal. In einer Stunde würde Helene die Mitreisenden wieder in einem Restaurant treffen. Sie würde im Freien sitzen, Wein trinken, Oliven, gegrillte Garnelen und Flan essen.

Es blieb ihr genug Zeit für eine letzte Besichtigung, auf die sie sich sehr freute und besonders vorbereitet hatte. Helene erhob sich und schlenderte die Calle San Fernando entlang bis zur Hauptfassade der Universität von Sevilla, gekrönt mit der gewaltigen Skulptur des Ruhms im barocken Stil. Wieder überkam sie das Gefühl, schon einmal in dieser Stadt gewesen zu sein. Vielleicht hatte sie in einem früheren Leben wie die Protagonistin in Georges Bizets Oper ›Carmen‹ in der Tabakfabrik gearbeitet, die einst in diesem historischen Gebäude untergebracht war? Oder, als Mann verkleidet wie Barbara Streisand im Film ›Yentl‹, hier Rechtswissenschaften studiert?

Sie durchquerte die hohen Gänge und die zwei zentralen Innenhöfe mit den kunstvoll verzierten Brunnen und Torbögen. Dann stieg sie die breite Doppeltreppe hinauf, die zur Aula führte. Am liebsten hätte sie ihre praktische Reisekleidung und die flachen Schuhe mit einer Abendrobe getauscht, um der Schönheit ringsherum gerecht zu werden. Verglichen mit dieser Pracht strömte das Gebäude der juristischen Fakultät, in dem sie vor Jahrzehnten studiert hatte, den Charme einer Lagerhalle aus.

Aus einem der unteren Hörsäle erklang Klaviermusik. Auch hier war die Tür nicht verschlossen, und Helene erhaschte einen Blick auf den Chor, der einen feierlichen Choral anstimmte, begleitet von einem Pianisten mit wallendem Haar. Zum ersten Mal seit ihrer Abreise dachte sie an Johannes und an die gemeinsame Besichtigung des Kölner Doms. Er wäre von diesem Spaziergang genauso begeistert wie sie und hätte ihr die verschiedenen Einflüsse von Renaissance, Barock und

Neoklassizismus des riesigen Gebäudes genau erklären können. Kurz überkam sie schlechtes Gewissen, dass sie diesen Urlaub ohne ihn gebucht hatte. Sie verdrängte den düsteren Gedanken schnell wieder und nahm sich vor, ihm gleich morgen die erste der versprochenen Postkarten zu schreiben. Im Moment galt es, jeden Augenblick zu genießen.

Nach der Besichtigung der Kapelle im Außenbereich und dem ehemaligen Gefängnis, in dem heute Geschichte auf dem Studienplan stand, verließ sie das altehrwürdige Universitätsgebäude und verlor sich in den Gassen der Altstadt.

Auf einem besonders malerischen Platz zählte eine Tänzerin ihre Tageseinnahmen als Straßenkünstlerin. Das enge rote Kleid umhüllte den Körper der jungen Frau wie eine zweite Haut. Für wenige Sekunden haftete der Blick ihrer schwarz geschminkten Augen auf Helene. Dann warf sie die langen Haare zurück und schritt in hohen, goldenen Sandalen, die sie gegen die Flamencoschuhe getauscht hatte, über die Pflastersteine, während sich die Platanen am Straßenrand vor ihrer Anmut verbeugten.

»Auf die Magie dieser Nacht, Salud.«

Ein Paar grüner Augen blitzten Helene unter einer dicken schwarzen Locke an, die hartnäckig in die Stirn der Fremden fiel.

»Salud«, antwortete sie abwesend und nippte an ihrem Glas Sherry, während sie in Gedanken wieder und wieder durch den Orangenhof in der Kathedrale schlenderte, den einstigen Moscheehof, in dem die rituellen Waschungen stattgefunden hatten. Seit ihrer Jugendzeit glaubte sie fest daran, dass nur die Schönheit die Macht besaß, diesen Planeten samt seinen Bewohnerinnen und Bewohnern zu retten. Und die gab es hier in Hülle und Fülle. Sevilla, das spürte sie deutlich, war nicht irgendeine charmante Stadt mit viel Kunst, Musik, Geschichte und Tradition. Die Stadt selbst war eine »Primaballerina«, wie es ein Kollege auf einem Arbeitskongress so treffend beschrieben hatte. Es war richtig gewesen, die Einladung von Johannes zum Bergsteigen mit seinen Freunden abzusagen. Verschieben war das bessere Wort. Bestimmt ließ sich diese Reise problemlos jederzeit nachholen. Keine Gipfelaussicht konnte so erhaben sein wie der Blick auf den geschnitzten Hauptaltar der Kathedrale, den größten der Welt, und die über zweihundert Heiligenfiguren, die seine Pfeiler schmückten.

Ganz in ihre Gedanken verloren bemerkte Helene erst jetzt, dass sie mit der Frau, die ihr zugeprostet hatte, allein am Tisch saß. Die Teilnehmerinnen und Teilnehmer der Kulturreise kamen aus allen Regionen Deutschlands und waren am Zielflughafen schnell auf Kleinbusse verteilt und zu unterschiedlichen Hotels gefahren worden. Die stockenden Gespräche während des Abendessens hatten sie enttäuscht, ja zum Großteil gelangweilt.

›Urteile nicht frühzeitig über andere. Das ist nicht dein Stil. Es ist der erste Abend und alle sind müde gewesen‹, dachte sie. Diese Form der Selbstkritik hatte sie zeitig in ihr Leben eingeführt und sie bewährte sich bis zum heutigen Tag. Das frühe Aufstehen und die Anstrengung der Anreise saßen auch ihr noch in den Knochen. Dazu kam die ungewohnte Hitze. Das Thermometer stand bei ihrer Ankunft mittags am Flughafen auf 30 Grad Celsius.

»Es ist an der Zeit, dass ich mich vorstelle. Mein Name ist Therese Schwartz. Sind Sie auch im Hotel ›Gato Negro‹ untergebracht? Mir gefällt der bepflanzte Innenhof besonders gut und die Einrichtung meines Zimmers ist luxuriös. Die Wände sind mit traditionellen Fliesen bedeckt und ich habe eine große Badewanne sowie ein Himmelbett nur für mich, Sie auch?«, fragte die Frau gegenüber. Sie hatte eine dunkle, samtige Stimme.

Helene nickte.

»Dann können wir noch einen Spaziergang gemeinsam machen, bevor wir in unser Hotel zurückkehren. Gerne etwas länger, wenn es nach mir geht. Es ist unvorstellbar, schlafen zu gehen in dieser verzauberten Nacht, finden Sie nicht?«

»Ja«, antwortete Helene, ohne zu zögern.

»Schmeckt Ihnen der Sherry auch so gut wie mir? Das ist mein zweites Glas, und ich bin bereits ein wenig beschwipst, befürchte ich. Für diesen Urlaub habe ich zwei Jahre gespart, und ich werde jeden Pfennig des Reisegelds ausgeben. Und wenn ich Lust habe, werde ich noch einmal extra etwas von der Bank abheben. Ich kann endlich für eine Woche lang tun und lassen, was ich will. Der nächste Sherry geht auf mich. Bitte nehmen Sie die Einladung an. Ohne angenehme Gesellschaft zu feiern, macht mir keinen Spaß.« Sie strahlte Helene an.

Irgendetwas an ihrer Tischnachbarin erinnerte Helene an die schöne Straßenkünstlerin. Natürlich, es war der stolze Blick und die Art, wie sie den Kopf in den Nacken warf. Ihre Mitreisende musste rund zehn Jahre jünger sein als sie selbst.

»Helene Frey. Bitte nennen Sie mich beim Vornamen«, antwortete sie.

Therese erhob sich, um im Restaurant zu zahlen. Sie war bestimmt fünfzehn Zentimeter größer als sie selbst und dabei drahtig und durchtrainiert. ›Sie sieht aus wie eine Amazone‹, dachte Helene und fuhr sich unbewusst mit der Hand über ihren kugelförmigen, kleinen Bauch.

Als die beiden Frauen auf vielen Umwegen zum Hotel zurückgingen, verwandelten sich Helenes Eindrücke der letzten

Stunden von selbst in Worte, stießen auf lebhafte Resonanz, gewannen im Gedankenaustausch an Bedeutung. Die Fassaden glänzten heller im Schein der Straßenlaternen, die Bäume und Sträucher dufteten intensiver.

Vor der Tür einer Musikbar blieben sie lange stehen und lauschten den fremden Klängen des Flamenco aus dem Inneren.

»Wollen wir für morgen Abend einen Tisch hier reservieren? Auf dem Plakat steht, dass das Tanzprogramm erst gegen zehn Uhr abends beginnt. Da können wir nach dem offiziellen Abendessen hingehen. Nur wir zwei, damit wir uns richtig verstehen. In einer größeren Gruppe mache ich das nicht«, hörte sich Helene zu ihrer eigenen Überraschung fragen. Was war nur mit ihr los? Normalerweise kultivierte sie Unnahbarkeit als besonderes Merkmal ihrer Persönlichkeit. In dieser Nacht war alles anders.

Ihre Begleiterin lächelte charmant. »Sehr gerne, Helene. Genau auf diese Art von spontanen Erlebnissen außerhalb des Programms habe ich gehofft. Ich freue mich schon darauf. Lassen Sie uns gleich reservieren.«

»Ich lade Sie ein und dulde keinen Widerspruch. Das war meine Idee. Sie dürfen sich irgendwann revanchieren, wenn Sie darauf bestehen.«

Sie verabschiedeten sich kurz vor Mitternacht im Foyer des Hotels. Später, beim Auspacken des Koffers in ihrem Zimmer, ertappte sich Helene dabei, wie sie die Garderobe für den morgigen Abend durchging, Blusen, Röcke und Hosen vor dem Spiegel kombinierte und zum Entschluss kam, dass ihr ein schickes Kleidungsstück für den Besuch in der Tanzbar fehlte. Trotz ihrer Müdigkeit konnte sie lange nicht einschlafen. Sie hatte das Gefühl, einen Feuerwerkskörper verschluckt zu haben, der in ihrem Bauch wilde Funken sprühte.

Ja, das Bild passte. Es fühlte sich genauso an; gefährlich und explosiv.

Bei der Besichtigung des ›Alcázar‹, des mittelalterlichen Königspalasts, am nächsten Vormittag kam Therese eine halbe Stunde zu spät. In der schwarzen Hose mit einer silberfarbenen, weitgeschnittenen Bluse wirkte sie noch größer und schlanker als am Abend zuvor. Einer der wenigen männlichen Mitreisenden, ein Professor für mittelalterliche Geschichte aus Berlin und ein wahrer Hüne, begrüßte sie enthusiastisch. Dann redete er ununterbrochen auf sie ein, deutete einmal hier auf ein farbenprächtiges Mosaik, schlug dort die Hände in Bewunderung eines verzierten Wasserbeckens zusammen und bot ihr beim Treppenaufgang zur Galerie galant den Arm an.

War er ihr Mann oder Lebensgefährte, der gestern Abend früher ins Bett gegangen war oder sich allgemein nichts aus Barbesuchen und Flamenco machte? Helene ärgerte sich über ihre scheinbare Vertrautheit. Sie musste sich zwingen, den Ausführungen der Führerin zuzuhören. Sie hielt, was das Reisebüro ihr versprochen hatte, sprach hervorragend Englisch und hatte beim Frühstück Helenes spanische Aussprache gelobt.

»Es ist höchste Zeit, dass wir etwas zu zweit unternehmen«, hörte sie Thereses Stimme neben sich flüstern und die kleine Missstimmung verflüchtigte sich in Sekundenschnelle.

»Ich habe die Gelegenheit genutzt, als Sie im Schloss waren, und die schönste Pferdekutsche der ganzen Stadt für uns gebucht. Ehrlich, ich übertreibe nicht. Vertrauen Sie mir. Sie werden begeistert sein. Und hier die Entscheidung des Tages: Entweder ein Mittagessen in der Gruppe und anschließend zwei Museumsbesuche im Galoppschritt. Auf dem Plan stehen das Volkskundemuseum und das Archäologiemuseum, wenn ich das richtig im Kopf habe. Oder eine Kutschenfahrt mit mir im Sonnenschein durch den Parque de María Luisa? Inklusive Picknick natürlich und zur Bootsfahrt sind wir pünktlich zurück. Na, was sagen Sie zu meinem Vorschlag?«

Die Schimmelstute mit seidenem Fell und langer Mähne hörte auf den Namen Carmen. Die zwei Frauen lachten über den Mangel an Originalität. José, ihr elegant gekleideter Kutscher, war so glücklich über das großzügige Trinkgeld, das Therese ihm gleich zu Beginn der Fahrt überreicht hatte, dass er in Erwartung weiterer Zuwendungen eine Extraschleife nach der anderen drehte und dabei lauthals »Auf in den Kampf, Torero« schmetterte. Touristinnen und Touristen winkten den zwei Frauen von allen Seiten zu, und Helene grüßte salbungsvoll zurück.

»Wie eine echte Königin«, kommentierte Therese sichtlich beeindruckt. »Da muss ich ja ganz schön aufpassen, damit Sie nicht in der Menge der Menschen auf den Straßen verloren gehen.«

Da waren die Rollen der beiden Frauen verteilt, die sie ab sofort spielerisch auslebten: Die Königin und die Kriegerin, die den Auftrag hatte, sie beide vor Gefahren jeglicher Art zu schützen. Es war ihr erstes Geheimnis, ein unsichtbares Band, das sich während der kommenden Tage in Andalusien immer enger um sie beide legte; so fest, dass es nie mehr reißen konnte, sogar wenn sie sich selbst daraus befreien wollten.

Die Pferdekutsche näherte sich langsam dem berühmten ›Plaza de España‹ und Helene spürte, wie sich ihr ganzer Körper vor Vorfreude anspannte. Der Kutscher José inszenierte ihre Ankunft, als wären sie zwei Schauspielerinnen, die gekommen waren, um eine besonders wichtige Filmszene zu drehen. Er sprang vom Sitz, öffnete ihnen mit einer tiefen Verbeugung die Tür der Kutsche und applaudierte laut, als sie hinausstiegen. Wieder drehten sich Touristengruppen neugierig nach ihnen um.

Im Anschluss erklärte José Helene auf Spanisch, dass er im Schatten der Bäume sein Mittagessen zu sich nehmen, das Pferd mit Wasser und Hafer versorgen und auf sie warten werde, egal wie lange sie bleiben wollten. Für solche Kundinnen hätte er alle Zeit der Welt. Therese war fest überzeugt, dass er in seiner Freizeit in einem Laientheater einen schelmischen Diener oder einen Hofnarren spielte und in beiden Rollen brillierte. Dann gab sie ihm einen weiteren Geldschein, den er mit einem Kuss rechts und links auf die Wangen beider Frauen quittierte.

»Wussten Sie, dass Filmsequenzen aus ›Lawrence von Arabien‹ hier gedreht worden sind?«

Helene schüttelte den Kopf. »In meinem Reisebuch steht nur: ›Lassen Sie sich verführen vom Charme der Architektur zwischen Renaissance und Barock mit Marmor, Keramiken, Klinkern und Kachelornamenten.‹ Ganz schön blumig geschrieben.«

»Na, dann starten wir unseren Rundgang, oh meine Königin, um das Beschriebene mit unseren eigenen Sinnen zu erleben«, sagte Therese im salbungsvollen Ton, machte einen Knicks und hakte sich bei Helene ein. Diese erste Berührung lief in kleinen elektrischen Stößen die Nervenbahnen in ihrem Körper herauf und herunter; von den Händen in die Arme, weiter den Nacken hinauf und den Rücken hinunter in die Beine und andersherum, bis sie sich pulsierend in ihrer Brust festsetzte.

So flanierte Helene durch die Anlage, überwältigt vom Aufruhr in ihrem Inneren und der Schönheit im Außen. Ihr

Gesicht glühte vor Hitze und Aufregung. Therese wiederum wirkte gelassen und glücklich. In diesem Moment war sie eindeutig die Stärkere. Sie bestimmte, wo es lang ging, und Helene ließ es geschehen. Ja sie war froh, dass ihre Begleiterin die Zügel in der Hand behielt.

Als sie die Keramikbilder mit der Geschichte der einzelnen Provinzen des Landes am Sockel des halbrunden Monuments bewunderten, verfolgte sie eine aufdringliche Verkäuferin im malerischen Zigeunergewand. Vor Verlegenheit kaufte Helene die feilgebotenen Kastagnetten zum überteuerten Preis, ohne zu verhandeln. Es war das erste Geschenk für ihre neue Freundin, die sich mit einer Bootsfahrt auf dem See in der Anlage revanchierte. Wie selbstverständlich übernahm Therese das Rudern, während Helene ihre muskulösen Arme bewunderte, vor sich hinträumte und die Hände durch das Wasser gleiten ließ.

Später setzte ihr Kutscher sie wie gewünscht vor einem Kiosk ab, verabschiedete sich mit einem letzten Winken vor der Kurve, während die zwei Frauen Sandwiches, Zitronenlimonade und eine Packung Anisplätzchen kauften und sich einen schattigen Platz für ihr Picknick suchten. Sie fanden den perfekten Ort unter einem Lianenbaum, dessen glatte Wurzeln wie riesige Fangarme über das Gras krochen.

Der Park mit seinen Teichen und Springbrunnen, den Denkmälern, Statuen und Rondellen, den bunt gekachelten Bänken unter hohen Eukalyptusbäumen, den Zypressen und Akazien schien ihnen beiden ganz allein zu gehören.

»Wenn ich nach meinem Tod in den Himmel kommen sollte, dann hoffe ich, dass es dort so aussieht wie hier mit vielen starken, großen Bäumen«, sagte Therese mit geschlossenen Augen. »Es soll nach Jasmin, Orangen, Myrte, Zimt und Honig riechen.«

»Und nach in Knoblauch gebratenen Garnelen, Sherry und Anisplätzchen«, fügte Helene dazu.

Therese lachte. »Und es wäre schön, wenn ich im Paradies eine enge Freundin bei mir hätte. Was ist all das hier wert, wenn man es nicht mit einem Menschen teilen kann, der ähnlich empfindet. Wie sehen Sie das?«

»Darüber habe ich noch nie nachgedacht«, antwortete Helene wahrheitsgemäß.

»Das sollten Sie aber. Ich arbeite in einem Krankenhaus. Da bekommt man einiges mit, was die Einsamkeit der Menschen betrifft. Das können Sie mir glauben.«

Irgendwann erhoben sie sich, richteten ihre Kleidung und schlenderten zu einem Brunnen, der träge vor sich hinplätscherte, um sich die Hände zu waschen und die Schläfen mit Helenes Stofftaschentuch zu kühlen. Am Beckenrand neben ihnen nahm ein exotischer Vogel ein Bad. Es war unnötig zu sprechen. Ihre Gedanken vereinten sich im blaugrünen Wasser, klar sichtbar für die jeweils andere.

Die anschließende Bootsfahrt mit der Reisetruppe auf dem Guadalquivir am späteren Nachmittag wirkte trotz Sangria und Gitarrenmusik ernüchternd. Helene war froh, dass ein Ehepaar auf der anderen Seite des Schiffs Therese in ein längeres Gespräch verwickelte. Sie brauchte Zeit für sich, um die vergangenen Stunden im Parque de María Luisa Revue passieren zu lassen. Die kühle Brise senkte die Hitze in ihrem Körper und ihrem Geist. Mit Blick auf den ›Torre de Oro‹, den goldenen Turm der Stadt aus dem zwölften Jahrhundert, kamen Erinnerungen an ihr letztes Treffen mit Johannes während der Flussfahrt in Köln auf dem Rhein.

Warum hatte sie bei seinem langen Kuss nicht einmal annähernd so viel empfunden wie bei der ersten, kurzen Berührung von Therese? Eine Weile redete sie sich erfolgreich ein, dass sie während der langen Kutschenfahrt ohne Kopfbedeckung einen Sonnenstich bekommen hatte, der die eigentliche Ursache für die Verwirrung ihrer Gefühle war. Die Dinge klar und nüchtern zu sehen, hatte sie beruflich dahin gebracht, wo sie jetzt stand. So einen Mann wie Johannes, der sie auf Händen durch ihr gemeinsames Leben tragen würde, würde sie nicht ein zweites Mal kennenlernen. Davon war sie fest überzeugt. Sie schloss die Augen, bis seine schlanke Gestalt neben ihr stand und in die Ferne blickte. Aber selbst in diesem Moment funkelten die grünen Augen von Therese Schwartz in den Wellen des Flusses, und ein Schwall schlechten Gewissens schwappte über die Reling. Es half alles nichts. Sobald Helene ihre neue Freundin mit einem Glas Sangria auf sich zukommen sah, beherrschte sie ein einziger Gedanke und bestimmte unabdingbar ihr weiteres Handeln.

Zurück an Land vertröstete sie Therese, die sie zu einem Spaziergang einladen wollte, mit dem Hinweis auf eine weitere Überraschung am Abend. Gleich in der ersten Boutique der Einkaufsstraße in der Fußgängerzone fand sie eine enganliegende Bluse nach ihrem Geschmack. Anschließend betrat Helene den Friseurladen gegenüber, ließ sich Locken in ihr glattes Haar zaubern und es mit Perlenbroschen zu einer Hochsteckfrisur stylen.

Ihr eigenes Spiegelbild begeisterte sie derart, dass sie beschloss, diese Frisur zusammen mit ihren Kostümen in Goldgelb, Smaragdgrün und Weinrot zu einem weiteren äußeren Merkmal bei beruflichen Auftritten zu machen. So gutaussehend hatte sie sich in ihrem Leben noch nie gefühlt.

Als Helene das Geschäft mit einem übertrieben hohen Trinkgeld und Dutzenden Beteuerungen, wie perfekt der neue Haarschnitt zu ihrem Typ passte, verließ, blieb die zweite Postkarte mit einer nächtlichen Stadtansicht, die sie für Johannes am Souvenirstand des Ausflugsboots gekauft hatte, vergessen am Tresen liegen.

»Flamenco ist eine Kunstform, Señora. Wir drücken damit unsere Freude aus, am Leben zu sein. Es ist ein Solotanz. Ich brauche für meine Aufführung keinen Partner. Im Lokal tanzen wir natürlich oft zu zweit, aber ich liebe es, die ganze Aufmerksamkeit des Publikums für mich zu haben.«

Die schwarz umrandeten Augen der Frau blickten träumerisch in die Ferne. Helenes Füße hatten sie nach dem abschließenden Besuch in einer Parfümerie automatisch zu dem Platz in der Altstadt getragen, wo die Flamencotänzerin gestern aufgetreten war.

»Woher sprechen Sie so gut Spanisch?«, fragte sie Helene.

»Ich habe bereits zu Studentenzeiten nebenbei Sprachunterricht genommen. Damals zählte Spanisch noch zu den exotischeren Sprachen in Deutschland. Später kam ein Kurs in Salamanca dazu. Gleichzeitig lese ich viel spanische Literatur.«

»Das ist gut. Und hören Sie viel spanische Musik. Die Kraft, die sie ausströmt, überträgt sich auf uns Menschen. Glauben Sie mir. Flamenco ist mein Leben. Schon bald werde ich mit meinen eigenen Musikern und Tänzern überall in Europa auftreten. Hier, nehmen Sie meine Visitenkarte und prägen Sie sich meinen Namen gut ein. Er wird einmal unter Flamencoliebhabern auf der ganzen Welt bekannt sein.«

»Das werde ich tun. Wobei ich kein Hilfsmittel brauchen werde, um mich noch lange Zeit an Ihre außergewöhnliche Schönheit zu erinnern.«

Es war schwer zu sagen, wer von beiden Frauen überraschter über diese Worte war. Das Kompliment war Helene herausgerutscht. Hatte sie nicht sagen wollen: ›Ich werde mich noch lange Zeit an Ihren außergewöhnlichen Tanzstil erinnern?‹ Und galten diese Worte wirklich der jungen Spanierin?

Eine Gruppe französischer Touristen half Helene aus ihrer Verlegenheit heraus.

»Bitte tanzen Sie für uns, ›Dansez pour nous, s'il vous plaît!‹ Wir freuen uns darauf«, riefen sie und warfen Geldscheine auf den schwarz-roten Seidenschal am Gehsteig. Die Flamencotänzerin erhob sich von der Bank, lächelte ihr Publikum an und begann, sich langsam zu bewegen, ganz vertieft in den klagenden Gesang aus dem Lautsprecher ihres Kassettenrekorders. Sie sah Helene nicht mehr, die versuchte, sich jeden einzelnen Schritt, jede Geste, jede Drehung ihres Körpers einzuprägen. Sie hörte das Kameraklicken, die Bravorufe ihrer Bewunderinnen und Bewunderer nicht mehr. Sie war im Reich der Musik verschwunden und würde erst mit dem letzten Ton wieder auf den harten, grauen Pflastersteinen landen.

Das offizielle Programm der Show dauerte bis kurz vor Mitternacht. Es hatte sich gelohnt, einen Tisch in einer Tanzbar abseits der klassischen Touristenwege zu reservieren. Die meisten der anwesenden Gäste waren Einheimische. Der Abend rauschte vorbei in einem Schwall feuriger Vorführungen, begleitet von Tapas und Cava. Helenes und Thereses Tisch stand nah an der Bühne. Mehrmals schienen die Tanzenden in den engen Kleidern und Kostümen ausschließlich für sie beide aufzutreten, während die Absätze ihrer Schuhe immer schneller auf den Holzboden schlugen.

Es war unmöglich, sich der Musik zu entziehen, und bald klatschten Helene und Therese begeistert mit, bis ihre Hände schmerzten. Die Stimmen der Sängerinnen und Sänger klangen rau, brüchig und kraftvoll zugleich. Einer der Tänzer, ein großer Mann, der zu seiner engen schwarzen Hose eine rot glänzende Bauchbinde und ein halb geöffnetes weißes Seidenhemd trug, überreichte ihnen nach seinem Auftritt rote Rosen. Therese gab ihre Blume umgehend an Helene weiter.

»Du siehst umwerfend aus mit dieser Frisur und der schicken Bluse. Fast wie eine Südländerin. Ja, ich glaube du hast einen Schuss spanisches Blut in dir. Deine Überraschung hat meine Erwartungen bei weitem übertroffen«, sagte sie. Sie war zum »Du« übergegangen ohne es zu merken. »Ich kann nicht glauben, dass wir uns erst seit vierundzwanzig Stunden kennen oder sind es fünfundzwanzig?«, fuhr Therese fort.

»Was für eine Rolle spielt die Zeit?«, antwortete Helene träumerisch und verspeiste das letzte Stück ihrer ›Cherimoya‹, dem süßen Zimtapfel, auf ihrem Teller. »So eine leckere Frucht, habe ich noch nie gegessen. Sie kommt auf die Liste meiner Lebensmittel für ein mögliches Leben nach dem Tod.«

»Das ist es zum Glück noch eine Ewigkeit hin.«

Helene lächelte verkrampft und trank den Rest Cava in ihrem Glas mit einem Schluck aus.

Als die Kellner abkassierten, die Tische reinigten und die Stühle zusammenstellten, strömten Nachtschwärmer auf ein letztes Glas in die Bar. Der Gitarrist stimmte die Saiten seines Instruments neu und begann, ein melancholisches Lied zu singen. Der Wirt hinter der Theke stimmte ein. Eine ältere Dame im, für die Jahreszeit viel zu dicken, rosa Kostüm über einer dunkelblauen Bluse betrat das Lokal, bestellte Sherry und drehte sich mit dem Glas in der Hand mit grazilen Bewegungen im Kreis. Jemand applaudierte. Anscheinend war das der Auftakt zum familiären Teil des Abends. Bald füllte sich auch die Bühne mit feierlustigen Gästen.

Das war die Chance für Helene, Therese ihre Gefühle ohne peinliches Stottern, ohne Wortverdrehungen und die Gefahr von Missverständnissen mitzuteilen. Die erotische Spannung schwebte beinahe greifbar im Raum. Eine von ihnen musste den Anfang machen. Helene nahm ihre neue Freundin bei der Hand, führte sie zur Mitte der Bühne und fing an zu tanzen. Anfangs zögerte sie noch, die Schritte und Handbewegungen, die sie seit Stunden beobachtet hatte, selbst auszuprobieren. Dann überwältigten sie die Atmosphäre, der Sherry, das zunehmende Kribbeln in ihrem Bauch. Es spielte keine Rolle, was der Wirt, die Kellner oder die Dame im rosa Kostüm von ihren ersten Flamenco-Versuchen hielten. Die ganze Welt drehte sich ausschließlich um Therese und sie. Nach und nach verschwanden alle anderen von der Bühne, aus dem Lokal, später aus den Straßen, Gassen und Plätzen der Stadt; zuletzt löste sich der Nachtportier an der Hotelrezeption mit einem letzten ›Buenas noches‹ in Luft auf. Was blieb bis zum Morgengrauen waren Thereses schwarze Locken auf dem weißen Kopfkissen, ihre wohlgeformten Lippen, ihre gebräunte Haut, die nach Jasmin und Honig duftete. Wenn es das Paradies auf Erden gab, dann lag es hier neben ihr.

Helene wehrte sich gegen die aufkommende Müdigkeit. Sie wollte keine einzige Sekunde dieses Morgens, der ihr Leben für immer veränderte, versäumen. Behutsam streichelte sie über die Beine, die Schultern und Arme, den straffen Bauch ihrer Liebhaberin. Ob Therese gerade von ihr träumte? Ihre leicht geöffneten Lippen ließen es möglich erscheinen. Wie schön ihr Mund war. Noch nie hatte jemand sie auf diese

Weise geküsst. Wie konnte man jemals genug davon bekommen? Und wieder pulsierte es in ihrer Brust und weiter unten an den tieferen Quellen ihrer Lust.

Ihre Geliebte hatte ihr beim Abendessen erzählt, dass sie verheiratet war, aber bereits getrennt von ihrem Mann mit ihrem Sohn in einer kleinen Stadt lebte. Während des Urlaubs passten ihre Eltern auf den Sohn auf. Wie sie selbst, hatte sie noch nie zuvor mit einer Frau geschlafen. Dabei waren ihre Liebkosungen von einer Selbstverständlichkeit, die Helene ermutigten, eigene, lange verdrängte Sehnsüchte auszuleben.

In der kommenden Stunde traten die Romanzen ihres bisherigen Lebens nacheinander auf, als wollten sie sich endgültig von ihr verabschieden. Den Anfang machte der Sohn des Schuldirektors, den sie mit vierzehn Jahren wegen seiner schönen Gesangsstimme heimlich verehrt hatte; so lange, bis bei einem sonntäglichen Konzert die Abendsonne in sein Gesicht schien, es rot wie eine Tomate färbte und seine leicht abstehenden Ohren betonte.

Es folgte mit langem Abstand ihr erster und einziger Freund Michael, ein Student der Wirtschaftswissenschaften, der zusammen mit ihr in der Bibliothek jobbte, um sich das Studium zu finanzieren. Wie sie selbst hatte er ein Stipendium erhalten. Wie bei ihr reichte sein Geld gerade so für die Miete, das günstige Essen in der Mensa und die notwendigen Bücher aus. Montag bis Samstag studierten und arbeiteten beide von frühmorgens bis spät abends. An den Sonntagen unternahmen sie ausgedehnte Spaziergänge im Wald, ein Butterbrot und eine Flasche Wasser im Rucksack, und träumten von den Reisen, die sie später, wenn sie beide reich geworden waren, gemeinsam unternehmen wollten.

Drei Jahre lang ging alles gut trotz ihres mäßigen Sexlebens. Sie war glücklich und stolz auf ihren intelligenten Freund, der sie anspornte und motivierte. Im vierten Jahr erklärte ihr Michael, dass ihr Ehrgeiz seinen eigenen Zielen im Weg stehen würde. In einer funktionierenden Beziehung konnte nur einer der Partner Karriere machen. Später gründete er ein Unternehmen und heiratete seine Sekretärin, wie Helene von einer ehemaligen Kommilitonin erfuhr.

Plötzlich sah sie ein Gesicht aus der Vergangenheit, das seit Jahrzehnten unbeachtet in ihrem Gedächtnis geschlummert haben musste. Hellblaue Augen, die sie direkt anblickten, ein leicht spöttisches Lächeln, dunkelblonde Haare, lange Beine. Sie war Gastdozentin an ihrer Fakultät gewesen. Eine einzige Vorlesung in Arbeitsrecht genügte, und Helenes künftiges Spezialgebiet lag klar vor ihr. So souverän, mit einer derartigen Aura von Unabhängigkeit und Erfolg wollte sie selbst später auftreten. Wie konnte sie diese Begegnung so lange vergessen! Es knisterte von Anfang an zwischen der Professorin im besten Alter und ihrer begabten Studentin. Sie sendete Signale aus, die Helene nicht verstand. Oder war es Feigheit gewesen? Nach dieser Liebesnacht mit Therese traf wohl Letzteres zu. Hatte sie ihr nicht einmal, allein in ihrem Arbeitszimmer, zärtlich über die Haare, den Nacken und die Schultern gestrichen? Und war sie nicht, elektrisiert und verwirrt zugleich, aufgesprungen, zur Tür hinausgerannt und weiter zu Michael in die Bibliothek?

Vielleicht hätte sich mehr daraus entwickeln können, dachte Helene mit Blick auf den nackten Körper ihrer Geliebten. Und wie wäre ihr bisheriges Leben verlaufen, wenn sie ihre Liebe zu Frauen früher ausgelebt hätte? Eine Reihe von Freundinnen aus ihrem Schwimmverein in Frankfurt winkten ihr, leichtbekleidet oder ganz nackt, aus weiter Ferne zu.

Erotisches Geplänkel in der Umkleidekabine und mit einem Glas Sekt in der Sauna gehörten zu ihren ausgelassenen Feiern dazu.

All das spielte keine Rolle mehr. Aus dem Flirt mit der Gastdozentin wäre so oder so keine gleichberechtigte Beziehung geworden, egal in welcher Form. Sie, Helene Frey, war die Königin und sie genoss es, eine junge, begehrenswerte Frau als Gespielin an ihrer Seite zu haben.

Nach Abschluss der Universitätsjahre mit ›Summa cum Laude‹ drehte sich jahrelang alles um den Aufbau der eigenen Karriere. Die Befriedigung, die sie durch ihre Arbeit fand, insbesondere wenn sie auf Expertentreffen und Vorträgen brillieren konnte, reichte ihr.

Bis auf ein paar oberflächliche Flirts mit Kollegen, um sich ihrer Attraktivität im Außen zu versichern, passierte nichts, bis sie Johannes E. Preis kennenlernte. Er hob sie auf ein Podest, als wäre sie die einzige begehrenswerte Frau auf diesem Planeten. Das schmeichelte ihr, aber Sie würde nach dieser Reise umgehend mit ihm reden und alles beenden. Es gab keine Alternative. Tief in ihrem Innern wusste sie es schon länger. Dieser Mann verdiente es nicht, hingehalten zu werden.

Die Glocken der benachbarten Kirche läuteten sechs Mal. Therese drehte sich um und schlang mit einem Seufzer ihre muskulösen Arme um Helene. Ihr ganzer Körper erzitterte. Das war es, was ihr gefehlt hatte, ohne es zu wissen. Und jetzt, mit fünfzig Jahren, wollte sie so viel davon haben wie möglich. Jeden Tag konnte es vorbei sein mit ihrem Leben, hatte ihr der unsensible Chefarzt im Krankenhaus gesagt. Heute, Morgen, in einer Woche, in zwei Monaten oder drei Jahren.

Bilder vom gestrigen Abend und das Klappern von Kastagnetten verscheuchten ihre Ängste und die verstaubten

Erinnerungen. »Flamenco ist ein Solotanz«, hatte die schöne Straßentänzerin erklärt. Die Worte erschienen Helene wie ein Sinnbild ihres bisherigen Lebens. Würde sich das mit Therese ändern? Würden sie in einer festen Beziehung zusammenbleiben bis eine von ihnen diese wunderbare Welt verlassen musste? Seit ihrem ersten Gespräch waren gerade einmal zweidreißig oder dreiunddreißig Stunden vergangen. Das war viel zu kurz, um das zu wissen. Fest stand, dass sie sich in diese eigenwillige Frau verliebt hatte und ihre körperliche Nähe und Gesellschaft über alle Maßen genoss.

Aber das würde sie für sich behalten. Noch nie hatte sie irgendjemanden gesagt: »Ich liebe Dich.« Soweit sie sich erinnerte, galt das sogar für ihre Mutter; zumindest seitdem sie aus dem Kleinkindalter herausgewachsen war. »Ich liebe Dich« - Das klang in Helenes Ohren wie eine Fessel, die sie ihrer Freiheit beraubte. Und es waren nur Worte. Über Liebe zu reden, kam ihr künstlich vor; unangemessen für die Wucht der Gefühle, die sie in jeder Zelle ihres Körpers spürte. Liebe, die zeigte sie mit ihrer Leidenschaft und ihrer Großzügigkeit.

Helene tastete mit der linken Hand nach der Schachtel mit der kostbaren Brosche, die sie in einem Juweliergeschäft nach ihrem Besuch beim Friseur erworben hatte; ein goldener, aufgeklappter Fächer mit einem kleinen grünen Saphir, passend zu Thereses Augenfarbe. Wann hatte es zwischen ihnen gefunkt? Unter dem Lianenbaum im Park oder bereits bei der Besichtigung des ›Plaza de España‹, als Thereses Arm beim Einstieg in das Ruderboot für eine Sekunde ihre Brust streifte?

In wenigen Stunden würden sie nach Granada aufbrechen und gemeinsam den Alhambra-Palast besichtigen. So sehr Helene sich auf die weiteren Höhepunkte ihrer gemeinsamen Reise freute, so sicher war sie sich, dass keine Stadt in Spanien ihr jemals so viel bedeuten würde wie Sevilla. Auch hier hatte es auf den ersten Blick gefunkt. Sevilla war die Stadt ihres Herzens.

Sie sah sich in zwei Tagen in Málaga mit ihrer Geliebten am Strand liegen und den Sand durch ihre Hände rieseln lassen. Sie sah sich mit Therese im heißen Jerez de la Frontera die andalusischen Pferde beim Tanzen bewundern. Überall würde sie Geschenke für sie kaufen; als nächstes ein Flamencokleid, mit passenden Schuhen und Fächer in Granada. In allen Hotels hatten sie beide Einzelzimmer gebucht.

Weitere spanische Nächte voll Sinnlichkeit und neu erwachter Lust lagen vor ihnen. Die Berührungen und Küsse, unsichtbar für alle anderen, würden sie bis zum Ende der Reise begleiten. Das damit verbundene Spiel von Distanz und Nähe erregte sie bereits jetzt. Sie spürte Thereses Lippen auf ihrem Nacken und drehte sich mit einem Seufzer erwartungsvoll zu ihr um.

Teil III

Kapitel 13

On the Road again

Circa elf Monate später

»Was siehst du?«

Wir standen Schulter an Schulter am Fenster auf dem Dachboden des Hexenhauses. Carola hatte seit den frühen Morgenstunden trainiert, jeden Sprung, jeden Bewegungsablauf so oft wiederholt, bis sie perfekt saßen. Schweiß lief ihr über den Hals, den Rücken, die Oberarme. Ihre Augen glänzten vor Vorfreude auf die Ballettpremiere am Abend. Es war ihr erstes selbst choreografiertes Stück und gleichzeitig tanzte sie die Hauptrolle.

»Ein Tanzstudio. Es ist hell und modern eingerichtet. Ich beobachte meine Schülerinnen und Schüler, wie sie an der Stange schwitzen, ihre gestreckten Beine, ihre erhobenen Arme. Ich bin die Leiterin und die Lehrerin für klassisches Ballett. Unser Angebot ist vielseitig mit Kursen für Kinder, Jugendliche und Erwachsene aller Altersstufen. Meine freien Mitarbeiter unterrichten Walzer, Tango, Modern Dance, Jazzdance, Rock 'n' Roll, Zumba und vieles mehr.«

»Bravo, das ist eine großartige Vision. So wird es kommen. Und ich bin bei den Wochenendkursen dabei. Meine

Begabung zum Tanzen ist ausbaufähig, um es vorsichtig zu formulieren«, sagte ich.

»Dann bekommst du Privatunterricht von mir. Wow, ganz in der Ferne erscheinen die Umrisse der Kathedrale von Sevilla, so wie sie auf der Postkarte von Helene an Johannes E. Preis aussieht. Das kann nur bedeuten, dass ich in etwas fernerer Zukunft einen Flamenco-Tanzkurs dort buchen werde. Es ist gar nicht so schlecht, eine Cousine wie dich zu haben. Du inspirierst mich.« Bei den letzten Worten knuffte sie mich freundschaftlich in den Arm. »Na, du Vielgelobte, was sagst du zu meinen Plänen?«

Wenn es jemanden gab, zu dem Flamencotanzen perfekt passte, dann war das Carola. Ich sah sie vor mir in einem engen roten Kleid, das ihre langen Beine betonte, ihre sinnlichen Armbewegungen, die Augen schwarz geschminkt, das Kinn nach oben gestreckt, einen Fächer in der rechten Hand.

»Grandios«, antwortete ich.

»Was siehst du, Annabelle?«

»Den Holzbalken über uns«, antwortete ich wahrheitsgemäß.

Carola lachte. »Ist das alles? Du musst nach vorn schauen, nicht nach oben. Das ist die falsche Richtung.«

Sie wusste nicht, wie treffend ihre Bemerkung war, und ich beließ es dabei. Das war Carolas Festtag und nichts sollte ihn trüben. Sie hatte es sich mehr als verdient.

Vom Garten zog der Geruch nach Holzkohle vom Grill herauf. Es war meine Idee gewesen, das erste Familientreffen seit Jahrzehnten mit dem Stadtfest zu verbinden, auf dem Carolas Tanzgruppe in wenigen Stunden auftreten würde. Es gab zwei Prinzipien für eventuelle Nachfolgetermine: keinen Zwang und niemanden außen vor lassen. Wir hatten unsere Lektion gelernt. Wer von der Verwandtschaft über Nacht bleiben wollte, schlief in der Zeltstadt, die Bernhard, Carolas Ehemann, im Garten aufbaute. Dem Geschrei zufolge waren die Kinder begeistert. Wer es komfortabler mochte, buchte sich in der Frühstückspension um die Ecke ein. Wer nur für ein paar Stunden zum Reden und Essen vorbeikommen wollte, konnte genau das tun.

Gleichzeitig ging es mit dem Familienarchiv voran. Carola und ich trafen uns einmal im Monat. Mehrfach standen angekündigte Verwandtschaftsbesuche mit ausgiebigen Stöbern auf Speichern und in Kellern auf dem Programm. Ich genoss jede gemeinsam verbrachte Stunde. Wir entdeckten die unglaublichsten Dinge: Versteckte (und dann vergessene) Reisepässe, Schmuck, Musikinstrumente, Tagebücher vom Urgroßvater bis hin zu selbst geschnitzten Holzfiguren mit individuell geschneiderten Fantasiekostümen unserer lange verstorbenen Großmutter. Niemand in der Familie wusste, dass sie handwerklich begabt war. Wie es aussah, hatte sie ihre Schnitzkunst für sich behalten. Heute und Morgen waren die schönsten ihrer Figuren im Wohnzimmer aufgestellt. Eine späte Vernissage für eine schweigsame, hart arbeitende Frau, die sich selbst nie in den Mittelpunkt gestellt hatte.

Die Rückkehr in mein eigenes Kinderzimmer blieb ernüchternd. Die in Folien unter dem Bett verwahrten Kunstdrucke hatten ihren Reiz für mich verloren; ebenso wie der Großteil der Souvenirs, die ich von meinen Reisen mitgebracht und hier eingelagert hatte. Nichts davon passte in mein möbliertes Apartment in München, das ich übergangsweise gemietet hatte. Die Suche nach einem festen Wohnsitz in Bayern hatte bereits begonnen. Carola und Bernhard halfen mir dabei. Bald würde ich in ihrer Nähe leben, in einer kleinen Stadt an einem See.

Das Einzige, was ich aus meiner Kindheit mitnahm, war eine verschlissene Stoffpuppe ohne Augen. Meine Mutter erzählte mir, dass ich sie in einem Wutanfall herausgerissen hatte. Ich würde sie selbst wieder reparieren und grüne Steine in ihr lächelndes Gesicht setzen, damit sie wieder sehen konnte.

Ein Höhepunkt unserer Stöberaktionen war der Fund eines vergessenen Geschenks von Helene an meinen Vater, das wir im Haus von Helenes älterem Bruder, meinem Großvater, entdeckten. In Packpapier gewickelt stand es eingeklemmt zwischen morschen Holzmöbeln und rostigen Bettgestellen im Keller. Es war ein Ölbild und zeigte zwei junge Männer beim Baden. Mit etwas Fantasie ähnelten sie meinem Vater und seinem ehemaligen Schulkameraden Tommy. Fest stand, dass Helene beim Kauf des Gemäldes an den Aufenthalt der beiden Freunde in ihrer Wohnung gedacht haben musste.

»Für meinen geschätzten Neffen, mit dem mich mehr als die Liebe zum Schwimmen vereint«, stand mit Filzstift auf die Rückseite geschrieben. Mir gefiel, wie der Künstler den Himmel mit dicken Farbschichten gemalt hatte, der Grünton der Bäume, die ihre Äste am Uferrand tief ins Wasser neigten. Von seinem Namen war nur der Vorname zu erraten, Louis, und der erste Buchstabe seines Nachnamens ein ›U‹ oder ein ›V‹. Meinem Vater war es egal, wie der Künstler hieß, und ob er berühmt war oder nicht. Ihm genügte es, dass seine Tante ihn nicht vergessen hatte. Er war überglücklich über unseren Fund und hängte das Gemälde, sorgsam gerahmt, an zentraler Stelle in seinem Büro auf. Umso mehr Leute es sehen konnten, desto besser. Es hatte lange genug vergessen im Dunkeln gelegen.

Als Carola zum Duschen verschwand, stieg ich die Holztreppe hinunter und gesellte mich zu den Gästen im Wohnzimmer.

»Wer ist denn dieser gut aussehende Mann?«, fragte meine Mutter und deutete auf eines meiner Lieblingsbilder im Fotoalbum. Johannes und Helene standen Arm in Arm auf dem Ausflugsdampfer, den Kölner Dom im Hintergrund, und lachten glücklich in die Kamera.

»Das ist Johannes E. Preis. Er war ein guter Freund von Helene«, antwortete ich.

»Die wenigen Male, die ich deine Großtante gesehen habe, wirkte sie komplett desinteressiert an jeder Form von verbindlichen Beziehungen, ihre eigene Familie eingeschlossen natürlich«, antwortete sie.

»Siehst du, durch unsere intensiven Nachforschungen wissen wir mehr über sie. Helene hatte Freundinnen und Freunde auf der ganzen Welt. Wirf einen Blick in die Postkartensammlung, wenn du mir nicht glaubst. Und in erster Linie gab es diese wunderbare Frau in ihrem Leben, Therese Schwartz. Die beiden waren ein Liebespaar und später enge Freundinnen. Das Bild, das wir von anderen haben, stimmt oft nicht mit der Wahrheit überein«, fügte ich hinzu.

»Na ja, das mag alles richtig sein, was du mir da erzählst. Ich verstehe deine Besessenheit von Helene trotzdem nicht. Diese Frau bleibt mir suspekt. Aber du überraschst mich, das muss ich schon sagen. Du benimmst dich anders als früher und bist etwas freundlicher geworden.«

Aus dem Mund meiner Mutter klang das wie ein großes Kompliment.

»Ich hoffe, du läufst nicht wegen Helene gleich zu den lesbischen Frauen über. So viel Solidarität wäre dann doch übertrieben«, fuhr sie fort.

Ich grinste sie an. »Das ist keine schlechte Idee.«

Meine Mutter wusste nichts von den Höhen und Tiefen meines Liebeslebens und ich würde einen Teufel tun, daran etwas zu ändern. Wir waren beide erleichtert, als ihr Lebenspartner mit zwei Tassen Kaffee auf sie zusteuerte. Gestern Abend hatten sich meine Eltern zum ersten Mal seit Jahren länger alleine unterhalten. Es war höchste Zeit, dass mein Vater sich bezüglich seiner gescheiterten Ehe vorwärts bewegte und die Vergangenheit endlich ruhen ließ.

Mit einem Stück Anisgebäck aus der Keksschale schlenderte ich hinaus auf die Terrasse. Bernhard grillte Brotscheiben, Gemüse, Tofu und Marshmallow-Spieße für die Kinder. Die Feiertag-Zusammenkünfte in tristen Gaststätten mit Sauerbraten und Sahnetorte gehörten für immer der Vergangenheit an. Zu Ehren von Großtante Helene hatten wir zum Abendessen in einem spanischen Lokal Paella bestellt; dazu ›Gazpacho‹, eine kalte Gemüsesuppe und jede Menge Tapas. Die Kinder wünschten sich Nudeln mit Tomatensoße und als Nachtisch gab es ›Flan‹, spanischen Karamellpudding für alle.

Ich gab Bernhard ein Zeichen, dass ich seinen Gemüsespieß später probieren würde, und hörte die Nachrichten auf meinem Smartphone ab. Bis auf eine berufliche Anfrage und einen Urlaubsgruß einer Ex-Kollegin blieb sie leer.

Es war selbstverständlich gewesen, Leonhard Preis zu diesem Fest einzuladen. Er hatte sich nicht einmal die Mühe gemacht zu antworten. Das passte nicht zu ihm. Auch wenn die Kommunikation mit ihm mühsam blieb, war unser Kontakt nie abgebrochen. Wir hatten uns sogar zweimal zum Mittagessen getroffen, als ich beruflich in der Nähe von Köln war. Mein Bauchgefühl sagte mir, dass irgendetwas nicht stimmte. Vielleicht ging es ihm gesundheitlich oder geschäftlich nicht gut.

Thereses Sohn, Daniel Schwartz, gehörte für Carola und mich ebenso zur Familie wie Leonhard Preis. Wir hatten uns während der letzten Monate bei unseren gelegentlichen Treffen im Altenheim zusammengerauft und ein zwar distanziertes, aber vertrauensvolles Verhältnis aufgebaut. Ich hatte das Gefühl, dass er meine Besuche bei seiner Mutter schätzte. Darüber zu reden, war etwas anderes.

Ich erfüllte Helenes Wunsch und besuchte ihre geliebte Freundin so oft wie möglich. Wir hatten uns viel zu erzählen und viel Spaß zusammen. Ihre stets positive Lebenseinstellung färbte auf mich ab. Wenn ich beruflich unterwegs war, schickte ich ihr Postkarten, Kekse, Schokolade oder exotische Trockenfrüchte. Weihnachten hatten Carola und ich gemeinsam mit ihr im Altersheim gefeiert. Ostern und Pfingsten hatte ich sie alleine besucht. Wir hatten lange im Park auf ihrer Bank gesessen und uns über die schönsten Sehenswürdigkeiten in Südspanien unterhalten. Bei dem Gedanken daran trübte sich meine Stimmung wieder. Laut Michaela, ihrer freundlichen Pflegerin, ging es mit Therese Schwartz gesundheitlich seit einigen Wochen rapide bergab. Die Ärzte waren ratlos und konnten nichts tun. Dabei hatte Großtante Helene auf so viele weitere Jahre für Therese gehofft.

Aus der Küche erklang Lachen. »Und dann war er so salzig, das mir die Tränen in die Augen flossen. Und das bedeutete noch mehr Salz. Da half nur, viel Brot zu essen und einen Schnaps zu trinken. Auf diese Weise hielt das Geräucherte bis weit ins nächste Jahr hinein. Keiner meiner Bekannten wollte ein Stück davon als Weihnachtsgeschenk haben. Dann gab es eben wieder Marzipan. Prost!«

Wie es aussah, diskutierte Herbert Jensen, der trinkfreudige Hausmeister von Helenes ehemaligen Wohnhaus und ihr glühendster Bewunderer, mit Carolas Mutter über die Kunst, Schinken selbst zu pökeln. Wir hatten ihn eingeladen und ein Zugticket plus Zimmerbuchung gleich beigelegt. Vor lauter Dankbarkeit kam er mit einer Tasche Esswaren und drei Flaschen Schnaps angereist und erzählte jedem, der es hören wollte, was Helene für eine tolle Frau gewesen war. Bei seiner Lautstärke würde ihm auch meine Mutter zuhören müssen, ob sie wollte oder nicht.

Ja, es gab viele positive Veränderungen in meinem privaten Leben. Die unsichtbare Membrane, die mich so lange von meinen Mitmenschen getrennt hatte, war zerrissen, kein einziger Fetzen davon mehr sichtbar. Die Freundschaft mit Carola schlug immer tiefere Wurzeln, alte und neue Bekanntschaften begannen zu sprießen.

Sogar neues Liebesglück zeigte sich, noch zart und zerbrechlich wie die ersten Blumen nach dem Winter. Ein Ex-Kollege der bayerischen Sicherheitsfirma, für die ich im letzten Jahr so lange tätig war, hatte sich überraschend gemeldet und mich zum Skiurlaub mit weiteren Mitgliedern der ehemaligen Taskforce eingeladen. So etwas war mir während meiner langen Jahre als Freiberuflerin noch nie passiert. Dieses Silvester verlief wesentlich angenehmer als die zwei Wochen in Vietnam im Jahr davor, und allen voran wesentlich romantischer. Wie es aussah, hatte Helenes große Liebe zu Therese mein eigenes Herz ein großes Stück weit geöffnet. Ich war endlich bereit, meine Gefühle zu zeigen und meinem Gegenüber zu vertrauen.

All das hatte ich meiner Großtante zu verdanken und jetzt, wo ihre geliebte Freundin überraschend und viel zu jung im Sterben lag, wusste ich nicht, was ich tun sollte. So konnte und durfte die Mission Helene nicht enden!

Die Ballettaufführung am Nachmittag fand in einem Amphitheater in der städtischen Parkanlage statt. Wir bummelten in Gruppen über das Straßenfest, kauften Lose, Popcorn und Eiscreme an den vielen Ständen und Buden. Dreimal hintereinander fuhr ich mit den jüngsten Familienmitgliedern Karussell, spielte mit Carolas Sohn Christopher an der Torwand Fußball, lauschte mit dem jüngeren Bruder meines Vaters der Musik der Feuerwehrkapelle und hörte mir seine Geschichten als Tubaspieler in einem Blasorchester an.

Später saßen wir in der vordersten Reihe des Theaters auf den von der Sonne erwärmten Steinen und warteten aufgeregt auf den Beginn des Balletts. Zum zweiten Mal las ich die kurze, kryptische Beschreibung auf dem Infoblatt, das wir zusammen mit den Eintrittskarten am Eingang in die Hand gedrückt bekommen hatten: »Eine existenzialistische Reise aus der Dunkelheit ins Licht, aus der Einsamkeit in die Geborgenheit einer Gemeinschaft, die im Einklang mit sich selbst und der Natur lebt.«

Im ersten Akt erklang Barockmusik. Tänzerinnen in knallbunten Kostümen streckten sich wie Blumen der Sonne entgegen. Tänzer, deren Trikot mit Fell oder Federn besetzt oder deren nackte Oberkörper mit Schuppen bemalt waren, krochen und sprangen als Bären und Hasen über die Bühne, plusterten als Vögel ihr Gefieder auf, wanden sich als Schlangen über den Boden. Carola saß, ganz in Weiß gekleidet, in einer engen langen Hose und einer weiten Bluse mit flatternden Ärmeln auf einem Baumstamm und beobachtete das Treiben um sie herum. Irgendwann erhob sie sich und bewegte sich erst langsam, dann immer schneller im Rhythmus der Pflanzen und Tiere. Sie tanzte dieses erste Solo, eine Hymne auf Harmonie und gegenseitigen Respekt, mit bewundernswerter Hingabe. Es gab Szenenapplaus und aus unseren Sitzreihen ertönten laute Bravo-Rufe.

Im Anschluss wechselte die Musik in schlagende Trommelrhythmen. Von der anderen Seite sprangen finstere Gestalten mit langen Umhängen auf die Bühne, zertrampelten die Pflanzen mit den Füßen, schlugen und töteten die Tiere. Dann fesselten sie Carola an Armen und Beinen, damit sie machtlos dem Gemetzel zusehen musste.

Der zweite Akt spielte eindeutig in der Hölle. Dreizehn Paare in schwarz-roten Kostümen tanzten zu verzerrter, schräg klingender Musik. Ihr Dirigent, ein kleiner Mann mit glatzköpfiger Clownsmaske und einem zu großen Frack, stand auf dem Baumstamm, fuhrwerkte mit einem überdimensionalen Taktstock herum und trieb alle so lange zu mehr Tempo an, bis sie erschöpft zu Boden fielen. Dann lachte er hämisch, steppte um die bewegungslosen Figuren herum, direkt auf die vorderen Zuschauerbänke zu, und blieb keinen Meter vor uns stehen. Er verströmte einen künstlichen Geruch nach Puder, Glyzerin und Schweiß. Vor Aufregung drückte ich Bernhards Arm so fest, dass er mich verwundert ansah.

Es dauerte bis zum Ende der Pause, bis ich begriff, was ich soeben auf der Bühne gesehen hatte. »Wir tanzen stellvertretend für alle Seelen dieser Welt vom Himmel in die Hölle hinein und wieder zurück«, hatte Carola mir heute Morgen auf dem Dachboden erzählt. »Das ist meine persönliche Kurzversion des Balletts. Ich habe es übrigens dir gewidmet. Den Programmtext hat unser PR-Manager geschrieben. Mehr verrate ich dir nicht.«

Der erste Akt basierte, künstlerisch verfremdet und tausendfach verbessert, auf meinen in Übermut und Weinlaune dahingeworfenen Ideen während des ersten gemeinsamen

Abends mit meiner Cousine im August vergangenen Jahres: die bunten Blumenmädchen, die Jäger auf dem Feld vor dem Hexenhaus.

Im zweiten Akt herrschte Chaos und Angst ganz wie damals bei meiner düsteren Vision einer schwarzen Wand, die das Orchester und Publikum zu erdrücken drohte. »Unsere Reise hat noch nicht einmal begonnen. Wir verschieben das Ballett auf einen späteren Zeitpunkt«, hatte Carola damals gesagt. Wie konnte ich das nur vergessen? Schweißtropfen liefen mir über den Rücken. In wenigen Minuten würde sich auf der Holzbühne vor uns ein Fenster in die nahe Zukunft öffnen. Egal, welche Vision Carola für den dritten und letzten Akt entworfen hatte: Ich wusste, dass darin eine Botschaft für mich enthalten war; unerkennbar und unverständlich für alle anderen, vielleicht selbst für Carola.

Sie stand wieder auf dem Baumstamm, barfuß und bewegungslos mit geschlossenen Augen in einem hellgelben Kleid. Unter ihr lagen die getöteten und verletzten Tiere, die zertrampelten Blumen und Büsche. Langsam begann Carola zu sphärischen Klängen vom Synthesizer zu tanzen. Ihre Bewegungen erzählten von Demut. Es folgte ein Auftritt junger Mädchen mit Bastkörben in den Händen. Sie streuten Blumen, Gewürzsträuße und Wurzeln über die Pflanzen und Tiere, die sich langsam wieder aufrichteten, sich streckten und reckten oder erblühten. Im furiosen Finale krochen, sprangen und schlängelten sich die Tiere auf Carola zu. Die Stärksten unten ihnen kletterten zu ihr auf den Baumstamm und hoben sie hoch in die Luft.

»Was für ein Datum ist heute?«, fragte ich, als der Beifall abebbte.

»Immer noch der 12. August, außer das Glas Schnaps von deinem Freund Herbert hat mir den Verstand aus dem Hirn gepustet. Das ist ein hochprozentiger Tropfen. Das muss ich schon sagen. Aber vielleicht war es ganz gut, dass ich vor diesem Ballett etwas getrunken habe. Meine Frau überrascht mich nach all den Ehejahren immer noch mit ihrer Exzentrik«, antwortete Bernhard scherzhaft.

Ich lächelte abwesend. Meine Hirnzellen schlugen Purzelbäume. In drei Tagen war Mariä Himmelfahrt; der Feiertag, an dem Helene zum ersten Mal durch eine Kellerwand mit mir gesprochen hatte. Als Carola freudestrahlend auf uns zukam, umarmte ich sie stürmisch.

»Du warst einfach fantastisch. Das Stück ist so mutig und modern inszeniert. Ich gratuliere dir von Herzen und bin so stolz auf dich.«

Dann flüsterte ich ihr ins Ohr. »Danke. Du hast mir mit deiner Choreographie, den fantastischen Szenen die Augen geöffnet. Ich weiß jetzt, was ich tun muss. Ich fahre morgen nach dem Frühstück los.«

»Ich habe keine Ahnung, wovon du redest«, antwortete sie laut und gab mir einen Kuss auf die Wange. »Aber tue, was du nicht lassen kannst.«

»Das werde ich. Wie es aussieht kommt meine Intuition zurück. Bitte halte dir den 14. und 15. August frei. Es ist mehr als wahrscheinlich, dass du noch einmal mit mir in Sachen Helene verreisen musst.«

»Jawohl, meine Königin. Es wird ja auch Zeit, dass du wieder das Zepter in die Hand nimmst.«

Ich grinste sie glücklich an. »Danke, meine tapfere Kriegerin, und heute Abend feiern wir alle zusammen deinen großartigen Triumph.«

Am nächsten Tag erstrahlte die sanfte, hügelige Landschaft im schönsten Sommerwetter. Es schien mir die beste Idee, den zweiten Teil meiner Mission dort zu beginnen, wo alles vor einem Jahr angefangen hatte: Auf der Dachterrasse des Hauses meiner ehemaligen Vermieterin Helga Stetter. Ich hatte sie seit meinem Auszug nicht mehr gesehen. Damals hatte sie mir gesagt, dass ich zurückkommen könnte, wann immer ich wollte, und sich geweigert, den Wohnungsschlüssel zurückzunehmen. Diesmal zeigten sich auf der leeren Autobahn keiner meiner Verwandten auf Motorrädern, LKW-Dächern oder sonst irgendwo am Straßenrand. Sie lagen noch in ihren Betten, respektive Zelten, und schliefen nach der gestrigen ausgelassenen Feier weit in den Tag hinein.

Eine halbe Stunde vor der voraussichtlichen Ankunft hatte ich das Gefühl, gegen die Zeit fahren zu müssen, und erhöhte die Geschwindigkeit. Das war seltsam, weil mich niemand am Zielort erwartete. Ich erblickte den riesigen, hellblauen Bus bereits beim Abbiegen vom Verkehrskreisel in die Hauptstraße der Kleinstadt. Mit einem Schwall kamen die längst vergessenen Bilder der seltsamen Reisenden zurück. Wie sie aufgezogen wie Puppen aus diesem Fahrzeug gestürzt und den Tankstellenladen zum Shoppen überfallen hatten. Ich hatte den absurden Vorfall vollkommen vergessen.

Die Fenster des Busses waren mit dunklen Stoffvorhängen verdeckt, beide Türen verschlossen. Neben der Zapfstelle stand ein dünner, großer Mann und rauchte eine E-Zigarette. Das musste der Fahrer sein. Seine Augen waren unter einer Sonnenbrille versteckt. Auf meinen Gruß reagierte er nicht. An der Kasse des Verkaufshops erkannte ich den jungen Mann mit den abstehenden Haaren.

»Wow, das gibt es doch nicht. Was für ein Zufall, dass Sie ausgerechnet jetzt hier auftauchen! Wir leben echt in verrückten Zeiten. Ich habe gerade an Sie gedacht. Unser Bus ist wiedergekommen und Sie gleich mit dazu. Mann, ich packe das einfach nicht«, begrüßte er mich. »So zehn Minuten dürfte es her sein. Schade, dass diesmal kein einziger Alien ausgestiegen ist und ich nichts verkaufen kann. Der Busfahrer hat das Benzin bereits bezahlt und wird gleich wieder los düsen.«

In diesem Moment hupte es draußen zweimal laut. Dann fuhr der Bus mit quietschenden Rädern um die Kurve Richtung Autobahn.

»Das war es dann wohl mit unserer Geschichte; das einzig spannende, was während dieses Jobs passiert ist. Ich habe bereits gekündigt. Zu schlechte Bezahlung und ätzend langweilig. Ich suche mir gerade eine bessere Arbeit.«

»Seien Sie nicht enttäuscht. Für mich ist der Bus ein Zeichen, dass es richtig war, hierher zurückzukommen. Und wer weiß, was es zu bedeuten hat, dass wir zwei uns nach ziemlich genau einem Jahr wiedersehen? Und was einen neuen Job betrifft, kann ich Ihnen vielleicht auch helfen. Ich rufe einen Kollegen aus der Firma an, für die ich gearbeitet habe. Die suchen immer clevere Studenten wie Sie es sind. Einverstanden? Bis bald.«

Der Junge nickte überrascht und bedankte sich für meine Unterstützung. Zum Abschied hob er wie immer lässig den Arm. Ich grinste. Er war und blieb ein cooler Typ.

In meiner alten Wohnung stand die Wärme beinahe greifbar in der Luft. Ich öffnete die Balkontür und alle Fenster. Mein ehemaliges Homeoffice im ersten Stock kam mir kleiner vor als in meiner Erinnerung. Wie hatte ich hier nur so viele Stunden arbeiten können? Auch die Küche, das Bad und das Wohnzimmer, ja sogar das Sofa, der Fernsehsessel und das Bett wirkten wie Kindermöbel, aus denen ich herausgewachsen war. Ich war gerade dabei, einen Espresso in die Puppentasse zu schenken, als es an der Haustür klopfte.

»Guten Abend Annabelle und ein herzliches Willkommen. Man sieht Ihnen an, dass es vorwärts geht in Ihrem Leben, wie schön.« Helga Stetter strahlte mich an. Sie war etwas fülliger geworden, was ihr elegantes Auftreten in keiner Weise beeinträchtigte.

»Was für ein Glück, dass ich Ihnen diesen Brief persönlich überreichen kann. Dann brauche ich ihn nicht extra zur Post zu bringen. Er lag heute Morgen im Briefkasten. Es ist das erste Schreiben an Sie seit Monaten. Ich hätte ihn an die Adresse Ihrer Cousine geschickt.«

Ich nickte geistesabwesend und starrte auf den Namen des Absenders: Leonhard Preis. Auf dem Umschlag stand: ›Bitte dringend an Annabelle Frey übergeben.‹ Wie es aussah, benutzte er das gleiche schwere Briefpapier wie sein Vater und ihre Handschriften ähnelten sich.

»Es ist wohl besser, Sie erst einmal in Ruhe zu lassen«, fuhr Frau Stetter fort.

»Entschuldigen Sie bitte. Ich benehme mich sehr unhöflich, aber ja, dieses Schreiben macht mich sehr neugierig.«

»Machen Sie sich keine Gedanken um mich. Wir sehen uns später. ›Das Wichtigste zuerst.‹ Das ist einmal ein wirklich brauchbares Sprichwort.«

12. August 2023

Liebe Annabelle,

Sie hatten mir diese Adresse bei unserem Kennenlernen in Köln gegeben. Ich habe keine Ahnung, ob Sie hier noch leben. Sie erwähnten ja bei unserem letzten Treffen, etwas Eigenes erwerben zu wollen. In jedem Fall war ich die Tage in München bei einem renommierten Kunstexperten. Ich muss Ihnen dringend etwas erzählen, was mit Ihrer Großtante zu tun hat. Ich habe etwas, das ich Ihnen persönlich übergeben muss. Etwas, das schon zu lange fälschlicherweise bei mir aufbewahrt ist. Es ist viel zu wertvoll, um es einer anderen Person anzuvertrauen. Wir müssen uns so schnell wie möglich treffen. Die Aussage des Kunstexperten hat die Angelegenheit noch dringlicher gemacht als sie eh schon ist. Ich melde mich telefonisch sobald ich in Köln angekommen bin.

Mit freundlichen Grüßen
Ihr Leonhard Preis

Ich las die rätselhafte Nachricht zweimal, faltete sie zusammen und ging die steile Treppe hinauf zur Dachterrasse des Haupthauses. Die Tontöpfe mit den blühenden Oleanderbüschen waren verschwunden. Vielleicht hatte Frau Stetter niemanden mehr gefunden, der die Pflanzen während ihrer ausgedehnten Reisen gießen wollte oder sie waren eingegangen. Der Bistrotisch, die Bambusstühle und die Hollywoodschaukel lagerten, sorgfältig in Plastikfolie verpackt, an der Wand unter dem Dach. Selbst die Truhe mit Getränken und Snacks war bis auf eine angebrochene Chipstüte leergeräumt; keine Sherry-Flasche mit passenden Gläsern. Durch die gekippten Fenster klang die Stimme eines Nachrichtensprechers. Durch die Vorhänge sah ich den Fernseher im Wohnzimmer flimmern.

Ich blickte hinunter in den Garten. Wo war die Romantik geblieben? Offensichtlich hatte meine Ex-Vermieterin aus mir unbegreiflichen Gründen den Gärtner gewechselt. Alle Büsche waren ordentlich in Reih und Glied getrimmt. Auf dem akkurat gemähten Rasen waren weder Löwenzahn noch sonstiges Unkraut zu sehen. Schwacher Geruch von Kunstdünger stieg nach oben und vermischte sich mit dem Zitronenscheuermittel für den Steinboden. War hier tatsächlich vor knapp einem Jahr der gutgelaunte Geist von Großtante Helene erschienen? Schwer vorstellbar. In diesem Moment klingelte mein Smartphone. Es war Leonhard Preis und keine zehn Minuten später stand die nächste Etappe meiner Reise fest.

Bevor ich die Wohnung endgültig verließ, klingelte ich bei meiner Vermieterin und überreichte ihr zusammen mit dem Schlüsselbund eine Schachtel mit feinsten Pralinés. Sie war eine gute Gefährtin gewesen, die mich mit Empathie und Zuversicht ein Stück des Weges begleitet hatte. Anschließend fuhr ich wieder zur Tankstelle.

»Hi, ich bin es nochmal. Du hast vorhin erzählt, dass du einen neuen Job suchst und Geld brauchst. Wie wäre es mit 400 Euro Zwischenverdienst? Ach ja, plus Kost und Logis natürlich. Ich heiße übrigens Annabelle. Wir kennen uns schon so lange, teilen eine fantastische Geschichte miteinander und wissen nicht einmal, wie der andere heißt. Ach ja, und es wird höchste Zeit uns zu duzen.«

»Lukas«, antwortete der Junge von der Tankstelle. »Was soll das für ein Job sein?«

»Du wirst in erster Linie als mein Chauffeur arbeiten. Ich muss nach Köln fahren und zwar jetzt. Das Problem ist, dass ich todmüde bin und eine echte Gefahr im Straßenverkehr. Ich habe letzte Nacht kaum geschlafen und brauche die nächste Zeit einen klaren Kopf für eine echt knifflige Angelegenheit. Nach zweieinhalb Tagen kommen wir wieder zurück, wenn alles gut geht.«

»Und wenn nicht alles gut geht?«

»Dann bringe ich dich ebenfalls nach zweieinhalb Tagen zurück. Du hast doch einen Führerschein?«

Lukas verdrehte genervt die Augen.

»Hey, ich bin neunzehn und fahre schon seit zwei Jahren. Autos sind meine Leidenschaft. Ich studiere ›Automotive Engineering‹ im zweiten Semester. Ein Hammerstudium, das sage ich dir. Voll schwer und total international ausgerichtet natürlich. Mit etwas Glück mache ich bald ein Auslandssemester mit Forschungsaktivitäten in Kyoto. Japan ist mein Traumland. Da will ich eines Tages arbeiten und leben. Einen japanischen Sprachkurs habe ich bereits belegt.«

»Ich bin beeindruckt. Das passt zu dir. Darüber musst du mir später unbedingt mehr erzählen. Also, wann können wir los?«

»Ich bin für heute im Shop fertig mit meiner Arbeit.«

»Gut. Bitte fahr nach Hause, packe und erledige noch ein paar Telefonate, falls notwendig.«

»Hey, ich habe noch nicht zugesagt.«

»Ja oder Nein? Wir haben keine Zeit für lange Diskussionen. Sonst starte ich ohne dich.«

»Okay, ist gebongt. Ich habe die nächsten Tage sowieso nichts Bestimmtes vor und den letzten Vormittag hier kann ein Kumpel von mir übernehmen. Wäre nicht das erste Mal. Ich wohne gleich um die Ecke. Es dauert nicht lang.«

»Gute Entscheidung«, sagte ich.

Eine Viertelstunde später schmiss Lukas seinen Rucksack auf den Rücksitz meines Wagens und drehte den Zündschlüssel um.

»Wow, ein Hybrid mit Elektro- und Verbrennungsmotor. Dazu diese hellbraunen, belüfteten Ledersitze. Nicht schlecht.«

»Danke. Ein Lob von dir als Spezialisten ist etwas Besonderes. Wer so viel unterwegs ist wie ich, braucht ein zuverlässiges Auto.«

Lukas suchte auf meine Bitte einen Radiosender mit ruhiger Jazzmusik aus und lenkte den Wagen auf die Autobahn. Er war tatsächlich ein ausgezeichneter Fahrer. Fünfzehn Minuten später schlief ich fest und wachte erst kurz vor unserem Ziel wieder auf.

Kapitel 14

Die goldene Madonna

»Dann ist wohl heute der Zeitpunkt, um mich für immer von ihr zu verabschieden«, sagte Leonhard Preis.

Es war der erste zusammenhängende Satz, den wir seit unserer Begrüßung gewechselt hatten. Bis auf »Guten Morgen« und »Wir gehen gleich ins Atelier« war bisher kein weiteres Wort zwischen uns gefallen.

Auf seinem Arbeitstisch glänzte eine etwa ein Meter hohe vergoldete Madonna von beinahe unwirklicher Schönheit. Selbst ein Laie konnte erkennen, dass es sich um ein besonders kostbares Kunstwerk handelte. Sie stand in einem bodenlangen Gewand mit sorgfältig herausgearbeiteten Falten barfuß auf einem Felssockel, den Kopf seitlich nach oben geneigt, die überraschend großen Hände mit den langen Fingern vor der Brust verschränkt. Die geschlossenen Augen in ihrem vollen Gesicht verstärkten den Ausdruck von Verklärung und Distanz.

Wer auch immer die Frau gewesen sein mochte, die dem Künstler Modell gestanden hatte: Er musste sie über alle Maßen begehrt, verehrt, ja geliebt haben.

Leonhard Preis war ganz in ihren Anblick versunken. Er schien die Skulptur von allen Seiten mit seinen Blicken abzufotografieren, um sie für immer in seinem Gehirn abzuspeichern.

»Sie stammt aus der Barockzeit, aus dem siebzehnten Jahrhundert. Der Kunstexperte in München hat meine Vermutung und meine Recherchen bestätigt. Er schätzt ihren Wert auf rund siebenundvierzigtausend Euro. Danach bin ich bei Ihnen vorbeigefahren. Ich dachte, ich versuche mein Glück einfach einmal. Und irgendwie war ich mir nicht mehr sicher, wo das Familienfest stattfinden würde; bei Ihnen oder Ihrer Cousine. Ich bin ganz schön durch den Wind im Moment.«

»Wow, das ist unfassbar. Wie ist es dir, Entschuldigung, ich meine natürlich: Wie ist es Ihnen gelungen, sie zu erwerben? Waren Sie auf einer Auktion?«

»Alles gut. Lass uns beim Du bleiben. Ich habe aufgehört, vor dir und deiner Cousine davonzulaufen. Die Madonna gehörte meinem Vater. Er hat sie auf einer Kunstmesse gekauft. Er konnte damals nicht anders, hat er mir gesagt. Das ist mehr als nachvollziehbar. Natürlich hat er einen wesentlich günstigeren Preis gezahlt.« Leonhard machte eine bedeutungsvolle Pause. »Sie erinnerte ihn an Helene.«

Das war das religiöse Kunstwerk, von dem Leonhards Vater seiner Nachbarin bei ihrem Treffen im Dom erzählt hatte. Er hatte wirklich einen exquisiten Geschmack und, bei diesem aktuellen Wert, noch dazu ein glückliches Händchen bei seiner Anschaffung.

Ich beugte mich vorsichtig nach vorn und studierte die Madonna lange im Detail. Irgendwann verstand ich, was Helenes Verehrer gemeint hatte. Es waren ihr Gesichtsausdruck, ihr kleiner Mund mit den vollen Lippen, das runde, beinahe kindliche Kinn, ihre im Mittelscheitel nach hinten gekämmten, gewellten Haare, die an meine Großtante erinnerten.

Unter ihrem wallenden Gewand ragte ein kräftiger Oberschenkel hervor; ihr Bauch war hinter den goldenen Falten elegant verborgen, aber deutlich erkennbar.

»Diese Madonna hat eine sinnliche Ausstrahlung«, sagte ich. »Und sie wirkt selbstbewusst und stark.«

Wieder schwiegen wir beide, während Leonhard die Kaffeemaschine füllte und ich meine Gedanken sortierte.

»Wow, ich verstehe. Helene war für deinen Vater bis zum Ende seines Lebens unerreichbar geblieben. Deshalb hatte diese Skulptur eine so große Bedeutung für ihn. Da hätte ich schneller draufkommen können.«

»Es tut gut, dass jemand anderes es ausspricht. Ich habe das Bildnis meines Vaters von der angeblich perfekten Frau jahrelang mit mir herumgetragen. Ich musste ihm am Sterbebett versprechen, nur dann zu heiraten, wenn ich die wahre Liebe gefunden hatte. Jemanden, mit dem man in vollkommener Harmonie der Werte und Interessen leben konnte. Er hat mich dazu genötigt. Das war nicht fair. Klar, seine eigene Ehe war unglücklich verlaufen, aber dafür konnte ich nichts. Ich habe mir als Kind genug Vorwürfe gemacht und die Schuld für die Trennung anfangs bei mir gesucht. Dabei haben meine Eltern einfach nicht zusammengepasst. So einfach ist das.«

Soviel hatte Leonhard noch nie zuvor am Stück geredet. Er nahm einen großen Schluck Kaffee und richtete seinen Blick wieder auf die Madonna.

»Keine meiner Freundinnen war gut genug für ihn und irgendwann für mich selbst auch nicht mehr. Klar habe ich anfangs meinen Vater für meine gescheiterten Beziehungen verantwortlich gemacht, aber der ewige Kritiker sitzt schon längst in mir drinnen. ›Zu schlau, zu dumm, zu schön, zu hässlich, zu groß, zu klein, zu ernst, zu albern‹, flüstert er mir ständig ins Ohr. Das fing mit der ersten Jugendliebe an und hörte mit meiner Ex-Verlobten auf. Ich habe die Madonna sogar einige Jahre im Tresor verbannt und natürlich immer wieder hervorgeholt. Es hat sowieso nichts geholfen. Verstehst du das? Oder hältst du mich für einen Irren? Und einen Chauvi noch dazu? Letzteres bin ich wirklich nicht. Bitte glaube mir.«

In diesem Moment hätte ich ihn am liebsten in den Arm genommen. Leonhard war bestimmt kein einfacher Typ; vielleicht sogar etwas verschroben. Aber ein Mann, der Frauen nicht genügend respektierte, war er nie und nimmer; ganz im Gegenteil.

Er zog sich ein paar weiße Stoffhandschuhe über, hob die Skulptur vom Tisch und verstaute sie mit größter Sorgfalt in einem mit Samt ausgekleideten, verschließbaren Koffer. Wie es aussah, war er speziell für die Skulptur angefertigt worden. Dabei blitzte ein Teil der grünen Frauenfigur an seinem Oberarm auf. Ich hatte die Tätowierung komplett vergessen.

»Wer ist das?«, fragte ich, sicher dass er mir in diesem Moment die Wahrheit sagen würde.

»Catherine, meine Ex-Verlobte«, antwortete er unwirsch.

»Hast du die Verlobung gelöst?«

»Ja.«

»Liebst du sie noch?«

»Das ist mehr als fünf Jahre her.«

»Das war nicht meine Frage.«

»Ja. Bist du zufrieden?«

»Natürlich bin ich nicht zufrieden, Leonhard. Was soll der alberne Spruch? Du hältst mich und Carola, die genauso reagieren würde wie ich, für dumm und blind oder beides auf einmal. Wir haben beide gemerkt, dass dich etwas bedrückt. Heute glaube ich, dass du in dem Mief von vorvorgestern erstickst, wenn du nicht bald handelst. Willst du so weitermachen für den Rest deines Lebens? Glaube mir, ich weiß von was ich spreche. Es ist nie zu spät, sich zu ändern. Ist diese Catherine verheiratet mit einem anderen Mann?«

»Nein. Ich glaube, sie ist mit jemanden zusammen, aber es ist nichts Ernstes.«

»Woher weißt du das?«

»Ich kenne Freunde von ihr. Sie wohnt im Moment nicht weit weg von Köln.«

»Was war der Hauptgrund für deine Entscheidung?«

»Catherine ist Sportfan. Handball spielen, Leichtathletik, Schwimmen. Sie ist ein Multitalent. Kunsthandwerk interessiert sie ebenso wenig wie Malerei oder Architektur. Naja, ein klein wenig konnte ich sie davon begeistern, aber bei weitem nicht genug.«

Ich schüttelte ungeduldig mit den Kopf. »Es reicht. So einen Unsinn höre ich mir nicht länger an. Schau, dass du sie wieder zurückbekommst. Es kann eine Partnerschaft festigen, wenn jeder eine eigene Welt für sich hat. Carola ist ein gutes Beispiel dafür. Bernhard, ihr Mann, versteht überhaupt nichts von Ballett, und trotzdem läuft die Ehe super. Außerdem, was weißt du über Sport?«

»Ich mache lange Spaziergänge durch die Stadt bei Tag und bei Nacht. Manchmal gehe ich in die Sauna und ich spiele Schach.«

Ich musste ungewollt lachen. »Das klingt nach einer echten Sportskanone. All das kannst du mit ihr gemeinsam machen. Ich wäre froh, wenn mir jemand Schachspielen beibringen würde. Deine Tätowierung wirst du noch lange mit dir herumtragen. Außer du lässt sie entfernen, was schade wäre. Ich finde sie toll. Willst du meinen Rat hören? Ich gebe ihn dir so oder so. Verkauf die Madonna so schnell wie möglich, erobere deine Catherine zurück und dann begebt ihr zwei euch mit dem vielen Geld auf eine sensationelle Hochzeitsreise um die ganze Welt.«

Mehr gab es nicht zu sagen zu dem Thema. Es war seltsam, dass ausgerechnet ich jemand anderem Beziehungsratschläge gab.

»Lass uns etwas essen gehen. Ich bin hungrig.«

Leonhard zögerte. Dann blickte er mir direkt in die Augen.

»Ich kann sie nicht verkaufen, Annabelle.«

»Und warum nicht, wenn ich fragen darf?«

»Weil sie mir nicht gehört. Ich habe im Geheimfach des Sekretärs von meinem Vater nicht nur seine Briefe an Helene gefunden, sondern eine weitere handgeschriebene Notiz.« Er seufzte und holte anschließend tief Luft. »Darin hat er die Madonna deiner Großtante vermacht. Laut Datum hat er diese Entscheidung wenige Wochen nach ihrer Trennung gefasst. Ich bin sicher, dass er verzweifelt war und nicht wusste, was er tat. Ich schwöre, dass ich bis zu eurem Besuch nichts davon wusste. So oder so ändert das nichts an meinem Fehlverhalten. Diese Skulptur gehört nicht mir. Du könntest mich anzeigen. Ich hätte die Verfügung gleich verbrennen können, aber das hätte nichts an meinem schlechten Gewissen geändert. Ich tauge wohl nicht zum Kriminellen.«

Ich bekam weiche Knie und hielt mich an der Tischkante fest.

»Bitte Leonhard, ich lese mir das später durch. Keine Sorge, ich verurteile dich nicht. Klar, dein Verhalten war alles andere als in Ordnung, aber du hast es mir ja jetzt gestanden. Wir haben beide eine Pause nötig. Diese Nachricht ist eine zu viel für mich.«

Beim Mittagessen gesellte sich Lukas zu uns und brachte ein Stück Normalität in die surreale Atmosphäre zurück. Er erzählte von seinem Besuch im Automobilmuseum eines Dienstleistungszentrums für Oldtimer und seltene Sammlerfahrzeuge.

»Schade, dass mir das nötige Kleingeld für so einen Wagen fehlt. Was ist denn diese religiöse Skulptur wert, von der ihr andauernd redet?«

»Rund siebenundvierzigtausend Euro«, antwortete Leonhard.

Lukas pfiff anerkennend durch die Zähne. »Nicht schlecht. Dafür bekommt man einen tollen Schlitten. Was habt ihr mit ihr vor?«

»Carola hat gerade in ihrer SMS vorgeschlagen, sie erst einmal wieder in einen Tresor zu stellen. Später können wir dann gemeinsam entscheiden, wie es weitergehen wird«, antwortete ich zögerlich und wenig überzeugt.

»Da gibt es nur zu klären, wer im Moment der direkte Erbe ist. Dir, Annabelle, steht sie natürlich moralisch zu. Deine Cousine hat recht. Das müsst ihr familienintern besprechen.«

Lukas aß das letzte Stück Pizza auf und fragte, ob er sich noch eine Tiramisu als Nachtisch bestellen durfte. Ich nickte und stocherte gedankenverloren im Rest meines Nudelgerichts herum. Das Durcheinander rund um Leonhards Persönlichkeit und Verhalten hatte sich gerade etwas gelichtet. Ich sah deutlich eine Verbindung, eine goldglänzende Linie auf der Landkarte genauer gesagt, die von hier zur nächsten Etappe unserer Reise führte.

»Leonhard, können wir uns in einer Stunde in deiner Wohnung treffen? Ich muss nachdenken. Lukas, ein Eis unterwegs muss reichen im Moment. Das Tiramisu essen wir später zusammen, versprochen. Und bitte hole unser Gepäck an der Rezeption im Hotel ab und verstau es gleich im Wagen. Wenn du noch Zeit und Lust hast, schau dir den Dom an und insbesondere das Fenster von Gerhard Richter. Es lohnt sich. Leonhards Wohnung ist ganz in der Nähe. Schreib dir diese Adresse auf, bitte.«

»Jawohl, Chefin«, antwortete Lukas grinsend.

Im dunklen, langen Gang von Leonhards Wohnung begrüßten mich wieder die vielen Bilder und Skulpturen. Sie hatten nichts von ihrer Strahlkraft verloren. Es war nur schade, dass sie kaum jemand zu Gesicht bekam. Mein erster Gedanke war, sie auf dem nächsten Familienfest zu zeigen. Eine eigene Ausstellung in einer Galerie wäre natürlich noch besser. Aber vielleicht hatte Leonhard das bereits probiert? Es war besser, hier nicht vorzupreschen.

»Hast du die gesamte Kunstsammlung deines Vaters schätzen lassen?«

»Nicht systematisch. Rund ein Drittel der Bilder hat er selbst gemalt. Sie sind teilweise richtig gut, aber auf dem Kunstmarkt natürlich nichts wert. Die meisten Werke stammen von weitgehend unbekannten, regionalen Künstlern. Er kannte die meisten von ihnen persönlich und unterstützte sie mit dem Kauf finanziell. Diese Skulptur hier, der müde alte Bauer auf dem Weg nach Hause, stammt von einem bekannteren Bildhauer. Ich könnte sie mit etwas Glück für rund zweitausend Euro verkaufen. Aber das steht in keiner Relation zu ihrem Verlust.«

»Das stimmt. Alles hier passt genau zusammen.«

Leonhards Blick verdüsterte sich. »Bis auf die Madonna. Sie ist das einzig wirklich kostbare Werk.«

»Wo stand sie eigentlich, wenn ich fragen darf?«

»In meinem Schlafzimmer auf einer ebonisierten Kommode aus Walnussholz.«

»Das ist nicht gerade der beste Platz für sie gewesen.«

»Stimmt. Sie hat nur so unfassbar gut dorthin gepasst.«

Beim Kaffeetrinken im Wohnzimmer stieg meine Nervosität. Noch dazu tippte Lukas auf seine Armbanduhr. Er hatte recht. Uns lief die Zeit davon. Ich hatte im Café eine wichtige Entscheidung getroffen, die ich Leonhard, falls nötig, auf die härtere Art beibringen musste.

»Ist die Madonna versichert?«, fragte ich.

»Klar.«

»Und in diesem Koffer ist sie transportfähig, richtig?«

Leonhard schaute mich fragend an.

»Denn wir werden sie mitnehmen auf die nächste Station unserer Reise.«

Wie erwartet reagierte Leonhard entsetzt über meinen Vorschlag. »Das geht nicht. Auf keinen Fall. Das ist viel zu gefährlich. Sie kann überall gestohlen werden! An einer Tankstelle, im Hotel, im Parkhaus, einfach überall. Was nützt es dann, dass sie versichert ist! Sie darf nicht verloren gehen.«

Ich schaute ihm mit gespielter Ruhe direkt in die Augen.

»Ich finde nicht, dass du in einer Position bist, das zu entscheiden. Soll ich dir die Erklärung nochmals zeigen, die du mir eigenhändig überreicht hast?«

Sein Gesicht verfärbte sich leicht rosa. »Das kannst du nicht tun«, wiederholte er hartnäckig.

»Dann bleibt nur eine Möglichkeit«, antwortete ich. »Du musst uns begleiten und die Madonna bis zum Ende der Reise persönlich bewachen. Hey, das ist eine gute Idee! Wir brauchen alle Hilfe, die wir kriegen können, und wir hätten keinen besseren Begleiter als dich finden können.«

Leonhard verdrehte genervt die Augen. »Das meinst du nicht ernst, Annabelle, und außerdem muss ich arbeiten.«

»Ich wiederhole es noch einmal. Du befindest dich in keiner Position, um zu verhandeln. Diese Madonna gehört nicht dir. Carola und ich brauchen sie dringend.«

»Was hast du vor? Du willst sie doch nicht an irgendeinen Laien übergeben? Der Verkauf von einem derartigen Kunstobjekt muss professionell erfolgen.«

»Natürlich nicht. In diesen Dingen verlassen wir uns ganz auf deine Expertise. Bei der Aktion geht es darum, dass die Madonna Großtante Helene ähnlich sieht. Das hast du selbst gesagt. Und es gibt einen sehr wertvollen Menschen, dem sie Trost spenden kann. Mehr sage ich im Moment nicht dazu. Du wirst schon sehen.«

Leonhard schwieg weiter.

»Also, was ist jetzt? Du bist selbständig, richtig, und kannst dir deine Zeit selbst einteilen?«

»Warum nur, habe ich mich auf all das hier eingelassen? Ich hätte die Skulptur über einen Notar oder Anwalt deiner Familie zukommen lassen können«, stöhnte er.

»Ja, das hättest du tun können. Aber du hast es zum Glück für dich und für uns alle, nicht getan. Bitte Leonhard, lass uns diese Geschichte gemeinsam zu einem guten Ende bringen. Helene hat einmal zu mir gesagt, dass wir unsere Ahnen respektieren und ehren müssen. Sonst wenden sie sich gegen uns. Die goldene Madonna scheint die Verbindung zwischen deinem Vater, der großen Liebe in Helenes Leben und meiner Familie zu sein. Sie ist das fehlende Puzzlestück, das alles zusammenbringen kann. So ganz verstehe ich es auch noch nicht, aber das ist die einzige Chance, die wir haben. Ich fahre jetzt umgehend mit Lukas in das Heim, in dem Therese wohnt. Wir haben nur diesen einen Tag, um die gesamte

Mission zu einem guten Ende zu bringen. Bitte, komm mit uns. Es gibt nichts Wichtigeres im Moment. Vertraue mir.«

Bis auf das Knacken, als Lukas in das nächste Stück Mandelgebäck biss, war kein Geräusch zu hören. Dann tippte er auf seinem Handy herum und ging zum Telefonieren in den Flur.

»Im Hotel ist noch ein Zimmer frei«, verkündigte er ein paar Minuten später. »Die Reservierung gilt bis 20 Uhr. Wir müssen los. Ein paar Hundert Kilometer liegen noch vor uns.«

Lukas anzuheuern, war eine meiner besseren Ideen gewesen. Bis jetzt hatte er keinen einzigen Fehler gemacht und verhielt sich in jeder, noch so abgedrehten Situation professionell. Seine Arbeit ging weit über die des Chauffeurs und Reiseorganisators hinaus. Er wirkte wie eine neutrale Instanz, die Ruhe in das emotionale Durcheinander ringsherum brachte. Ich hatte keine Ahnung, was er wirklich über uns dachte. Leonhard und ich mussten auf ihn hysterisch und überkandidelt wirken. Zum Glück hatte ich gelernt, über mich selbst zu lachen.

»Und wenn ich nicht mitkomme?«, fragte Leonhard.

»Du hast keine Wahl«, antwortete ich und grinste in mich hinein. Dieser Satz hatte bis jetzt nie seine Wirkung verfehlt.

Keine fünfzehn Minuten später stieg Leonhard in den Wagen und sprach die erste Stunde kein einziges Wort mit uns. Er hatte den schwarzen Koffer, der mit einem Zahlenkombinationsschloss abgesperrt war, neben sich auf die Hinterbank gestellt und schaute zum Fenster heraus. Ich döste bald ein, bis Lukas ziemlich abrupt vor einer Tankstelleneinfahrt bremste. Leonhard ließ den Griff des Koffers nicht aus der Hand, als würde eine Diebesbande gleich die Autotür aufbrechen. Es dauerte eine weitere Stunde, bis ich begriff, dass diese übersteigerte Angst, der Skulptur könnte etwas passieren, sein verschrobenes Abschiedsritual war.

»Und jetzt?« fragte Carola und biss in ihr drittes Lachssandwich. Wir saßen auf dem Sofa in unserem Doppelzimmer im Hotel Adler in Helenes ehemaliger Heimatstadt und genossen den Zimmerservice, während Leonhard den antiken Schreibtisch inspizierte. Ich hatte die Vorhänge der Fenster zum Stadtpark fest zugezogen. Die goldene Madonna stand auf dem Couchtisch und leuchtete geheimnisvoll im gedämpften Licht der Stehlampe.

»Nichts. Abwarten, Ausruhen. Mehr können wir nicht tun.«

»Das kommt mir alles irgendwie bekannt vor. Geht es jetzt wieder zurück in die Vergangenheit? Ich dachte wir schauen nach vorn. Und dafür bin ich Ewigkeiten mit dem Zug hierher gefahren?«

»Es ist 22.34 Uhr auf die Minute. Was willst du da noch unternehmen?«

»Wir könnten uns überlegen, wie das morgen ablaufen soll. Wir haben nur diesen einen Tag.«

»Das ist eine beinahe perfekte Nachahmung eines Regency Schreibtischs aus schottischer Eiche. Nicht schlecht. Den würde ich innerhalb weniger Tage verkaufen«, sagte Leonhard. Seit unserer Ankunft im Hotel wirkte er etwas entspannter.

»Wo ist eigentlich dein persönlicher Assistent? Schläft er im Dienstbotenzimmer?«

»Sehr witzig, Carola.«

»Bist du nicht ein bisschen jung, um dir einen neunzehnjährigen Mann als Begleiter zuzulegen? Und was würde dein neuer Freund dazusagen?«, legte sie nach.

Ich bewarf sie mit einem Kissen. »Er ist losgezogen, um sich die Füße zu vertreten nach der langen Fahrerei und sich die Altstadt anzusehen. Ich bin gespannt, ob er eine gute Kneipe findet. Mir ist das hier noch nicht gelungen.«

»Und wie lautet dein Plan für morgen?«, insistierte Carola weiter. Manchmal konnte meine geliebte Cousine ganz schön anstrengend sein.

»Das habe ich dir heute schon mehrfach am Telefon erzählt. Ich rede mit Daniel Schwartz. Dann fahren wir zu Therese ins Altenheim und stellen die Madonna in ihrem Zimmer auf.«

»Ist er überhaupt vor Ort?«

»Natürlich. Er weiß, dass wir kommen.«

»Das ist das ganze Programm?«, fragte sie hartnäckig weiter.

»Ja.«

Carola seufzte. »Okay, dann haben wir Zeit, zu dritt in aller Ruhe über den Kunstdiebstahl zu reden. Was meinst du Leonhard?«

Ich gab ihr einen leichten Tritt mit dem Fuß, aber es war zu spät.

»Was soll das? Langsam reicht es mir. Ich bin so nett und mache diese absurde Reise ins Nirgendwo mit und dann werde ich des Diebstahls bezichtigt. Ich habe die Madonna nicht gestohlen, nur zu lange bei mir behalten. Dafür habe ich mich mehrfach entschuldigt«, erwiderte Leonhard aufgebracht.

»Hey, bitte beruhigt euch alle beide. Das ist kein guter Zeitpunkt, um über dieses Thema zu diskutieren. Es geht jetzt um andere Dinge.«

»Entschuldige, Leonhard. Die Bemerkung ist mir herausgerutscht. Es ist halt ein starkes Ding, einfach so ein erbrechtlich relevantes Schreiben zu unterschlagen.«

Meine Cousine konnte unerbittlich sein, wenn es um moralische Grundsatzfragen ging. Wenn das einer wusste, dann ich.

»Dein Vorwurf ist ja mehr als berechtigt«, grummelte Leonhard. »Ich bereue mein Fehlverhalten über alle Maßen, nur kann ich es nicht mehr rückgängig machen.«

»Wunderbar. Das war die zweite Entschuldigung und jetzt legen wir die Sache ad acta, einverstanden?«

»Einverstanden«, antworteten Carola und Leonhard gleichzeitig und grinsten sich an.

Ich atmete erleichtert auf. Die Stimmung verbesserte sich spürbar. Es war so wichtig, dass wir jetzt alle fest zusammenhielten. Ich schenkte Carola ein weiteres Glas Rotwein zur Beruhigung ein und schickte Lukas eine WhatsApp, dass er mich benachrichtigen sollte, wenn er ins Hotel zurückgekehrt war.

»Ich bin müde, ihr nicht? Morgen wird ein langer Tag. Wir sehen uns zum Frühstück, Leonhard. Schlafe mit deiner Madonna, leidenschaftlich und lange.«

»Du kannst ja richtig witzig sein, Annabelle. Das wusste ich bisher nicht«, antwortete Leonhard. Er lächelte uns an und Grübchen erschienen auf seinen Wangen, was ihn um Jahre jünger aussehen ließ. In diesem Moment sah er aus wie sein verstorbener Vater, dem wir die goldene Madonna verdankten.

Kapitel 15

Ein neuer Stern im Universum

Als mich Carola am nächsten Morgen weckte, war es acht Uhr. Wir hatten vereinbart, etwas länger zu schlafen und uns Zeit beim Frühstück zu nehmen. Der Tag würde anstrengend genug werden. Wir duschten beide ausgiebig, zogen unsere besten Sommerkleider an und gingen hinunter in das elegante Speisezimmer. Carola bestellte zwei Eier im Glas und Toast mit Butter. Großtante Helene zu Ehren fragte ich nach Antipasti, Nudelsalat und Melone zu meinem Kaffee. Die Kellnerin grinste über meine exzentrische Bestellung und versprach, in der Küche nachzufragen.

»Ich liebe dieses Hotel. Hier kriegt man einfach alles, was man will«, schwärmte ich.

Carola schüttelte belustigt den Kopf. »Mit dem Sherry würde ich an deiner Stelle noch ein bisschen warten. Dafür trinken wir ein Glas Prosecco auf meine Rechnung. Das regt den Kreislauf an.«

Wie sich herausstellte, war Lukas noch in seinem Zimmer, während Leonhard im Stadtpark spazieren ging. Er hatte die Eiche von Großtante Helene entdeckt und mir ein Foto geschickt. Wenig später kam er gut gelaunt an unseren Tisch und zog sich einen Stuhl heran.

»Bevor ihr fragt, ich habe den Koffer mit der Madonna vorübergehend an der Rezeption abgegeben. Die haben hier einen Wertschutz-Tresor auf dem höchsten technischen Stand. Dieses Hotel ist sehr fortschrittlich ausgerüstet, das muss ich schon sagen.«

Er klang wie ein externer Sicherheitsbeauftragter. Circa eine Stunde später, als Lukas sein ausgiebiges Frühstück mit Kakao und Croissants beendet hatte, klingelte mein Handy. Es war Daniel Schwartz.

»Hallo? Sind Sie es, Annabelle? Ja, ja, gut, dass ich Sie sofort erreicht habe. Meine Mutter wird nicht mehr lange leben. Sie hat gestern mehrfach nach Ihnen gefragt. Sie müssen so schnell wie möglich kommen.«

Seine Stimme klang gepresst.

»Wir sind in einer guten Dreiviertelstunde bei Ihnen im Heim. Wir sind bereits gestern Abend angereist und befinden uns im Hotel Adler. Wir müssen noch bezahlen, zusammenpacken und so weiter. Bis gleich«, antwortete ich.

Wir erreichten den Parkplatz vor dem Bungalow mit den bunten Balkonen im Wald kurz vor elf Uhr vormittags. Plötzlich war ich ganz ruhig.

Ich atmete tief durch und zog den vertrauten Geruch nach Tannenzapfen und frisch gemähtem Gras ein. Alle meine Zweifel, ob wir das Richtige taten, lösten sich in der klaren Waldluft auf. Es war das gleiche Gefühl, dass ich bei meinem ersten Besuch bei Therese hatte. Wie damals war es vollkommen unmöglich, etwas Falsches zu sagen oder zu tun.

»Leonhard, bitte gib mir den Koffer. Ich bringe die Madonna jetzt zu Helenes Freundin. Und du bleibst mit den anderen hier. Keine Widerrede, bitte.«

Der letzte Satz wäre gar nicht nötig gewesen.

»Ein Blick auf große Kunst kann zu jedem Zeitpunkt des Lebens viel bewirken. Sie tröstet uns mit ihrer Schönheit und öffnet unsere Herzen.«

Ich umarmte Leonhard spontan. »Was du gerade gesagt hast, ist einfach großartig. Ich weiß schon, warum ich dich unbedingt dabei haben wollte.«

»Und außerdem sieht die Madonna Großtante Helene ähnlich«, sagte Carola.

»Richtig. Und heute ist Mariä Himmelfahrt. Das ist zwar kein offizieller Feiertag in diesem Bundesland, aber das spielt für unsere Mission keine Rolle«, ergänzte ich. »Eine bessere Ausgangslage gibt es nicht.«

Daniel Schwartz wartete in der Eingangshalle. Er trug ein schwarzes, verknittertes Hemd, dazu eine silberne, schief sitzende Krawatte und eine dunkle, zu weit geschnittene Stoffhose, die allen voran viel zu warm war für diese Temperaturen. Die Sneakers hatte er mit eleganten Herrenschuhen getauscht, die offensichtlich etwas zu eng waren, denn er trat ständig von einem Fuß auf den anderen. Der ungepflegte Dreitage-Bart in seinem übermüdeten Gesicht passte zu seiner desolaten Verfassung. Er tat mir schrecklich leid und ich war nahe daran zu fragen, ob seine Mutter bereits verstorben war. Er nickte Carola zu und blickte dann überrascht auf Leonhard und Lukas. Verständlicher Weise gefiel es ihm nicht, dass ich in Begleitung von zwei Fremden gekommen war.

»Nur Sie allein dürfen das Apartment meiner Mutter betreten. Das ist Ihnen hoffentlich klar«, sagte er anstelle einer Begrüßung.

»Hallo Herr Schwartz. Bitte beruhigen Sie sich. Wir alle verstehen, dass Sie in so einer Situation vollkommen durcheinander sind. Meine Cousine Carola haben sie ja bereits kennen gelernt. Leonhard Preis ist ein guter Freund, der Ihrer Mutter etwas mitgebracht hat, was ihr hundert Prozent gefallen wird. Und der junge Mann dort heißt Lukas. Er hat uns so schnell wie möglich hierhergefahren. Selbstverständlich warten sie alle drei unten im Café oder im Garten.«

Vor der Tür zu Thereses Apartment stellte Daniel Schwartz den Koffer ab und legte seine Hand auf meinen Arm.

»Ich muss Sie warnen. Der Anblick meiner Mutter wird ein Schock für Sie sein. Selbst ich kann es nicht glauben, wie stark sie in so kurzer Zeit abgebaut hat. Seit gestern spricht sie auch nicht mehr. Jeden Tag ist weniger von ihr da. Ihr Körper scheint sich aufzulösen.«

Ich schluckte den Kloß in meinem Hals herunter, unfähig darauf zu antworten.

Therese lag, mit einem schönem Spitzenhemd bekleidet und einem roten Tuch um die Schultern gelegt, in dem viel zu großem Bett. Jeder Knochen ihres Gesichts war deutlich erkennbar. Blaue Adern schimmerten durch ihre zarte, durchsichtige Haut. Ihr einst so stattlicher Körper wirkte puppenhaft klein. Ihre von Altersflecken überzogenen Hände zitterten leicht. Ihre grünen Augen waren geschlossen. Sie röchelte bei jedem Atemzug und wachte nicht auf, als ihr Sohn sanft ihre rechte Schulter drückte.

Seufzend setzte er sich auf einen der Stühle neben dem Bett. Der Wohnraum war über und über mit Blumen dekoriert. Ich überreichte unseren Strauß gelber Rosen der Pflegerin Michaela, die mich mit einem langem Händedruck herzlich begrüßt hatte. Die dunklen Ringe unter ihren Augen verrieten, dass sie die letzte Nacht kaum geschlafen hatte. Daniel Schwartz stellte den Koffer mit der Madonna auf dem Teppichboden ab.

»Bitte warten Sie noch kurz mit dem Auspacken. Lassen Sie uns auf den Balkon gehen. Es wäre nicht gut, wenn meine Mutter zuhört. Ich bin überzeugt, dass sie alles versteht, was ich sage. Das ist wunderbar. So kann ich mich von ihr verabschieden und ihr alle wichtigen Dinge erzählen, die sie über mich und meine Zukunft noch wissen muss.«

Mit diesen Worten erhob er sich und nahm einen Schluck von der Colaflasche auf dem Nachtschränkchen. Ich schaute Daniel Schwartz überrascht an. Diese sensible Seite von ihm kannte ich noch nicht.

Draußen auf dem Balkon war es noch angenehm kühl. Wie letztes Jahr an diesem Feiertag waren Temperaturen von über dreißig Grad Celsius angekündigt.

»Ich habe Ihre Großtante als kleiner Junge kennengelernt. Ich mochte sie sehr. Sie war lustig und immer für eine Überraschung gut. Aber dann verschwand sie plötzlich komplett aus unserem Leben. Während der ersten Monate nach der Trennung hat meine Mutter nachts oft geweint. Sie dachte, ich würde es nicht bemerken, aber ich bin heimlich in ihr Zimmer geschlichen und habe sie beobachtet.«

An dieser Stelle holte Daniel Schwartz tief Luft.

»Sie müssen nicht fortfahren, wenn es Sie zu sehr belastet«, sagte ich.

»Doch, das muss ich. Denn es gab eine Zeit, eine sehr kurze Zeit zum Glück, da wollte ich Ihre Großtante nie mehr wiedersehen, weil sie Trauer in mein Zuhause gebracht hat. Sie hat uns beide verlassen, meine Mutter und mich, und ich wünschte mir vom ganzen Herzen, sie würde nie mehr zu uns kommen.«

»Das ist absolut nachvollziehbar und Sie waren damals, wie Sie selbst gerade gesagt haben, noch sehr jung. Ich hätte genauso gefühlt an Ihrer Stelle. Das können Sie mir glauben.

Meine Eltern haben sich scheiden lassen, als ich noch ein Kind war.«

»Danke, dass Sie mir das anvertrauen. Es tut gut, endlich offen mit Ihnen zu reden. Ihre Großtante kam ja zurück und war bis zuletzt die beste Freundin meiner Mutter. Sie hat sie mehrmals rechtlich beraten und in vielen unterschiedlichen Dingen unterstützt. Sogar meine zweite Mutter Astrid akzeptierte sie. Mir gegenüber blieb Helene großzügig, wie Sie wissen, und ich bin sehr dankbar dafür. Ja, ich hatte damals, als wir uns kennengelernt haben, Bedenken, dass Sie sich für das Erbe Ihrer Großtante interessieren. Deshalb habe ich mich Ihnen gegenüber so abweisend verhalten. Puh, jetzt ist es ausgesprochen. Es ist mir wichtig, die Dinge zu klären, nichts unerledigt zu lassen vor dem Tod meiner Mutter.«

»Dieser Satz würde meiner Großtante gefallen. Sie hat einmal etwas Ähnliches zu meinem Vater gesagt. Und jetzt lassen wir die Vergangenheit ruhen. All das spielt heute keine Rolle mehr«, antwortete ich und lächelte ihn an.

Zurück im Apartment öffneten wir den Koffer und stellten die kostbare Skulptur zwischen zwei Blumenvasen auf den Tisch, so dass Therese sie beim Aufwachen sehen musste.

»Dieses Kunstwerk sieht Helene ähnlich. Ich bin sicher, dass es Ihre Mutter sofort bemerken wird. Wir sind hierhergekommen, um es ihr zu zeigen. Es wird sie trösten und Sie in ihrem Glauben stärken, bald wieder mit ihr vereint zu sein.«

Daniel Schwartz war zu überrascht, um etwas zu antworten und blickte die goldene Madonna ehrfurchtsvoll an.

»Ich gehe jetzt, bleibe aber den ganzen Tag und die Nacht in unmittelbarer Nähe.«

Dann strich ich Therese sanft über die eingefallenen Wangen und glaubte ein Lächeln über ihren Mund huschen zu sehen. Oder bildete ich mir das nur ein? Tränen liefen mir über das Gesicht. Im Treppenhaus begann ich zu weinen und es dauerte eine Weile, bis ich fähig war, das letzte Stockwerk zum Ausgang hinunterzulaufen.

»Und jetzt?«, fragte Carola in die Stille.

»Nichts. Abwarten, Ausruhen, schöne Dinge ansehen und positiv denken«, sagte ich mit einigermaßen gefestigter Stimme.

»Kommt mir bekannt vor«, antwortete sie.

Wir saßen auf Thereses Lieblingsbank unter der großen Linde im angrenzenden Park und schauten hinunter ins Tal. Von hier aus wirkte die Stadt klein und unbedeutend; ein seltsam, in alle Richtungen wucherndes Gebilde größerer und kleinerer Gebäude, längerer und kürzerer Straßen, dazwischen ein paar grüne und braune Flecken. Irgendwo darin verlief die Tulpenstraße und im letzten Abschnitt ragte ein Holzbalkon mit roten Plastikgeranien in den blauen Himmel, den man, wenn überhaupt, von hier aus nur mit einem Teleskop als kleines, braunes Rechteck und winzigen, roten Tupfen erkennen konnte.

Am frühen Nachmittag besuchte der Pfarrer Therese für die Krankensalbung. Laut der Whatsapp von Daniel Schwartz war er von der Madonna ganz begeistert und freute sich über unsere Idee, sie an Mariä Himmelfahrt hierher zu bringen. Ich wertete seine Reaktion als weiteres positives Zeichen.

Unser Essen, ausgewählt, bestellt und abgeholt von Lukas, bestand aus Pizza, Salat und großen Bechern Tiramisu als Nachtisch. Später telefonierte Carola mit ihrer Familie und Lukas, den ich mit Nachdruck dazu auffordern musste, mit seinen Eltern. Sie sollten wissen, wo ihr Sohn sich aufhielt.

Leonhard fragte mich, ob ich mit ihm spazieren gehen wollte. Ich sagte dankbar zu. Wir bewunderten die gepflegte

Gartenanlage des Altenheims voll blühender Beete und Büsche. Beim Brunnen setzten wir uns und lasen zusammen die Briefe von seinem Vater und meiner Großtante in der richtigen Reihenfolge. Ich trug die Kopien nach wie vor stets bei mir, war aber überrascht, dass Leonhard auch daran gedacht hatte.

»Ich habe sie gestern Nacht nochmals gelesen«, antwortete er auf meine Rückfrage. »Wie du so treffend gesagt hast, ist die goldene Madonna ein wichtiges Verbindungsglied zwischen uns allen.«

»Wie schön, dass du das jetzt auch so siehst«, antwortete ich lächelnd. Anschließend diskutierten wir über Passagen, die uns besonders gefielen. Unsere einzeln abgewogenen Worte erzählten von Abschied.

»Es ist schon bemerkenswert wie intensiv diese, so kurzlebige Beziehung war«, sagte Leonhard.

»Und das trotz der Einseitigkeit der investierten Gefühle«, ergänzte ich. »Carola hat einmal gesagt, dass Briefe unbekannte, geheimnisvolle Welten in sich bergen können. In diesem Fall geht ihre Bedeutung weit darüber hinaus.«

»Ja, das stimmt. Mein Vater als romantisch Liebender und Bewunderer von Helene im Besonderen und der Kunst im Allgemeinen hilft uns jetzt lange Zeit nach seinem Tod. Beziehungsweise hilft er der Person, für die Helene ihn verlassen hatte. Seine Liebe hat Auswirkungen bis zum heutigen Tag«, fuhr Leonhard fort.

»Und darüber hinaus«, antwortete ich. »Wir beide müssen die Erinnerung an sie wachhalten.«

»Das ist einer von vielen guten Gründen, in Kontakt zu bleiben. Hättest du bei unserem Kennenlernen gedacht, dass wir Freunde werden könnten?«

»Ja«, antwortete ich, was hundertprozentig der Wahrheit entsprach.

Leonhard lächelte verlegen. »Hier, dieser Verlobungsring von meinem Vater an Helene gehört in euer Familienarchiv. Wenn alles gut geht, werde ich bald einen eigenen Ring tragen.«

Gestärkt durch dieses Gespräch ging ich noch einmal in Thereses Apartment. Der Raum war vom Duft der Blumen und vom Wachsgeruch einer brennenden, weißen Kerze erfüllt. Sie schlief, ein Kreuz in den Händen, bestens betreut von ihrem Sohn, der ihr die Stirn mit einem feuchten Stofftaschentuch kühlte. Es war ein schönes, friedliches Bild.

»Wie geht es weiter, Chefin? Ich mag es nicht, fürs Nichtstun bezahlt zu werden«, meldete sich Lukas bei meiner Rückkehr.

»Ehrlich gesagt, weiß ich es nicht. Fest steht, dass ich bis Mitternacht hierbleiben werde. Ihr könnt etwas zusammen unternehmen, wenn ihr wollt.«

»Du glaubst doch nicht ernsthaft, dass wir dich jetzt allein lassen, so traurig wie du aussiehst. Ich bleibe hier«, sagte Leonhard.

»Was haltet ihr davon, wenn Lukas und ich Decken, Schokolade und Sherry besorgen? Wir sind vorhin am Stadtrand an einem großen Einkaufszentrum vorbeigekommen«, meldete sich Carola zu Wort.

Ich gab ihr einen Kuss auf die Wange. Das war eine wunderbare Idee und die Gelegenheit, das Sherryglas, das Großtante Helene auf der Terrasse mit ihren Lippen berührt hatte, aus dem Auto zu holen. Es lag seit nunmehr einem Jahr in meinem Handschuhfach.

Schritt für Schritt ging der warme Spätnachmittag in einen milden Abend über. Am Himmel zeigte sich ein gigantischer Sonnenuntergang.

Später lagen wir im Gras und schauten in den wolkenlosen Sternenhimmel. Meine Trauer um Therese mischte sich mit Zuversicht. Sie befand sich, genau wie ich, in bester Begleitung. Irgendwann stimmte Carola den Song »I can't give everything away« aus dem letzten Album von David Bowie an, das wir letztes Jahr während unseres ersten gemeinsam verbrachten Tages seit Jahrzehnten in ihrem grünen Kombi gehört hatten. Sie kannte den Text auswendig. Wir summten beeindruckt mit.

»Da oben gibt es mehr Dinge, als wir uns vorstellen können«, bemerkte Lukas. »Das weiß ich ganz sicher. Ihr drei werdet es nicht mehr erleben, aber ich ganz bestimmt.«

»Danke, das ist eine sehr nette Aussage über uns. Da fühlt man sich gleich um Jahre jünger. Zur Strafe hast du bis zu unserer Rückkehr absolutes Trinkverbot. Du bist schließlich unser Chauffeur«, antwortete ich mit gespieltem Ernst.

»Ich bin seit achtzehn Uhr nicht mehr im Dienst«, spielte er den Ball zurück.

»Was genau erleben?«, fragte Carola neugierig.

»Na, wie die ersten Menschen auf den Mars auswandern, natürlich, oder vielleicht sogar die Umsiedlung von Teilen der Menschheit auf GJ 357 d. Das könnte allerdings noch etwas länger dauern, ist aber der Weg in die Zukunft.«

»GJ 357 d. Was soll das sein? Ein Geheimwort und wenn, für was bitteschön?« Leonhards Stimme klang leicht heiser. Ich hatte gedacht, er wäre schon eingeschlafen.

»Oh Mann, das gehört zur Allgemeinbildung. Das ist ein Planet aus der rund 31 Lichtjahre entfernten Sternenkonstellation Hydra. Sein Stern, den er exakt alle 55,7 Tage in einem Abstand von circa zwanzig Prozent der Distanz zwischen unserer Erde und der Sonne umkreist, ist weit genug weg, dass er bewohnbar sein könnte.«

Danach träumten wir, jeder auf seine eigene Art, weiter. Carola und Lukas tuschelten immer wieder leise miteinander und zeigten auf die verschiedenen Sternbilder. Leonhard stellte sich vielleicht die baldige Hochzeit mit seiner Catherine vor, bei der er gleich im siebten Himmel landen würde. Ich wiederum schwebte Hand in Hand mit Großtante Helene über den großen, dunklen Bäumen.

Gegen 23.55 Uhr begann ein Stern am Nachthimmel goldgelb zu flimmern.

»Seht ihr das? Ist das der GJ 35 e?«, fragte Carola.

»GJ 357 d meinst du. Das ist unmöglich. Aber dieser Stern ist definitiv neu am Firmament. Sonst wäre er mir aufgefallen. Vielleicht ist es eine Sternschnuppe oder ein Satellit«, antwortete Lukas und erhob sich mit einem Satz von der Wiese.

»Das liegt daran, dass er eben erst erschienen ist. Das ist keine Sternschnuppe oder sonst irgendetwas. Das ist Großtante Helene. Ich weiß es genau. Es wird auch Zeit. Das Flimmern kommt näher, findet ihr nicht?« Meine Stimme überschlug sich vor Aufregung.

»Ja, sieht ganz so aus«, antwortete Carola und kletterte zu mir auf die Parkbank.

»Schau, sie ist genau über uns. Es wirkt, als wartet sie auf irgendein Zeichen oder eine Nachricht von mir.«

»Liebe Helene, danke, dass du heute gekommen bist, um Therese zu dir in den Himmel zu holen.«

»Wie es aussieht, verliert meine Chefin den Verstand. Was macht man in so einem Fall als kleiner Angestellter?«, kommentierte Lukas meine Worte.

Die Turmuhr der Kapelle vom Altersheim schlug zum ersten Mal. Beim dritten Mal raste ein raketenähnliches, hellblaues Fahrzeug am Horizont in den Himmel, direkt auf den goldgelben Stern zu.

Lukas, eben noch irritiert über mein exzentrisches Verhalten, sprang mit einem Satz zu uns auf die Parkbank.

»Da ist er, der Bus! Ich erkenne ihn deutlich. Er muss gleich hier um die Ecke abgehoben sein«, rief er und winkte mit beiden Händen.

»Ich bin sicher, dass Therese dort drin sitzt. Sie ist auf dem Weg zu Helene.« Meine Stimme überschlug sich vor Aufregung.

»Welcher hellblaue Bus? Ich verstehe gar nichts mehr«, sagte Leonhard. Er stand neben uns und schüttelte den Kopf über so viel Unsinn.

»Ihr seid total beschwipst. Alle beide. Und das von zwei, höchstens drei Gläsern Sherry, unfassbar. Da oben ist außer dem Sternbild des Großen Wagens und des Kleinen Wagens kein Fahrzeug irgendeiner Art zu sehen. Was ihr meint, ist Kometenstaub.«

»Der hellblaue Reisebus kam aus dem Universum. Zumindest sahen die Mitreisenden wie Aliens aus. Mein Zeuge steht direkt neben mir.«

»Yeah. Auf mich kannst du zählen«, antwortete Lukas. Er machte seinen Job auch außerhalb der Arbeitszeiten einfach großartig.

»Schau genau hin, Leonhard, jetzt verschmilzt die Kugel mit dem Blitz, ich meine mit dem Bus natürlich. Was für ein Anblick!«, ertönte Carolas Stimme.

Keine zehn Minuten später klingelte mein Handy. Es war Michaela, die Pflegerin, die sich vom ersten Tag an um Therese gekümmert hat. Menschen wie sie waren mit keinem Gehalt der Welt zu bezahlen.

»Frau Schwartz ist verstorben. Ihr Sohn war bei ihr und hielt ihre Hand. Er hat mich gebeten, sie zu informieren, Annabelle«, sagte sie mit tonloser Stimme.

»Ich gehe sofort nach oben«, antwortete ich. »Danke für den Anruf.«

»Soll ich dich begleiten?«, fragte Carola.

Ich nahm meine Cousine fest in den Arm. »Besser nicht. Ich hätte dich gerne an meiner Seite, aber Daniel Schwartz wird am Boden zerstört sein. Er liebt seine Mutter über alles. Ich werde selbst nur kurz bleiben.«

Ich lief zur verschlossenen Eingangshalle und wartete auf den Nachtportier. Er schien bereits informiert zu sein, was passiert war, und drückte mir sein Beileid aus.

Auf Thereses Gesicht lag ein Lächeln. Diesmal gab es keinen Zweifel und sie sah um Jahre jünger aus. Ich kondolierte ihrem Sohn, der vollkommen erstarrt erschien vor Schmerz und Trauer, und nicht ansprechbar war.

»Hat Frau Schwartz Helene, ich meine die goldene Madonna auf dem Tisch natürlich, bemerkt vor ihrem Tod?«, fragte ich Michaela. Sie wischte sich eine Träne aus den müden Augen und lächelte tapfer.

»Ja. Wir waren beide im Zimmer, als Frau Schwartz plötzlich aufwachte. Sie schaute die wunderschöne Skulptur lange Zeit an. Ihre grünen Augen strahlten wie schon seit Wochen nicht mehr. Dann flüsterte sie irgendetwas Unverständliches und schlief lächelnd wieder ein. Zwei Stunden ist sie verstorben.«

»Ihre Mutter ist dort angekommen, wo sie hinwollte«, sagte ich zu Daniel Schwartz. »Und sie ist in allerbester Gesellschaft. Wir sehen uns auf der Beerdigung.«

Er antwortete nicht, aber ich war mir sicher, dass er meine Worte gehört und verstanden hatte. Ich hob die Madonna vom Tisch, verstaute sie in ihrem Koffer und verließ das Apartment mit einem letzten Blick auf Therese im Kerzenschein.

Carola, Leonhard und Lukas warteten am Parkplatz. Ich war unendlich dankbar über ihre Gesellschaft.

»Was werdet ihr mit der goldenen Madonna machen?«, fragte Leonhard, als Lukas den Wagen eine halbe Stunde später auf die nächtliche Autobahn lenkte.

Ich schaute Carola an. Sie nickte. Ich wusste, dass wir zwei einer Meinung waren.

»Wir werden sie verkaufen und hoffen, dass du einverstanden bist. Carola hat große Pläne mit ihrem Tanzstudio und ich werde mir bald eine eigene Wohnung kaufen. Sie hat ihre große Aufgabe erfüllt und wir brauchen keine Erinnerung an unsere Großtante. Sie wird immer präsent in unserem Leben bleiben.«

»Und wir wären dir sehr dankbar, wenn du dich um den Verkauf kümmerst und den besten Preis für uns drei erzielst«, fügte Carola hinzu.

»Für uns drei?«, fragte Leonhard überrascht.

»Du hast richtig gehört, mein Freund, und meine Cousine und ich dulden keinen Widerspruch. Wir teilen uns das Geld und unser Chauffeur bekommt einen Extrabonus. Er hat ihn mehr als verdient. Wir vier waren das ideale Team für diese Aktion. Besser geht es nicht. Danke, Danke und nochmals Danke.«

»Cool«, sagte Lukas. »Und jetzt?«

»Und jetzt geht für uns alle die Reise weiter«, antwortete ich. »Und sie wird niemals enden, solange wir bereit sind für Veränderungen jeder Art. Soviel steht fest.«

Épilogue

Helene betrachtete gedankenverloren den achtarmigen Kronleuchter über ihr. An den mit Stuckelementen verzierten Wänden hingen goldumrahmte Spiegel. Selbst das Besteck war golden. Immer wieder las sie den Text der Tischkarte vor ihr:

Rendezvous von Therese und Helene
Ort: irgendwo in den Weiten des Universums
Zeitpunkt: Jetzt
Dauer: unbestimmt

Bis auf den großen, dünnen Kellner, der eifrig Gläser polierte, saßen keine weiteren Gäste in dem lichtdurchfluteten Raum. Das Café Liberté, dessen Name groß mit goldenen Buchstaben über der Bar geschrieben stand, war ausschließlich für sie beide reserviert.

Als Therese die Tür öffnete, stieß Helene beim Aufstehen beinahe die Vase mit den Rosen um. Über die makellos weiße Stoffdecke liefen Wasserspritzer. Seit ihrer Ankunft an diesem erstaunlichen Ort hatte sie sich diesen Moment dutzendmal vorgestellt, war jedes Detail ihrer Begrüßung immer wieder durchgegangen. Wie sie sich graziös erheben und lächelnd auf ihre Freundin zugehen würde; wie sie deren Mantel, Hut oder Tasche nehmen und an die Garderobenstange hängen würde; wie sie den mit Samt überzogenen Stuhl zurechtrücken würde, damit sie so komfortabel wie nur möglich hier mit ihr sitzen konnte.

Therese bemerkte nichts von dem kleinen Missgeschick. Im Gegensatz zu Helene wirkte sie heiter und gelassen. Sie trug das rote Flamencokleid, das Helene ihr in Andalusien zum Abschied geschenkt hatte; dazu einen Schleier aus schwarzer Spitze, die fächerförmigen Ohrringe und die

Flamencoschuhe, die sie noch größer und schlanker erscheinen ließen. Wie immer fiel ihr eine schwarze Haarlocke ins Gesicht. Ihre grünen Augen strahlten sie an.

Helene strich nervös den Stoff ihres goldgelben Kostüms glatt, das im Vergleich zur Garderobe von Therese beinahe förmlich wirkte. Ihr Wiedersehen war so ergreifend, dass keine der beiden Frauen die Magie mit Worten zerstören wollte.

Irgendwann setzte der Kellner dem Schweigen ein Ende. Er war seltsam gekleidet in dem viel zu großem Anzug mit einer rosa Nelke im Knopfloch und dem steifen Stehkragenhemd.

»Sind Sie so weit, Señoras? Darf ich mit dem Servieren beginnen?«, Seine Stimme knarzte wie seine schwarzen Lackschuhe auf dem blank polierten Marmorboden. Kurz darauf standen zwei dünnwandige Kristallgläser auf dem Tisch, gefüllt mit einer gelben Flüssigkeit.

»Warum bist du schon da? Ich habe dich erst viel später erwartet«, beendete Helene ihr Schweigen.

»Freust du dich denn nicht, mich wiederzusehen?«, antwortete Therese überrascht.

»Was ist das denn für eine Frage. Natürlich, über alle Maßen. Aber ich habe so sehr gehofft, dass du noch lange auf der Erde bleiben wirst.«

»Den Moment kann man sich nicht aussuchen. Aber ich bin sehr zufrieden mit meinem Leben gewesen und der Abschied fiel mir leicht. Dich wiederzusehen ist so wunderbar, dass ich es noch gar nicht glauben kann.«

»Komm, lass uns anstoßen.«

Die zwei Frauen ließen die Gläser klirren und nippten an ihrem Weißwein.

»Mmh, köstlich. Das ist erstklassige Qualität. So etwas habe ich hier oben noch nie zu trinken bekommen«, sagte Helene.

»Bist du schon einmal in diesem Café gewesen?«, fragte Therese.

»Nein. Ich wusste bis vor kurzem nicht, dass es existiert. Es ist angeblich immer ausgebucht. Die Wartezeiten reichen in die Jahrhunderte. Mich wundert das nicht, wenn wie heute immer nur ein Paar hereingelassen wird. Wir haben unglaubliches Glück, so schnell einen Platz bekommen zu haben.«

»Woher hast du diese Informationen?«, fragte Therese.

»Der Kellner, hat es mir erzählt.«

In diesem Moment erschien er erneut mit einer Silberplatte voll gebratener Garnelen, die er zitternd in seiner rechten Hand balancierte. Er nahm seine dunkle Brille ab und wischte sich den Schweiß mit einer Stoffserviette aus dem hageren Gesicht.

»Señoras, ich rate Ihnen, so langsam wie möglich zu essen und jeden einzelnen Bissen zu genießen. Dieses Rendezvous wird leider schneller ein Ende haben, als Sie es sich vorstellen können. Ich möchte Enttäuschungen jeder Art vorbeugen.«

Therese und Helene prosteten ihm fröhlich zu. Nichts konnte ihre feierliche Stimmung trüben. Das Essen schmeckte vorzüglich und kein Stück von den Meerestieren und Weißbrotstücken blieb übrig.

Draußen wechselte der Himmel permanent die Farben. Erst leuchtete er in Kirschrot, dann in Dunkelblau und Purpur. In Ehrfurcht vor der Schönheit des Universums verfielen die beiden Frauen erneut in Schweigen. Dann ergriff Therese die Initiative, nahm Helenes Hände in ihre und ließ sie nicht mehr los. Tränen der Freude liefen ihnen über das Gesicht. Sie bemerkten kaum, wie der Kellner ein drittes Mal zu ihnen kam; diesmal mit einem verzierten arabisch anmutenden

Kännchen Kaffee und einer dazugehörigen Schale, die bis zum Rand mit feinstem Anisgebäck gefüllt war.

»Was für Gaumenfreuden! Jetzt fehlt nur noch ›Cherimoya‹, Zimtapfel, und zwei Gläser von dem feinen Sherry. Das passt vorzüglich zusammen.«

»Laut den Regeln haben Sie noch einen besonderen Wunsch offen«, verkündete der Kellner bei seiner Rückkehr und stellte je drei halbierte Zimtäpfel und eine geöffnete Flasche auf den Tisch.

»Musik!«, riefen die beiden Frauen wie aus einem Mund.

»Tanzmusik, genauer gesagt«, ergänzte Helene.

»Ich bin für Walzer. Flamenco ist mir heute zu anstrengend und zu aufwühlend. Meine Emotionen sind am Überkochen, und ich will dich ganz fest in meinen Armen halten«, antwortete Therese.

Sie löffelten die köstlichen, süßen Früchte, tranken je zwei Gläser Sherry, schritten Hand in Hand in die Mitte des Cafés und begannen, sich mit vorsichtigen, dann immer sichereren Schrittfolgen und Figuren im Dreivierteltakt des Wiener Walzers zu drehen.

»Wo genau sind wir eigentlich?«, fragte Therese nach einer Weile.

»In Sevilla, wo denn sonst? Siehst du nicht die Kathedrale, den Königspalast, den goldenen Turm am Horizont erstrahlen? Riechst du nicht den Duft nach Zitrone, Myrte und Eukalyptus? Warte ab. Bald wird vor dem Fenster unser Kutscher José mit seiner Schimmelstute Carmen auftauchen und uns zu einer Spritztour durch das All einladen. Wir zwei haben wieder zusammengefunden. Ab sofort ist alles möglich.«

»Wie gut, dass sie uns an meinen Sehnsuchtsort geschickt haben«, sagte Therese. »Und zum Glück hast du den gleichen gewählt wie ich. Es wäre anstrengend, immer zwischen zwei Szenarien, zwei Ländern oder gar zwei Planeten hin- und herzureisen und dabei im Rhythmus der Musik zu bleiben.«

Helene lachte, und ihre Geliebte setzte zu einer schwungvollen Linksdrehung an. Es war keine Frage, welche der beiden Frauen bei diesem Tanz führte.

Bei ihrem ersten Kuss gab der Boden unter ihren Füßen nach. Stück für Stück löste sich die Einrichtung des Café Liberté auf. Erst die Tische und die Stühle, die Bar mit allen Getränken, Gläsern und dem Geschirr, dann der Kronleuchter, die Spiegel, die Garderobe, die Außenwände, Türen und Fenster. Und zuletzt der Kellner, der sich mit einer tiefen Verbeugung verabschiedete.

Die beiden Frauen tanzten weiter und weiter, bis die Musik irgendwann verstummte.

»Bleiben wir jetzt für immer zusammen, Helene?«, fragte Therese.

»Bei meiner langen Suche quer durch das Universum habe ich nichts gefunden, was mächtiger ist als die Liebe. Ich würde sagen: Unsere Chancen stehen gut.«

Danksagung

Dieser Roman ist in teils schwierigen Zeiten entstanden, in der sich meine lebenslustige Romanfigur ‚Helene' als perfekte Wegbegleiterin erwiesen hat.

Ich bedanke mich bei meiner Familie und bei meinen Freundinnen und Freunden für ihre Unterstützung; insbesondere bei Nilay und Georg sowie Margit und Alex. Die zwei Letztgenannten haben zudem das Korrektorat mit Bravour gemeistert.

Meiner geliebten Mutter verdanke ich neben allem anderen meine Begeisterung für die Literatur. Bis heute findet kaum ein Besuch bei ihr ohne Vorlesen aus Büchern oder Versen aus Gedichten statt.

ÜBER DIE AUTORIN

Silke Brügel, geboren in Ingolstadt und wohnhaft in Augsburg und im Landkreis München, ist freischaffende Schriftstellerin, PR-Beraterin und Texterin. In ihrer Freizeit schnürt sie regelmäßig die Laufschuhe oder taucht im See oder Schwimmbad ab, um der Fantasie neue Räume zu schaffen. Weitere Inspirationsquellen sind Saxofon spielen, eine Glückskatze namens Camille sowie ihre Studienaufenthalte und Reisen durch Europa seit Jugendzeiten.

„Mission Helene“ ist ihr drittes literarisches Werk. Der Debütroman „und All das Leben in deinem Kopf“ erschien im März 2019. „Dr. Hoffmann erzählt von der Liebe“ mit sieben längeren Storys veröffentlichte die Autorin im April 2020. Beide Bücher stellte sie in Lesungen von Bayern bis Nordrhein-Westfalen vor. In der regionalen Presse gab es eine Reihe von Besprechungen.

www.silkebruegel.de
mail@silkebruegel.de

Silke Brügel
DR. HOFFMANN ERZÄHLT VON DER LIEBE
Silke Brügel
DR. HOFFMANN ERZÄHLT VON DER LIEBE

Printed in Poland
by Amazon Fulfillment
Poland Sp. z o.o., Wrocław

39955488R00161